Guide du meilleur ami secret est une œuvre de fiction. Tous droits réservés.
Aucune partie de cette publication ne peut être reproduite, distribuée ou
transmise sous quelque forme ou par quelque moyen que ce soit, y compris la
photocopie, l'enregistrement ou d'autres méthodes électroniques ou
mécaniques, sans l'autorisation écrite préalable de l'éditeur, sauf dans le cas de
brèves citations incorporées dans des critiques et certaines autres utilisations
non commerciales autorisées par la loi sur le droit d'auteur.
Il s'agit d'une œuvre de fiction. Les noms, personnages, lieux et incidents sont
soit le produit de l'imagination de l'auteur, soit utilisés de manière fictive.
Toute ressemblance avec des personnes réelles, vivantes ou décédées, des
événements ou des lieux est purement fortuite.
Le contenu de ce livre ne peut pas être utilisé pour entraîner des modèles
d'intelligence artificielle ou des systèmes d'apprentissage automatique sans le
consentement écrit exprès du détenteur des droits d'auteur.

Copyright © 2025 par Kate O'Keeffe
ISBN: 978-1-991378-19-4

GUIDE DU MEILLEUR AMI SECRET

Une comédie romantique pleine de
douceur, de l'amitié à l'amour

Sœurs et cœurs
Tome 2

KATE O'KEEFFE

Wild Lime
Books

Prologue

Gabe

Vous connaissez cette citation d'Eleanor Roosevelt sur l'amitié ? Un truc du genre que seuls les vrais amis laissent des empreintes dans votre cœur ? Eh bien, les empreintes dans mon cœur sont celles de Ryn Cole. Elles font à peu près une pointure de 38, ne sont jamais vraiment discrètes et sont toujours laissées par des baskets.

L'un des plus grands avantages d'avoir Ryn comme meilleure amie, c'est que peu importe l'heure du jour ou de la nuit, elle est toujours là avec un sourire spontané, un commentaire plein d'esprit et des conseils qui me conviennent parfaitement.

On se comprend. Ça marche entre nous.

Voyez-vous, Ryn et moi sommes meilleurs amis depuis l'enfance, depuis le jour où, à sept ans, elle a dit à Macauley Gellert d'arrêter de se moquer de moi parce que je n'avais pas de père, sinon elle lui planterait son crayon dans le bras. Elle ne l'a pas fait. Elle n'en a pas eu besoin. Macauley a arrêté ses railleries, et moi ? Eh bien, j'avais trouvé ma meilleure amie.

Nous avons tous les deux grandi à Hunter's Creek, dans le grand État de Washington, au nord-ouest du Pacifique, là où les arbres sont immenses et où la flanelle est légitimement à carreaux. Là où l'on trouve des gens bien, honnêtes et francs qui se soucient les uns des autres, même s'ils ont parfois tendance à verser dans les commérages et l'indiscrétion.

Parfois ? Qu'est-ce que je raconte ? C'est *tout* le temps. En fait, j'irais même jusqu'à dire que sans le point d'ancrage que sont l'indiscrétion et les commérages, Hunter's Creek risquerait d'être emporté par les fameuses pluies de Washington.

Mais vous savez quoi ? Je n'ai jamais connu d'autre vie, et je n'en veux pas d'autre. C'est à Hunter's Creek que se trouve mon cœur, et c'est là que se trouve aussi ma meilleure amie, avec ses empreintes de pas.

Qu'ai-je fait pour mériter une meilleure amie comme Ryn Cole ?

J'ai eu de la chance, je suppose.

Je gare mon pick-up à notre endroit habituel, une clairière au bord de la route, à l'orée des bois épais juste à la sortie de la ville. Hunter's Creek s'est construite sur le dos de l'industrie du bois, et sans ces arbres qui s'étendent sur des kilomètres et des kilomètres, notre ville n'existerait pas.

Le ciel nocturne est tout simplement magnifique en ce moment, les seules lumières provenant de la ville à quelques kilomètres de là. Encadrée par les silhouettes des arbres imposants, la voûte céleste au-dessus de nos têtes est comme une couverture perforée de millions de minuscules trous remplis de lumière.

Je sais, je deviens lyrique. C'est difficile de ne pas l'être quand on est entouré d'une telle beauté. Et tout ça est à notre portée, n'attendant que d'être apprécié.

Ce que ma meilleure amie, Ryn, et moi faisons en ce moment même.

— C'est la Grande Ourse ? demande-t-elle en pointant le ciel du doigt.

Je suis reconnaissant pour la chaleur du moteur contre notre dos, alors qu'une brise fraîche de début d'été rafraîchit l'air nocturne.

Je suis la direction qu'elle indique vers un groupe d'étoiles. Quand on les relie, ça ressemble un peu à une grande louche. Je lui donne un petit coup de coude.

— Tu as révisé tes classiques ou quoi ?

— Je suis juste naturellement douée, répond-elle avec un sourire. Ses yeux noisette scintillent dans la faible lumière.

— Tu es naturellement douée pour reconnaître les constellations ? C'est vraiment un don, ça ? Enfin, ce n'est pas comme être doué en maths ou pour composer des symphonies.

— Je suis forte en maths.

— Et tu pourrais t'asseoir et composer une symphonie si tu le voulais, aussi ?

Elle laisse échapper un rire léger et cristallin.

— Bien sûr. Pourquoi pas ? Tu te souviens que j'ai joué du triangle dans l'orchestre de l'école ?

— Une fois, Ryn-Ryn. Tu as joué du triangle dans l'orchestre de l'école une seule fois, et nous savons tous les deux que c'était pour un pari.

Elle pousse un soupir de contentement en levant les yeux vers le ciel nocturne.

— Les vingt dollars les plus faciles que j'aie jamais gagnés.

Je ris en secouant la tête. C'est l'autre truc à savoir sur ma meilleure amie et moi : on se charrie. Beaucoup. Se charrier, se taquiner, se moquer. C'est amusant, c'est familier et c'est une grande partie de ce que nous sommes. De grands enfants, j'imagine. En fait, à l'adolescence, on a fait le pacte de ne jamais grandir. Nous sommes Peter Pan et Petra Pan du Pays imaginaire.

On n'a pas réussi à trouver un meilleur nom.

On s'est dit que devenir adulte implique des responsabilités et du sérieux, et aucun de nous ne veut de ça. On veut vivre l'instant présent, sans jamais se soucier du lendemain. Vivre notre meilleure vie, telle qu'elle est en ce moment.

Vous pensez peut-être que ça fait de nous des immatures, peut-être des attardés. À vingt-trois ans, on devrait être plus raisonnables.

Moi, je pense que ça fait de nous des audacieux.

— Je vais me trouver une Grande Ourse et l'ajouter à ma collection à la maison, me dit-elle. Ça compléterait vraiment toute la sphère céleste que j'ai installée.

Je pouffe de rire.

— Tu appelles le plafond de ta chambre une « sphère céleste » maintenant ?

— C'*est* une sphère céleste, G, dit-elle en utilisant le surnom que seule Ryn m'ait jamais donné. C'est la Sphère Céleste Ryn Cole, pour des raisons évidentes.

— Original.

— Ces astronomes célèbres donnent tout le temps leur nom à des constellations. Je ne fais que suivre leurs traces.

Aussi loin que je me souvienne, Ryn a toujours eu ces étoiles en plastique phosphorescentes au plafond. Elle les dispose avec art, en se guidant sur le véritable ciel nocturne. Du moins, c'est ce qu'elle me dit. On a beau passer pas mal de temps à contempler les étoiles ensemble tout au long de l'été, je suis là plus pour la compagnie que pour une quelconque leçon d'astronomie.

Je la balaye du regard du coin de l'œil. Pas de manière glauque, entends-moi bien, plutôt dans le genre *c'est ma pote et je me contente de la regarder*.

Le visage tourné vers le ciel, le nez droit, ses longs et épais cheveux blond vénitien tombent en cascade sur le pare-brise froid derrière sa tête. Ce soir, elle porte un débardeur avec son jean et ses baskets habituels. Il est moulant et met en valeur ses formes, chose que ses t-shirts classiques dissimulent complètement.

Ce n'est pas comme si j'étais censé remarquer ce genre de choses, bien sûr. On est meilleurs amis, tu te souviens ?

Mais je reste un mec.

Elle ignore complètement à quel point elle est belle. Je sais que ça fait cliché, mais dans le cas de Ryn, c'est vrai à cent pour cent. Elle est belle, drôle et, de toute évidence, elle sait où se trouve la Grande Ourse.

Sérieusement, qu'est-ce qu'un mec pourrait vouloir de plus ?

En tant que meilleure amie, je veux dire.

Je prends une gorgée et le liquide frais et pétillant glisse dans ma gorge.

— Tu as eu droit à La Question, aujourd'hui ?

— Bien sûr. Je suis un piranha dans un aquarium de poissons rouges.

Je glousse.

— Piranha ? Celle-là, elle est nouvelle.

— Quand on te demande constamment ce qu'il en est de ta vie amoureuse et qu'on te dit que tu ne devrais pas être célibataire, tu finis par trouver de nouvelles façons de te décrire. Tu sais ce que c'est. Toi aussi, tu as droit à La Question tous les jours.

— Mais être un piranha dans un aquarium de poissons rouges, ça suggère qu'ils pensent que tu vas n'en faire qu'une bouchée au petit-déjeuner.

— C'est peut-être ce que je ferai, répond-elle avec un

grand sourire. On t'a demandé combien de fois où en était ta vie amoureuse, aujourd'hui ?

Je repense à ma journée, passée entre le service du midi au Black Bear Bar en ville et mon apprentissage dans un atelier de soufflage de verre à sa périphérie. Un dimanche typique pour moi, et jamais un jour de repos. J'ai bien trop de choses à faire pour ça, peu importe ce que Maman aurait dit sur la nécessité de se détendre. Ma détente à moi, c'est ça : passer du temps avec ma meilleure amie sur le capot de ma voiture.

— Je suis passé au Second Chance, je réponds, en mentionnant le café de Main Street où Ryn travaille en ce moment.

— Ah, d'accord. Donc, ma tante Sheila est passée à l'action.

— Et comment. Elle m'a demandé pourquoi toi et moi on ne sortait pas ensemble. Encore une fois.

— Qu'est-ce que tu lui as dit ? Non, attends. Laisse-moi deviner. Tu as dit un truc du genre « Je garde mes options ouvertes » parce que tu es incapable de mentir, M. L'Honnêteté-Incarnée. Dis-moi que je me trompe.

— Je ne suis pas l'honnêteté incarnée, je proteste. C'est vrai, j'accorde plus de valeur à l'honnêteté qu'à beaucoup d'autres choses, mais ce n'est pas un défaut. Je suis honnête avec les gens qui m'entourent, et j'attends la même honnêteté en retour.

Elle a un rire étranglé.

— Tu es Capitaine Honnêteté. Je me demande quel est ton super-pouvoir ? Oh, je sais, ce serait comme le lasso de Wonder Woman.

Je ne suis pas sûr de vouloir connaître la réponse, mais je demande quand même :

— Le lasso de Wonder Woman ?

— Tu sais, quand elle l'enroule autour de quelqu'un et que cette personne ne peut plus mentir ?

— Ça me serait bien utile, un truc comme ça.

Elle me jette un regard en coin.

— Tout le monde n'est pas menteur, G, dit-elle doucement.

Je pince les lèvres et reporte mon attention sur les étoiles. Nous savons tous les deux à quoi elle fait référence. Mon père nous a quittés, ma mère et moi, quand je n'avais même pas un an. Une histoire banale, j'imagine. Beaucoup de mariages se brisent rapidement, surtout quand le couple est jeune, comme l'étaient mes parents. Ce qui était moins banal, c'est qu'après son départ, Maman a appris qu'il lui avait menti sur toute leur relation. Il avait une autre famille dans la ville voisine. Elle s'est retrouvée littéralement seule avec le bébé, et un mariage qui n'avait jamais existé.

Sans surprise, ça l'a complètement anéantie et elle ne s'en est jamais remise. Ce qu'elle a fait, par contre, c'est m'enseigner l'importance de l'honnêteté, et je m'assure de m'entourer de gens en qui je peux avoir une confiance absolue.

En bonne amie, Ryn change de sujet.

— Tu sais, un de ces jours, tu vas devoir te trouver une nouvelle petite amie pour que cette ville arrête de nous caser ensemble. Pourquoi ils n'arrivent pas à comprendre qu'un mec et une fille peuvent être meilleurs amis sans compliquer les choses avec des sentiments amoureux, ça me dépasse.

—Je bois à ça.

Nous entrechoquons nos canettes, prenons tous les deux une gorgée de nos sodas, et retournons à un silence confortable.

C'est une autre des choses géniales avec ma meilleure amie. Nous n'avons pas toujours besoin de parler. Elle comprend que, parfois, le simple fait d'être ensemble suffit.

Le téléphone de Ryn vibre et elle l'attrape aussitôt.

— Laisse, je lui dis, ne voulant pas que notre moment soit interrompu.

— Mais c'est peut-être Ivy. Tu sais comment elle est, elle oublie tout le temps ses clés. Elle est peut-être encore enfermée dehors.

Ivy Fenwick, la nouvelle colocataire de Ryn — et mon ex du lycée. On s'entend bien maintenant, ce qui tombe plutôt bien, car on ne peut pas vraiment passer inaperçu dans un endroit de la taille de Hunter's Creek.

Avant que je puisse protester davantage, Ryn me tend sa canette de soda, prend son téléphone et se met à lire son message. La lumière vive de l'écran illumine son visage, et je regarde ses yeux s'écarquiller, ses traits passer de la surprise à l'excitation.

Elle se redresse d'un coup, me prenant par surprise.

— Oh, mon Dieu, dit-elle, la voix soudainement haletante.

Je me penche en arrière, ferme les yeux et demande :

— « Oh, mon Dieu » quoi ?

— Ça ne peut pas être vrai.

J'entrouvre les yeux.

— Qu'est-ce qu'il y a ?

— Elle ne peut pas être sérieuse, marmonne Ryn, les yeux rivés sur son écran, la bouche bée.

— À propos de quoi elle ne peut pas être sérieuse ?

L'inquiétude se fraie un chemin dans ma poitrine. Je me redresse pour que nous soyons assis côte à côte, tandis que je tiens nos deux canettes en équilibre.

— Mais c'est la meilleure chose qui puisse *jamais* arriver à cette ville.

Soulagé que ce ne soit pas une mauvaise nouvelle, je dis :

— Tu sais que tu vas devoir me le dire à un moment donné, n'est-ce pas ?

— Lis, déclare-t-elle en me fourrant le téléphone sous le nez.

Je le lui prends et parcours le message.

Tu ne vas jamais croire ça. Je viens d'apprendre qu'une équipe de tournage d'Hollywood vient dans notre petite ville paumée LE MOIS PROCHAIN. Appelle-moi ! MAINTENANT !

Ivy a clairement épuisé son quota de points d'exclamation pour la semaine.

— Une équipe de tournage d'Hollywood ?

Je lève un sourcil vers Ryn en lui rendant son téléphone.

— C'est peu probable.

— Comment ça, « peu probable » ? Bien sûr que c'est probable. Ivy l'a dit juste là.

Elle brandit son téléphone comme preuve.

— Allons, Ryn. Ivy n'a pas vraiment de contacts à Hollywood, à moins que j'aie raté quelque chose et qu'elle soit secrètement une initiée d'Hollywood, et non de la comptabilité fournisseurs de la scierie.

— Tu peux croire ce que tu veux, Gabriel Hartmann.

D'un mouvement fluide, Ryn se détache du capot et ses pieds chaussés de baskets atterrissent sur le sol poussiéreux, telle une gymnaste descendant d'une poutre.

— Pourquoi tu m'appelles Gabriel tout d'un coup ?

Je demande cela en faisant basculer mes jambes du bord du pick-up pour sauter au sol.

— Parce que tu ne m'écoutes pas, *Gabriel*.

— Détends-toi. Je t'écoute.

— Je crois Ivy. Pourquoi est-ce qu'elle inventerait un truc pareil ?

Parce qu'elle cherche à attirer l'attention et qu'elle s'ennuie probablement dans sa propre vie ? Je ne le dis pas à voix haute. Ryn et Ivy sont amies et nouvelles colocataires. Et puis, c'est une petite ville, tu te souviens ?

Ce n'est pas que je n'aime pas Ivy. Au contraire. Elle est super. Elle est juste comme beaucoup de gens ici : prête à croire n'importe quoi de nouveau et d'excitant pour pimenter sa vie tranquille.

Ryn tape quelque chose sur son téléphone, puis monte

dans le pick-up et ferme sa portière. C'est une façon très peu subtile de me faire comprendre qu'elle veut partir.

— J'en déduis que tu veux rentrer ?

— Si ça ne te dérange pas, M. Cynique.

Elle ne lève pas les yeux de son écran.

Je laisse échapper un rire.

— Je suis passé de Capitaine Honnêteté à M. Cynique en une seule soirée ?

J'ouvre ma propre portière et je monte dans le véhicule.

— Réfléchis un peu. Pourquoi une équipe de tournage viendrait à Hunter's Creek ?

— Pour plein de raisons, réplique-t-elle vivement. Plein, plein de raisons.

— Comme quoi ?

— Tu vas conduire, G ? Ou il faut que je te trouve un autre surnom ?

Elle baisse son téléphone et tapote sa jambe d'un air agacé.

— Puisque tu le demandes si gentiment.

— Ne commence pas à jouer les grands frères avec moi.

Elle secoue la tête.

— J'ai dit à Ivy que je rentrais.

— Parce qu'une équipe de tournage d'Hollywood arrive en ville *à l'instant même* ?

— Évidemment pas à l'instant même, mais on a des choses à se dire avant qu'ils arrivent.

— Comme quoi ?

— Tu mets la clé là, et ensuite tu tournes le contact pour démarrer la voiture, me dit-elle en désignant la colonne de direction.

— Que ferais-je sans toi ?

— S'il te plaît ?

Elle étire ses lèvres pulpeuses en ce sourire qui me fait craquer à chaque fois.

Nous savons tous les deux que je vais faire ce qu'elle demande.

Je lâche un soupir résigné en tournant la clé dans le contact, et mon pick-up se met à vrombir. Je conduis prudemment sur le terrain accidenté avant de rejoindre la route goudronnée.

— Ça va être tellement épique.

Je jette un œil à son visage rayonnant, pétillant d'excitation.

— Réfléchissons logiquement. Pourquoi Hollywood voudrait-il venir à Hunter's Creek ?

— Parce que c'est un endroit magnifique, surtout en été.

— Beaucoup d'endroits sont magnifiques en été.

— À cause de tous les arbres. Je veux dire, regarde-les. Il y en a littéralement des millions.

Elle fait un geste vers la fenêtre.

— Beaucoup d'endroits ont aussi des arbres.

— Je ne sais pas. Peut-être parce qu'on mérite un peu d'animation par ici ?

— Ça doit être ça. Un gros ponte d'Hollywood était assis à son bureau, à regarder une carte en se disant : « Quelle petite ville au milieu de nulle part aurait besoin d'un peu d'animation ? Oh, je sais : Hunter's Creek, dans l'État de Washington. »

— Si jeune et déjà si cynique.

Elle me donne un petit coup de coude dans le bras.

Je la regarde et nous échangeons un sourire.

Quelques minutes de route plus tard, je gare mon pick-up dans son allée. À peine me suis-je tourné vers elle qu'elle dépose un baiser rapide sur ma joue, pousse la portière avec ses pieds et saute sur le gravier.

— Merci pour ce soir, G. On se voit demain ?

C'est une question, mais elle n'attend pas ma réponse. Un éclair de son sourire, un geste de la main, et elle gravit les marches avant d'entrer dans sa maison, la porte claquant derrière elle.

— On se voit demain, je murmure alors qu'elle disparaît de ma vue.

Je passe une vitesse, le moteur vrombit et je m'éloigne, en me demandant si toute cette histoire de tournage hollywoodien est réelle, et si c'est le cas, ce que ça pourrait signifier pour notre ville.

Chapitre 1

Ryn

~ *Un mois plus tard* ~

Il ne se passe jamais rien à Hunter's Creek, cette toute petite ville que je considère comme mon chez-moi depuis mes vingt-trois ans et sept mois d'existence.

Rien.

Ne se passe.

Jamais.

Enfin, jusqu'à aujourd'hui, en tout cas.

J'ai du mal à contenir mon excitation, car aujourd'hui, tout va changer. Et quand je dis *tout*, c'est vraiment *tout*.

Qu'est-ce qui se passe ? Seulement la chose la plus excitante, la plus inattendue, la plus surprenante qui soit arrivée à Hunter's Creek depuis que le tout premier arbre a été abattu et emmené à la scierie qui a donné naissance à cette ville — et entre nous, ce n'est pas vraiment excitant.

Aujourd'hui, c'est le jour où Cambri-oh Entertainment — oui, *la* Cambri-oh Entertainment qui a produit d'énormes succès au box-office, comme *Die for Tomorrow*, *Gold for the Soul*, et le mélo total, *Samuel* — débarque en ville pour trois mois entiers afin de tourner une comédie romantique.

Trois.

Mois.

Entiers.

Ça fait trois mois d'équipe de tournage, de stars de cinéma et de tout ce qui va avec, ici même, dans la ville où il ne se passe jamais rien.

J'ai l'impression de rêver.

Ivy avait raison. Elle a entendu dire, par le biais des commérages de Hunter's Creek, que M. Cantor, l'ancien propriétaire de la scierie et le grand manitou du coin, a conclu un accord avec Cambri-oh Entertainment pour tourner un film sur ses terres.

Je le connais à peine, mais je crois que je l'adore.

J'ai essayé de rester calme. Croyez-moi. J'ai essayé de me concentrer sur la préparation du café, la disposition des muffins, le service des parts de tarte et des beignets et toutes les autres choses que les habitants de cette ville aiment déguster en milieu de matinée un mardi. Ça a été difficile. Vraiment *très* difficile. Tout ce à quoi je peux penser, c'est qu'à un moment donné aujourd'hui, quarante personnes — probablement plus si on compte les entourages, les maquilleurs, les cascadeurs et les gens qui tiennent ces trucs poilus de microphones au-dessus des têtes pendant qu'on filme une

scène — vont déferler sur Hunter's Creek, changeant littéralement le paysage de cet endroit. Pour le mieux. Pour le *beaucoup*
mieux.

Malgré tous mes efforts pour me concentrer sur mon
travail, je regarde par la fenêtre du Second Chance Café,
pleine d'expectative.

Jusqu'à présent, rien.

— La table 7 a dit qu'ils avaient commandé des pancakes
il y a une demi-heure, dit ma tante, la propriétaire du café et
ma patronne.

Je détache les yeux de la rue déserte que j'observais par la
fenêtre.

— Pardon, qu'est-ce que tu as dit ?

Tante Sheila me lance un regard sévère.

— Des pancakes, Ryn. La table 7.

— Quoi, les pancakes ? Oh, ils veulent des pancakes ? Je
peux aller prendre leur commande tout de suite si tu veux ?

Je jette un coup d'œil aux personnes assises à la table 7. Ce
sont les membres de ce que j'appelle le comité des dames de
Hunter's Creek, un groupe de femmes qui ont trop de temps à
perdre et qui adorent se réunir pour cancaner sur tout le
monde en ville — et jouer les entremetteuses pour les célibataires parmi nous.

Gabe et moi sommes leurs cibles fréquentes.

Elles se tournent toutes vers moi et me fusillent du regard,
l'air impatient.

Qu'est-ce qu'elles ont ?

Tante Sheila met les mains sur ses hanches couvertes d'un
tablier.

— Qu'est-ce qui t'arrive aujourd'hui, Ryn ? Tu as fait
tomber une commande d'œufs brouillés sur les genoux du
pauvre Samuel McNaught, tu as donné une assiette vide à ta
sœur alors qu'elle avait commandé une part de tarte, et pire
que tout, tu as utilisé du déca dans la machine à café et tout le
monde s'est plaint.

Je grimace.

— Du déca ?

— Du déca. Pas une seule personne dans cette ville n'a eu sa dose de caféine ce matin, grâce à toi.

J'avale ma salive.

— Ce n'est pas bon, ça.

Un Hunter's Creek privé de caféine est un Hunter's Creek de mauvaise humeur.

— Non, Ryn, ce n'est pas bon, répète-t-elle, les traits durcis par la gravité de la situation à laquelle la ville est maintenant confrontée.

Je suis surprise qu'ils n'aient pas déclaré l'état d'urgence.

L'utilisation de mon prénom complet me noue l'estomac. Je ne suis peut-être pas la meilleure serveuse du coin, mais d'habitude, je ne suis pas aussi nulle.

Mais en même temps, ce n'est pas tous les jours qu'Hollywood débarque en ville. Alors pourquoi ne sont-ils pas encore là ?

— Désolée, tante Sheila. Je vais faire mieux. Promis.

Mes yeux retournent vers la fenêtre, de manière totalement incontrôlable.

Sérieusement. Je n'y peux rien.

Tante Sheila remet les mains sur ses hanches.

— Oh, je vois. Tu préfères mater par la fenêtre plutôt que de faire ton travail ?

Grillée.

— C'est juste que…, commencé-je, mais je sais que je n'ai aucune excuse. Désolée.

Son visage s'adoucit.

— Ma chérie, on a tous hâte de voir les gens du cinéma, mais on a toujours une entreprise à faire tourner et des clients à nourrir et à *caféiner*.

Je me mords la lèvre en hochant la tête.

— Les bons grains dans la machine et les pancakes pour la table 7. Je m'en occupe.

Je saisis mon carnet de commandes et mon stylo, mais avant que j'aie eu le temps de me diriger vers la table 7, ma tante pose sa main sur mon bras.

— Ils ont déjà commandé leurs pancakes et ils aimeraient les manger maintenant. Livre ces muffins à Christopher et Alfred Whitlow à la table 4.

Elle me tend deux assiettes.

— Et ensuite, va voir Lisa en cuisine.

— Bien sûr, Tante Sheila.

J'apporte les muffins à Christopher, le petit ami de ma sœur Harper, et à M. Whitlow. Comme d'habitude, les deux avocats sont plongés dans leur conversation. Christopher a racheté le cabinet d'avocats de M. Whitlow quand il s'est installé définitivement à Hunter's Creek, et les deux hommes sont devenus de bons amis.

— Désolée pour le retard, dis-je en posant les muffins sur la table.

— Il n'y a pas de retard, Ryn. En fait, on vient juste de les commander, répond Christopher avec un sourire.

Il est toujours gentil avec moi.

— Vous êtes l'efficacité incarnée, ajoute M. Whitlow.

Un petit succès de serveuse pour la journée.

Je leur lance un sourire, je tourne les talons et je passe les portes battantes pour entrer dans la cuisine. Je trouve Lisa en train de faire griller du bacon, tout en fredonnant un air. Ses cheveux grisonnants sont attachés en un chignon bas et net, et elle porte le même tablier couleur citron que moi, avec les mots *Prenez une seconde chance au Second Chance Café* en travers de la poitrine.

On ne peut plus kitsch ?

Je n'ai jamais aimé ce slogan, et encore moins le fait de devoir porter tous les jours un tablier avec ces mots-là inscrits dessus, et un froufrou.

Tellement pas mon style.

Je me suis souvent demandé pourquoi Tante Sheila a

appelé cet endroit *Second Chance*. Je veux dire, ce n'est pas comme si elle n'était pas mariée à Oncle Johnny depuis une éternité. Amours de lycée, ils se sont mariés à seulement dix-neuf ans et filent le parfait amour depuis. Il n'y a pas eu de seconde chance côté cœur, pour autant que je sache.

Ils sont assez représentatifs des gens d'ici, à Hunter's Creek. Soit tu quittes la ville juste après le lycée pour aller à l'université et tu ne reviens pas, soit tu restes ici, tu trouves un boulot à la scierie tout en choisissant ton partenaire pour la vie dans un vivier très limité, tu l'épouses, puis tu passes le reste de ta vie à commérer et à jouer les entremetteurs pour le reste de la ville.

D'une manière ou d'une autre, j'ai réussi à échapper à ces deux chemins tout tracés. Pas de départ pour l'université et au-delà, et certainement pas de mariage précoce juste après le lycée.

Nous, les célibataires qui ne sommes jamais partis — comme moi, Ivy et Gabe — sommes une espèce si rare ici que je suis surprise qu'un groupe de psychiatres en blouse blanche avec une rangée de stylos multicolores dans la poche ne nous ait pas enfermés dans un laboratoire pour nous étudier.

Ça pourrait arriver.

Et vous savez ce qu'ils trouveront en m'étudiant ? Quelqu'un qui est satisfait de sa vie, même si elle est parfois un peu monotone. Ils trouveront quelqu'un qui est heureux de voir les autres accomplir de grandes choses. Ils trouveront quelqu'un qui est à l'aise avec son sort, quelqu'un qui sait qu'elle ne deviendra jamais quelqu'un d'exceptionnel. Et ça me va, parce que vous savez quoi ? Je suis contente d'avoir laissé aux autres le soin de se surpasser.

Pour moi, le problème, c'est que j'ai deux sœurs aînées qui sont toutes les deux candidates au concours de Miss Perfect USA, et des parents qui se demandent pourquoi je ne suis pas comme elles. Je leur ai dit à tous que je travaillais pour devenir une influenceuse sur les réseaux sociaux pour qu'ils pensent que je fais quelque chose de ma vie, alors qu'en réalité, c'est la dernière chose que je voudrais faire. Mais au moins, ça a poussé mes parents à arrêter de me harceler sur le fait que je n'ai pas de carrière, principalement parce qu'ils n'ont aucune idée de ce que fait réellement une influenceuse.

Ai-je mentionné que c'est super amusant d'être moi ?

Et de toute façon, je sais que je ne pourrais jamais rivaliser avec mes sœurs, alors à quoi bon essayer ? Mes sœurs ont toujours été super proches, se partageant les secrets de leur vie, et me laissant toujours à l'écart. Pour elles, je suis la petite sœur, le boulet de la famille qui ne pourrait jamais atteindre leur niveau de perfection.

Je sais, je vous entends. Vous pensez que je souffre d'un complexe d'infériorité de la benjamine. En fait, c'est peut-être quelque chose que certaines personnes ont insinué par le passé. Mais je *sais* que mes sœurs m'ont toujours prise de haut. Je suis la petite dernière de la famille, la petite sœur qui est juste ça : une gamine.

Et vous savez quoi ? Être la petite gamine de la famille Cole me va très bien. Ça a ses avantages. Je n'ai pas besoin d'avoir une grande carrière. Je ne dois pas avoir la relation parfaite. Je n'ai pas à me tuer à la tâche pour un patron difficile dans la grande ville, ni à être la meilleure prof de l'école primaire de Hunter's Creek.

Je peux juste être moi.

Insouciante, heureuse, facile à vivre, amusante.

— Salut, Tante Lisa, dis-je.

Car bien sûr, nous sommes parentes. Après tout, c'est Hunter's Creek. Un réservoir génétique limité, comme Christopher aime à le souligner.

Elle lève les yeux de son bacon grésillant vers moi.

— Salut, ma chérie. Tu as vu quelque chose ?

Elle n'a pas besoin d'ajouter « de l'équipe de tournage

hollywoodienne ». Nous savons toutes les deux ce qu'elle veut dire.

— Pas encore, réponds-je avec un soupir. Je suis là pour les pancakes de la table 7.

— Tu veux dire ceux qui sont là-bas ?

Elle désigne trois assiettes ornées de piles de pancakes, de crème, de fraises et d'une flaque de sirop d'érable.

— Ils sont probablement plus des pancakes *froids* que chauds maintenant, ma chérie.

— Je les ai peut-être oubliés, je marmonne. Tu crois que tu pourrais me rendre service et les réchauffer ?

Elle penche la tête, ses lèvres se resserrant.

Le bacon grésille et crépite.

— S'il te plaît, Tante Lisa ? je demande avec ma meilleure voix de *benjamine de la famille*.

Je remarque que les traits de ma tante s'adoucissent.

— Bien sûr, ma chérie. Enlève la crème et les fraises et je te les réchauffe tout de suite.

— Merci *beaucoup* !

, dis-je d'un ton mielleux, avant de faire ce qu'elle m'a dit.

Parfois, utiliser mon statut de petite dernière de la famille est bien pratique.

J'apporte les trois assiettes de pancakes fraîchement réchauffés aux dames désapprobatrices de la table 7, en me confondant en excuses et en offrant du café gratuit en dédommagement.

— Je mettrai même des grains de café caféinés cette fois, leur dis-je, avec ce que j'espère être un sourire charmeur.

— Vous n'êtes pas obligée de faire ça, ma chérie, dit Mme Ashbridge.

— Tu te trompes sur ce point, Suzie. Nous avons besoin de caféine, déclare son amie, Mme Jacobson, en agitant sa tasse vide en l'air.

— Absolument, approuve le troisième membre du groupe

à la table, mon ancienne institutrice du primaire, Mme Sommerfeld.

— Vous savez, Ryn ? dit Mme Ashbridge d'une voix basse et conspiratrice.

Je pose mes mains sur mes genoux pour me pencher vers elle.

— Nous sommes toutes censées suivre le régime cétogène en ce moment. Vous savez, celui où on n'a pas le droit de manger de glucides ?

— Bien sûr.

— Ces pancakes ne font pas vraiment partie du programme. Promettez-moi juste de ne le dire à personne.

— Votre secret est en sécurité avec moi, lui dis-je en me redressant.

— Nous ne mangeons des glucides que parce que c'est un jour spécial, explique Mme Jacobson.

— En raison des nouveaux arrivants attendus, vous comprenez, ajoute Mme Sommerfeld.

Personnellement, je n'ai pas besoin d'excuse pour manger des glucides, mais je ne suis pas membre du Comité des Dames de Hunter's Creek, qui se compose de ces trois-là et de ma tante Sheila.

— Je me demande quand ils vont arriver, dit Mme Ashbridge en se tournant pour regarder par la fenêtre vers Main Street.

Comme si le moment avait été parfaitement choisi, un défilé de voitures noires et brillantes passe devant nous.

Est-ce que c'est… ?

Serait-ce enfin… ?

Nous échangeons toutes les quatre un bref regard avant que les femmes ne repoussent leurs chaises d'un même mouvement, puis nous nous précipitons toutes ensemble vers la fenêtre pour y voir de plus près.

Nous ne sommes pas les seules. La moitié du café et même ma tante Sheila se pressent autour de nous alors que les véhicules défilent les uns après les autres, comme un flot de fourmis surdimensionnées et lustrées. Des camionnettes et des camions de toutes les formes et de toutes les tailles suivent les voitures noires, et ils se dirigent tous dans la même direction : le plateau de tournage sur lequel ils travaillent depuis déjà deux semaines, sur le terrain de M. Cantor, juste à la sortie de la ville.

— Tu crois qu'ils vont s'arrêter pour prendre un café ? demande quelqu'un.

— Oh, ils devraient vraiment. Le café de Sheila est le meilleur de la ville, répond quelqu'un d'autre.

— Seulement quand il est caféiné.

Un grondement de mécontentement se fait entendre.

— On sait tous que le café de Sheila est le meilleur de la ville, mais *eux*, ils ne le savent pas.

— Quelqu'un devrait vraiment leur parler du café d'ici.

Sans parler du fait qu'il n'y a que deux cafés à Hunter's Creek. La concurrence n'est pas vraiment féroce sur le marché du café en ville.

Ni sur aucun autre marché, d'ailleurs.

— Tout le monde boit du café, vous savez. Même les stars de Hollywood. On les voit toujours dans les magazines, en train de sortir de Starbucks avec leurs cafés sophistiqués à la main.

— Le café de Stephanie est assez bon aussi, vous savez.

— Chut ! Tu ne peux pas dire ça ici.

— Pourquoi pas ? C'est la pure vérité.

Je me retourne et je vois Stephanie elle-même, debout au milieu du groupe de spectateurs impatients. Je hausse les sourcils d'un air interrogateur.

Elle hausse les épaules.

— Cet endroit est sur Main Street. On a une meilleure vue sur les nouveaux arrivants, dit-elle en guise d'explication.

Et puis, l'impossible se produit.

Une limousine noire et brillante ralentit, son clignotant

allumé. Elle s'engage dans une place de parking juste devant la fenêtre où nous sommes tous rassemblés.

Comme si la vitre s'était soudainement transformée en clôture électrique, tout le monde regagne sa table en se bousculant. Des « Aïe ! », des « ouille ! » et des « c'est ma place ! » résonnent dans la pièce tandis que je file droit vers la caisse, me disant que si les occupants de ce véhicule entraient vraiment dans ce café, je voudrais être celle qui les servirait.

Et je ferai sacrément attention à bien me souvenir de leur commande, aussi.

Une attente fébrile s'empare de la pièce.

La porte du café s'ouvre et nous retenons todos notre souffle, chaque regard dans la pièce se fixant sur la personne qui s'apprête à entrer.

Ce n'est que Gabe.

Un soupir collectif de déception se fait entendre tandis que les regards se détournent de Gabe pour se reporter sur la fenêtre.

Sans vouloir offenser mon meilleur ami, quand on s'attend à voir une star de Hollywood et qu'on tombe sur un gars du coin qu'on connaît depuis toujours, c'est difficile de ne pas être déçu.

Il regarde tout le monde d'un air incertain.

— Qu'est-ce qui se passe ?

Ma tante Sheila me donne un coup de coude.

— Regarde, Ryn. C'est ton futur mari.

— Pour la onzième millième fois, tante Sheila, Gabe et moi, on est juste amis, je proteste.

Et j'ai vraiment l'impression que c'est la onzième millième fois.

Ça ne veut pas dire que mon meilleur ami n'est pas canon. Parce qu'il l'est, sans aucun doute. Même moi, je peux le voir. Assez de mes amies sont tombées sous son charme pour le classer parmi les célibataires les plus convoités du coin. Il a un physique séduisant, du genre mâchoire carrée, chemise à carreaux en flanelle et jean, le style *il devrait vraiment être bûcheron*, avec des cheveux blond cendré, des yeux gris-bleu et de larges épaules. Du haut de son mètre quatre-vingt-huit, n'importe quelle femme aurait de la chance de poder l'appeler son petit ami.

L'expérience m'a appris que la femme qui finira avec Gabe sera mon parfait opposé, tant sur le plan physique que personnel. Gabe a toujours été attiré par les filles grandes, minces et brunes, qui ont de la volonté et de l'ambition. Moi ? Petite, bien en chair, certainement pas brune — blond vénitien, merci beaucoup — et en ce qui concerne la volonté, j'ai tendance à la réserver pour quand je suis au volant.

Le regard interrogateur de Gabe se pose sur le mien, un demi-sourire se dessinant sur son visage alors qu'il traverse le café pour venir vers moi.

Tante Sheila, chef autoproclamée du Comité des Dames de Hunter's Creek, attend qu'il arrive au comptoir avant de lancer son commentaire du jour.

— Résous-moi une énigme. Pourquoi vous n'êtes pas ensemble, vous deux ?

— Parce que c'est comme ça, répond Gabe.

— Ouais. Ce qu'il a dit, j'ajoute.

— Regardez-vous. Vous êtes les meilleurs amis du monde. Vous vous dites tout. En plus, vous êtes super mignons ensemble. Pourquoi ne pas être *vraiment* ensemble ?

— Parce que... c'est Ryn, répond Gabe.

— Et lui, c'est Gabe, j'ajoute.

Gabe me tape dans la main.

Tante Sheila lève les yeux au ciel.

— Okay, vous deux. Comme vous voudrez.

La portière de la limousine qui venait de se garer s'ouvre et un silence s'abat sur la salle tandis que tous les yeux se tournent pour voir.

Les passagers de la voiture vont-ils entrer ici ?

Et, plus important encore, qui *sont*-ils ?

Une partie de moi souhaite que ce soient les stars du film, la célèbre et très belle Charlene Kemp, ou, bien plus excitant encore, le héros du film, nul autre que le tombeur Leonardo Finch, l'objet de tous mes fantasmes d'adolescente.

— Qu'est-ce qu'ils ont tous ? Ils agissent bizarrement, se plaint Gabe.

— Tu as vu qui était dans la voiture, dehors ? je demande, mon attention de nouveau rivée sur la porte comme tout le monde.

— Quelle voiture ?

Je lui jette un regard irrité.

— La limousine noire, bien sûr !

On ne voit pas beaucoup de limousines ici, à part pour le bal de promo.

— Non, je n'ai pas vu qui était dedans. Ce doit être un riche...

Je n'entends pas le reste de sa phrase, car à cet instant, la porte du café s'ouvre et un groupe de personnes bien habillées entre, des gens qui n'ont pas l'air d'être d'ici. Ils sont soignés et chics et ils dégagent une aura d'étrangeté en traversant la pièce.

Le plus incroyable — et je pourrais me pincer pour y croire — c'est que le groupe inclut le ridiculement beau et célèbre Leonardo Finch.

Leonardo Finch !

Vous savez, quand on voit une célébrité en chair et en os et qu'on reçoit une décharge électrique qui nous dit qu'on est en présence de quelqu'un qu'on a l'impression de connaître déjà, mais qu'évidemment, on ne connaît pas du tout ? C'est ce qui m'arrive.

Et oui, il se pourrait bien que j'aie eu des posters de lui sur les murs de ma chambre d'adolescente — et que j'aie probablement rêvé qu'il vienne me chercher pour le bal de promo, qu'il me déclare son amour et me demande en mariage.

Vous vous doutez probablement qu'aucune de ces choses n'est arrivée.

Mais alors, juste au moment où je maîtrise mon côté fan pour Leonardo Finch, quelqu'un d'autre entre nonchalamment dans la pièce, captivant totalement mon regard.

Et à juste titre.

On dirait Anthony, lord Bridgerton, mais sans les vêtements formels et les favoris franchement ridicules. Il fait probablement quelques centimètres de plus que moi, avec des cheveux châtains épais et des yeux bleus perçants. Il porte un jean noir déchiré, un t-shirt gris sous un perfecto en cuir noir, les cheveux ébouriffés comme s'il venait de les passer dans ses doigts après avoir retiré son casque de moto.

Gabe est peut-être en train de me dire quelque chose, ma tante Sheila me donne peut-être des coups de coude furieux, la pièce bourdonne peut-être de chuchotements excités à la vue de Leonardo Finch, mais je suis sourde à tout cela.

À tout, sauf au type en perfecto.

Chapitre 2

Gabe

Je prends une autre pelletée de verre sodo-calcique brut dans le bac et la jette dans le fourneau rougeoyant. Je referme aussitôt la porte tandis qu'une bouffée d'air chaud me frappe en plein visage.

Le soufflage du verre peut être un travail éreintant, surtout en été, et je fais une pause pour essuyer la sueur de mon front avec le bas de mon t-shirt.

Ma mère m'aurait grondé si elle avait été là pour voir ça.

— Tu as l'intention de faire quoi ? me demande Theo

Martin, mon mentor, en accrochant son sac à dos et sa casquette de baseball des Mariners de Seattle à une patère.

D'une carrure trapue et doté d'une épaisse chevelure brune, le propriétaire du Theo's Glass avait environ dix ans de plus que moi à l'école de Hunter's Creek. J'ai fait sa connaissance lorsque Ryn et moi avons suivi un cours du soir sur le soufflage du verre quelques années plus tôt, et nous sommes tous les deux tombés amoureux de l'idée de créer de magnifiques œuvres d'art avec ce matériau.

C'est moi qui ai eu la chance d'obtenir l'apprentissage chez Theo's Glass. Ryn et moi avions tous les deux postulé pour cette unique place, et elle s'est montrée très bonne joueuse quand c'est moi qui l'ai décrochée.

Je sais que ça aurait pu créer un froid entre nous. Mais ça n'a pas été le cas, car Ryn est sincèrement capable de se réjouir pour moi, même quand les choses ne tournent pas en sa faveur.

Avec le décès de ma mère six mois plus tôt, cet apprentissage a été une véritable bouée de sauvetage à un moment où j'en avais le plus besoin. Il m'a donné quelque chose de nouveau, de positif et de stimulant sur lequel me concentrer, au lieu de rester chez moi à me morfondre, en colère contre le conducteur qui a mis fin à la vie de la seule famille qu'il me restait.

C'était une période sombre, et le fait d'être ici, de travailler aux côtés de Theo et des autres employés, d'apprendre un nouvel artisanat, a apporté une lueur d'espoir au jeune homme de dix-neuf ans que j'étais. J'ai cherché le réconfort dans l'art, trouvant un but et un sentiment d'appartenance.

— J'ai pensé faire un autre vase et travailler sur les accents de couleur que tu m'as enseignés. Je veux en faire un pour une amie.

Theo lève les sourcils vers moi.

— Une amie, hein ?

— D'accord, Ryn, je concède.

Il sourit. Il sait que Ryn et moi sommes proches.

— Tu veux un coup de main ?

— Bien sûr. Rowena avait dit qu'elle pouvait, mais elle a l'air d'avoir disparu, je réponds en nommant l'une des souffleuses de verre à plein temps de l'atelier.

— Heureusement que je suis là. De toute façon, je ne pensais pas que tu pourrais venir aujourd'hui, dit Theo.

— J'essaie de caler un peu de temps ici avant mon service au bar.

— Tu y travailles tous les soirs ? demande-t-il en ouvrant la porte du fourneau, et une vague de chaleur nous frappe au visage.

— Tous les soirs sauf le dimanche. Ils manquent de personnel et il y a beaucoup de monde en plus en ville avec le film en ce moment. Je me dis que l'argent, c'est l'argent.

— On ne peut pas dire plus vrai, mon ami. Mais tu fais de longues heures.

— Je fais ce que j'ai à faire. J'ai des factures à payer.

— On a tous des factures à payer, mais il faut vivre aussi. Tu sais bien que trop de travail et pas assez d'amusement font de Gabe un apprenti-barman bien ennuyeux, n'est-ce pas ?

Je lâche un rire surpris.

— Merci beaucoup, patron. Je m'amuse largement assez.

Mon ton est peut-être un peu sur la défensive.

À vrai dire, « m'amuser » n'a pas vraiment été ma priorité ces dernières années, depuis le décès de ma mère. Entre mon travail au Black Bear, mon apprentissage non rémunéré ici à l'atelier et les cours du soir à Cotown, je n'ai pas eu le temps pour grand-chose d'autre.

Ça me convient. Travailler le soir et quelques services du midi au bar me libère du temps pour le passer ici, à l'atelier, à faire ce que je veux vraiment faire : créer de belles pièces d'art en verre qui, je l'espère, seront un jour assez bonnes pour que je puisse en vivre. Alors je pourrai quitter mon job au bar et me consacrer uniquement à ma passion.

C'est le rêve, en tout cas. Fabriquer mes propres œuvres en verre et les vendre dans tout l'État, voire dans tout le pays. C'est pour ça que je suis les cours à Cotown, pour apprendre à diriger un jour ma propre entreprise de soufflage de verre.

Theo inspecte le volume de silice dans le fourneau et ferme la porte.

— Tu es prêt à commencer ?

— Bien sûr.

Je prends une autre pelletée, prêt à la jeter dans le fourneau, quand il m'arrête.

— On en a assez pour l'instant. Va disposer les couleurs que tu veux utiliser sur le plateau là-bas.

Il désigne le long établi en bois près du mur.

Il prend l'une des longues cannes de verrier dans le râtelier et cueille un peu de verre en fusion dans le fourneau. Il la fait tourner pour prélever la bonne quantité de verre pour commencer à faire le vase, et j'observe son procédé.

Une fois que le poids lui semble correct, il la sort et nous commençons le processus de roulement et de soufflage du verre. Il souffle dans la canne, et je la façonne et la moule. Lentement, la boule orange vif au bout de la canne, qui me fait toujours penser à de la lave, commence à prendre forme et nous la travaillons et la retravaillons jusqu'à ce qu'elle soit prête à retourner au fourneau pour y ajouter certaines des couleurs que j'ai disposées, après quoi Théo enfourne à nouveau le verre pour ramollir les amas de couleur à travailler.

— Tu dis que tu t'amuses, Gabe, mais dis-moi, à quand remonte ton dernier rendez-vous galant ?

Avant que j'aie eu la chance de répondre par une excuse bidon, il ajoute :

— Et pour que ce soit clair, être allongé sur le toit de ton pick-up à regarder le ciel nocturne avec Ryn, ça ne compte pas.

— Je sais que ça ne compte pas. Ça, ce sont des amis qui passent du temps ensemble, je réponds.

Il me lance un regard que je choisis d'ignorer. C'est un regard que je connais bien, celui qui apparaît chaque fois que le nom de Ryn est mentionné, le même que sa tante m'a jeté au café ce matin alors que tout le monde n'avait d'yeux que pour les nouveaux arrivants en ville. C'est le regard du genre : « Tout le monde sait que vous allez finir ensemble, alors qu'attendez-vous pour vous lancer ? » Comme s'ils ne pouvaient pas comprendre comment deux personnes de sexe opposé peuvent être de si bons amis sans aucun sentiment amoureux.

— Je suis trop occupé pour sortir avec quelqu'un, je lui dis.

— Trop occupé, hein ? Tu ne peux pas laisser la vie te filer entre les doigts, tu sais.

— La vie ne me file pas entre les doigts. Je gagne assez pour m'en sortir pendant que j'apprends mon métier.

Il me dévisage par-dessus la canne de verrier.

— Du moment que ça te suffit.

— C'est amplement suffisant.

Nous ajoutons les couleurs que j'ai préparées et Théo me guide, s'assurant que j'utilise la bonne quantité d'air, la bonne quantité de verre coloré.

Je suis reconnaissant quand il change de sujet.

— J'aime bien le jeu entre les tons chauds et froids que tu as là. Ça fonctionne, dit-il.

Théo est un mentor juste mais exigeant, qui me met à l'épreuve, me façonnant pour faire de moi le meilleur artiste possible — sans mauvais jeu de mots. Ses compliments sont rares, alors quand on en reçoit un, on ne peut s'empêcher de sentir qu'on est sur la bonne voie.

Une fois satisfait, je place l'objet dans ce qu'on appelle le *glory hole*, un autre four à très haute température utilisé pour réchauffer le verre. Je tourne la canne, puis je retourne à l'espace de travail où je donne au vase sa forme finale sous l'œil attentif de Théo, en le roulant sur l'établi en acier connu sous le nom de marbre.

Quand nous avons terminé, nous prenons une pause pour nous réhydrater. J'attrape ma bouteille d'eau et j'en bois une gorgée avec reconnaissance, en essuyant la sueur de mon front, mes yeux commençant à me piquer.

Adossé au mur, une bouteille de Coca à la main, Théo aborde le seul sujet dont tout le monde semble capable de parler depuis leur arrivée à Hunter's Creek.

— J'étais sur Main Street ce matin, pour quelques courses. La ville est en pleine effervescence. Je n'ai jamais vu autant de monde ici, y compris pendant tous les festivals que notre ville semble adorer organiser à chaque saison.

Je prends une autre gorgée d'eau.

— C'est sûr qu'on adore les festivals.

Hunter's Creek se vante d'avoir quatre festivals par an, un pour chaque saison. Le Festival d'été approche. Il est populaire auprès des gens qui viennent de loin et il est toujours amusant, avec des manèges, des jeux et des bébés animaux de la ferme que les enfants peuvent caresser et nourrir.

— Les grandes stars du film sont là, aussi. Louisa a vu Ryn au Second Chance.

Il continue en parlant de sa femme.

— Apparemment, Leonardo Finch en personne a flirté avec Ryn quand il est passé prendre un café. Tu te rends compte ?

Je me frotte le menton, me souvenant de la façon dont la star de Hollywood a gratifié Ryn d'un large sourire et a fait un commentaire un peu bateau sur le fait qu'il ne s'attendait pas à trouver une si jolie fille dans une petite ville comme Hunter's Creek. Ça l'a fait rougir comme une pivoine.

Me sentant aussi visible à ses yeux que Casper le fantôme, j'avais tourné les talons et j'étais parti. Je suis certain qu'elle n'a même pas remarqué mon départ.

— Tu m'as entendu, Gabe ? Leonardo Finch a flirté avec Ryn.

Je pose ma bouteille d'eau sur l'établi.

— J'étais là.

— Tu étais là ?

— Je suis passé prendre un café en venant ici. Ce n'est pas comme si j'en avais eu un.

— Et ça ne t'a pas dérangé ?

— Pourquoi ça m'aurait dérangé ? je réponds d'un ton moqueur.

Théo me jette un regard scrutateur.

— Te voilà, son meilleur ami, le gars qui est toujours là pour elle, et voilà qu'une star de cinéma débarque et se met à la draguer sans se gêner. C'est ce qui s'appelle te marcher sur les pieds. S'il avait flirté avec ma Louisa...

— Théo, Ryn est une adulte. Elle peut faire ce qu'elle veut.

Il déplace son poids comme un bambin impatient.

— Mais c'est ça, le truc. Tu crois nous duper. Tu crois que tu t'en sors comme ça. Mais non.

Je lève les yeux vers lui.

— Mais de quoi diable est-ce que tu parles ?

— De toi et de Ryn.

— Moi et Ryn, quoi ? je demande en soupirant. Encore tes histoires d'entremetteur ?

— Toi et Ryn, ensemble, sentimentalement. Tu sais, *amoureux*.

Il mime des guillemets avec ses doigts, comme si parler d'amour était quelque chose de gênant. Je suppose que pour deux gars de Hunter's Creek qui portent des jeans, des bottes de travail et des chemises à carreaux la plupart du temps, ça l'est probablement.

Je ris, parce que qu'est-ce que je pourrais faire d'autre ?

— Pourquoi tu ris ? demande Théo, un large sourire aux lèvres.

— Crois-moi. La dernière chose que je veux, c'est être amoureux de Ryn Cole.

— Bien sûr que non.

Théo me lance un regard qui me dit qu'il n'en croit pas un mot.

Ce qui ne fait que me rendre plus déterminé à prouver ce que j'avance.

— Ce n'est pas que j'aie besoin de t'expliquer ça, mais je vais le faire quand même.

Il croise les bras et m'offre un sourire amusé.

— Ça promet d'être intéressant.

— On est amis. Meilleurs amis. Tu le sais, je le sais, bon sang, toute la ville le sait. C'est tout ce qu'on est.

J'essuie l'humidité de mon front et je regarde Théo droit dans les yeux.

— De bons amis peuvent devenir plus, tu sais. Ça arrive tout le temps, bien plus souvent que tu ne le penses.

Je secoue la tête.

— Ce n'est pas parce que Louisa te fait regarder tous ces téléfilms à l'eau de rose que ce genre de choses arrive dans la vraie vie, je réplique.

La femme de Théo est célèbre pour son amour inconditionnel des films avec leurs fins heureuses irréalistes que personne n'obtient vraiment.

Je suis bien placé pour le savoir.

— Tu peux nier autant que tu veux. Vous pourriez bien finir ensemble, toi et Ryn, et je serai là pour te dire : « Je te l'avais bien dit. »

Je passe mes doigts dans mes cheveux en m'efforçant de ne pas serrer la mâchoire.

— Continue donc de regarder tes films superréalistes, mon pote.

Chapitre 3

Ryn

— Raconte-moi tout.

Les yeux d'Ivy pétillent alors que nous nous calons dans nos chaises sur le porche de la maison que nous partageons.

Nous ne vivons ici que depuis un peu plus de cinq semaines, depuis que j'ai enfin, *enfin*, quitté la maison de mes parents.

Pourquoi est-ce que je n'ai pas déménagé plus tôt ?

Ah oui. Le petit problème d'argent. Maintenant que j'ai un

boulot à plein temps au Second Chance, je n'ai plus besoin de m'en soucier.

La nuit est douce, le soleil bas dans le ciel, tandis que les oiseaux et les criquets entonnent leurs sérénades du soir.

— Il n'y a pas grand-chose à raconter, je réponds d'un ton évasif, alors que je suis sur le point d'exploser de joie.

Franchement, ce n'est pas tous les jours que l'on rencontre son idole d'adolescente — ou un nouveau mec mignon en ville qui m'a clairement lancé des regards séducteurs pendant qu'on servait ladite idole. Ce bel inconnu dont le regard a croisé le mien avant que ses lèvres ne s'étirent en un sourire sexy.

Des papillons s'agitent dans mon ventre à cette simple pensée.

— Oh, je sais bien que si, ma belle, et je veux tout, mot pour mot, dans les moindres détails, insiste-t-elle.

— Il est vraiment charmant.

— Je n'en doute pas, dit-elle en soupirant. Qu'est-ce qu'il a dit ?

— Il a dit qu'il ne s'attendait pas à rencontrer une si jolie fille à Hunter's Creek, mais qu'il en était heureux.

Elle pose une main sur son cœur comme si je venais de prononcer la phrase la plus romantique qui soit, alors qu'en fait, de mon point de vue, ça sentait un peu le réchauffé.

— C'est tellement adorable ! Et après, qu'est-ce qu'il a dit ?

— Il a commandé un café, je lui ai dit combien ça coûtait et il m'a payée. Enfin, il a essayé de me payer. Tante Sheila lui a dit que c'était pour la maison.

— C'est tout ce qui s'est passé ?

— Ouais.

— Attends. C'est ça, sa façon de te draguer ? D'après ce qu'on m'a raconté, vous étiez pratiquement mariés à la fin de la conversation.

— Qui a dit ça ?

— Louisa Martin l'a dit à Janey Chesterfield, qui l'a dit à Andrea Bowman, qui l'a dit à tout le monde au service de la comptabilité.

— Donc, à toute la ville ?

— Ma belle, c'est une grande nouvelle ! Mais j'aurais cru qu'il y aurait plus qu'une simple phrase. Comment prend-il son café ?

Je lance un regard en coin à mon amie.

— Qui ça ?

Elle lève les yeux au ciel.

— Le pape. À ton avis ? Leonardo Finch, bien sûr.

— Pourquoi tu veux savoir ça ?

— Parce que ça montre quel genre de personne il est.

— Je n'ai jamais entendu parler de ça.

— Oh si. Tout le monde sait ça, m'informe-t-elle avec assurance. Je vais te montrer.

Elle prend son téléphone sur la table et commence à tapoter l'écran.

— OK, voilà. C'est dans *Hey, Girl*, dit-elle en nommant le magazine qui est quasiment sa bible. Un café noir, ça veut dire qu'il est traditionnel, vieille école, un peu comme ton père. Un expresso, ça le rend sophistiqué et ouvert sur le monde…

— Ou pressé.

Elle m'ignore.

— … et un cappuccino, ça veut dire qu'il recherche le confort et qu'il est aventureux.

— Il recherche le confort *et* il est aventureux ? Ce n'est pas le contraire ?

— Ça peut être tout à fait compatible. Comme… le glamping.

Je lève un sourcil vers elle.

— Le glamping ?

— Le glamping est la combinaison parfaite entre être à l'extérieur, au contact des éléments, ce qui te rend aventureux, sans pour autant renoncer à ton style, ce qui te rend en quête de confort.

— Tu crois que Leonardo Finch fait du glamping ?

Je n'arrive pas à imaginer la star de cinéma en train de faire quoi que ce soit qui ressemble à monter une tente, même si elle est luxueuse. Une tente reste une tente en ce qui me concerne, et j'en ai vu bien trop, à cause de la version très peu glamour du camping que ma famille m'a fait subir pendant mon enfance. Sérieusement, on pourrait croire que vivre dans une petite ville au milieu d'une forêt suffirait comme dose de nature pour mes parents. Apparemment non.

— Est-ce qu'il a commandé un cappuccino ? demande Ivy.

— Un café glacé.

Son visage s'illumine.

— Ooooh, un café glacé.

Elle fait défiler sur son téléphone.

— Ça veut dire que c'est quelqu'un qui aime vivre sans limites, une âme libre ouverte aux possibilités excitantes, quelqu'un qu'on ne peut pas retenir.

Je la dévisage, amusée et incrédule.

— Je pensais que c'était juste parce qu'il faisait chaud.

Elle hausse les épaules en agitant son téléphone en l'air.

— Je ne fais que répéter ce que disent les experts. C'est de la science pure.

Je pouffe de rire.

— De la science ? C'est le magazine *Hey, Girl*.

— Ils consultent des experts, insiste-t-elle.

— D'accord, et qu'est-ce que les experts disent du fait qu'il le voulait avec du lait d'avoine, mais que la seule alternative au lait que nous avions était le soja, alors il l'a pris quand même ?

Elle hausse les épaules.

— Qu'il est anti-vache ?

Je laisse échapper un petit rire.

— Quoi qu'il en soit, il est là pour des semaines et des semaines. On va probablement le revoir.

— Correction : *tu* vas le revoir. Il ne va pas venir à la scierie pour son café glacé au lait bizarre, et encore moins voir le service des comptes fournisseurs, grogne-t-elle.

— Qui sait ? Peut-être qu'il décidera qu'il aime tellement cet endroit qu'il restera et deviendra ouvrier à la scierie.

Ivy éclate d'un rire sec.

— Évidemment, c'est ce que font toutes les stars d'Hollywood.

— Il pourrait être le premier ? Peut-être que Liam Hemsworth déménagera ici ensuite. Ou Channing Tatum. Il est costaud.

Channing Tatum était l'acteur préféré d'Ivy quand elle était jeune.

— Apporte-moi un Channing en chemise de flanelle et en bottes de travail.

Elle prend un air songeur, et nous restons assises, toutes les deux perdues dans l'idée complètement improbable qu'une star hollywoodienne de premier plan puisse un jour emménager à Hunter's Creek. Bien sûr, la star de *Serious Bite*, Dex Ryder, a grandi ici, mais c'est différent. Et puis, il vit à Los Angeles maintenant, et après avoir brisé le cœur de ma sœur, bon débarras.

Je tripote le bord de ma veste en jean.

— Leonardo Finch n'était pas la seule bombe à débarquer en ville aujourd'hui.

Le visage d'Ivy s'illumine.

— Balance tout.

— Un autre mec est entré juste après lui. Il était si canon que j'ai failli fondre sur place.

— Un sosie ?

Je n'ai même pas besoin de réfléchir.

— Anthony Bridgerton.

Elle se redresse sur sa chaise.

— Continue.

— À moto.

— Oh, là là. Totalement ton genre.

— Grave, hein ?

— Si tu me dis qu'il a flirté avec toi aussi, j'abandonne mon job pour travailler au Second Chance, genre, *aujourd'hui*.

Je souris, sentant des choses bizarres se passer dans mon ventre en me rappelant ce que ça faisait de croiser le regard de ce nouveau venu.

— Il ne m'a rien dit. Il n'en a pas eu besoin.

Ivy pousse un petit cri.

— Tu as eu son nom ? Son numéro ? N'importe quoi ?

— Non. Mais j'ai l'impression qu'il reviendra.

— Ma belle, je l'espère. Pour toi. Qu'est-ce que Gabe en a pensé ?

— Gabe ?

— Tu sais, le grand type, les épaules larges comme un pont, bâti comme un footballeur américain, qui vit à deux rues d'ici.

— Tu veux dire ton ex ?

La taquiné-je, lui rappelant qu'elle est sortie avec Gabe pendant trois mois et demi au lycée. C'était une durée significative à l'époque.

— Ma belle, c'était il y a un million d'années. Hashtag j'ai tourné la page.

Elle fait un geste dédaigneux du poignet.

— Je n'ai aucune idée de ce que Gabe en pense, dis-je honnêtement, car entre mon flirt visuel avec le bel inconnu et la commande de café de Leonardo Finch, qui prouverait qu'il a une âme libre et qu'il est ouvert à des possibilités excitantes — sérieusement ? —, Gabe était introuvable.

— Il va te falloir son approbation avant de sortir avec certains inconnus canons à moto qui flirtent avec toi du regard.

— L'*approbation* de Gabe ? je me moque. Ce n'est pas lui qui commande.

— Tu sais comment il est. Il a toujours été protecteur avec toi. Genre super, incroyablement protecteur.

— Non, pas du tout. Juste protecteur comme un ami normal. C'est tout.

— C'était quoi ce vieux film avec Whitney Houston ? Elle chantait la célèbre chanson que les gens dans les télé-crochets ratent toujours.

— Oh, je vois de quel film tu parles. *Bodyguard*.

— C'est ça. Gabe est comme Kevin Machin-chose.

— Kevin *Costner* était un vrai garde du corps dans ce film. C'était son travail de protéger Whitney Houston.

Ivy hausse les épaules.

— Kif-kif.

Je secoue la tête en la regardant.

— Ça n'a rien à voir. Et de toute façon, Gabe est seulement protecteur parce que nous sommes meilleurs amis.

— Ah ouais ? Tu te souviens de comment il était quand tu es sortie avec Joshua Payne il y a quelque temps ? Il n'arrêtait pas de dire des trucs comme « il n'est pas assez bien pour toi » et « tu peux trouver mieux ». Il ne la fermait jamais à ce sujet. C'est vite devenu lassant.

Des souvenirs défilent dans mon esprit. Je suis sortie avec Joshua Payne il y a quelques années. Comme la plupart des gens dans cette ville, Josh travaillait à la scierie. Contrairement à la plupart des gens dans cette ville, il ne s'était pas marié à dix-huit ans et n'avait pas quitté la ville pour des choses plus grandes et plus brillantes. Il faisait partie du bassin limité de rencarts possibles, et oui, il avait ce truc cool de motard qui me fait craquer à chaque fois, alors quand il m'a invitée à sortir, j'ai sauté sur l'occasion.

Ça n'a pas duré longtemps. Il m'a larguée après quelques mois pour passer à une autre fille de notre classe, et je savais que Gabe se mordait la langue pour ne pas me dire qu'il me l'avait bien dit.

Je parie qu'il a adoré avoir raison.

— Gabe est comme un grand frère pour moi, je proteste. Un grand frère agaçant.

— Comme je l'ai dit, il n'est pas comme ça avec moi.

— C'est parce que tu lui as brisé le cœur au lycée. Je m'en souviens. J'étais là pour ramasser les morceaux pendant que tu étais occupée à passer au suivant, et puis au suivant.

Elle me donne une petite tape sur le bras.

— Tu me fais passer pour une garce.

— Tu étais populaire, c'est tout.

Mon regard se pose sur elle. Elle me dépasse de quelques centimètres, avec de longs membres et une taille fine, une masse de cheveux bruns épais et un visage ridiculement joli. Totalement le genre de Gabe. Un genre dont il n'a pas dévié pendant toutes ces années.

— La popularité au lycée ne veut rien dire quand on est encore célibataire à vingt-trois ans, gémit-elle.

— Vingt-trois ans, ce n'est pas exactement vieux.

Elle lève les yeux au ciel.

— Si, par ici.

Elle n'a pas tort. Le vivier d'hommes disponibles dans cette ville s'est multiplié de façon exponentielle maintenant que l'équipe de tournage est là. Ma sœur, Harper, a mis le grappin sur le seul nouveau venu en ville il y a quelques mois, alors nous sommes de retour à la dèche sentimentale, USA, population : moi, Ivy et Gabe (qui ne compte même pas vraiment, parce que c'est un mec). Oh, et Tanya Jacobson, la bibliothécaire de Hunter's Creek, soixante-quatre ans.

Mais même avec un choix aussi limité, il est hors de question que je me contente de peu. Je veux mon grand amour. Je ne veux rien de moins que quelqu'un qui déclenche un feu d'artifice dans mon cœur et me donne l'impression d'être la seule femme de tout l'univers.

Jusqu'à présent, la recherche n'a abouti à rien du tout.

Mais peut-être que ce nouveau gars pourrait se transformer en... quelque chose ?

Mon cœur palpite à cette pensée.

Nous restons assises dans un silence complice tandis que le soleil disparaît à l'horizon, nous laissant avec un ciel rougeoyant et le son lointain des grenouilles dans l'étang près de la scierie.

— Au moins, il se passe enfin quelque chose d'excitant ici, dit Ivy.

— La vente de la scierie n'était pas assez palpitante pour toi ?

Je pose la question avec un sourire ironique.

Nous savons toutes les deux que la vente de la scierie était à peu près aussi palpitante que de poser une division.

— L'arrivée de Christopher au dernier moment était... divertissante, je suppose, admet Ivy.

— Et romantique. Il a complètement fait chavirer Harper. C'est ça que je veux : quelqu'un qui m'aime tellement qu'il fera quelque chose de super grandiose pour moi afin de prouver son amour.

— Je ne suis pas sûre que la scierie soit de nouveau à vendre, me taquine-t-elle.

— Tu vois ce que je veux dire. Je veux quelqu'un qui remuera ciel et terre pour être avec moi, comme Christopher l'a fait pour Harper.

Je pense à ma sœur aînée et à l'homme qu'elle aime. Le truc, c'est que Harper est le genre de personne qui attire les mecs qui font de grands gestes. Je sais que ce n'est pas vraiment un type, comme le type aventurier ou le type citadin, mais croyez-moi, s'il y a une personne pour qui « les grands gestes » est un type, ce serait Harper.

L'une des gagnantes du concours de Miss Perfect USA, vous vous souvenez ?

Le pick-up de Gabe s'engage dans notre allée, ses phares nous aveuglant temporairement.

Ivy se lève.

— Où est-ce que tu vas ? je demande.

— C'est mon tour de faire à manger, tu te souviens ?

— Encore une livraison de pizzas ?

Ivy, bien que je l'adore, me ressemble beaucoup : pas très douée en cuisine.

Elle m'adresse un grand sourire.

— Ces pizzas ne vont pas se faire livrer toutes seules, tu sais.

Gabe referme la portière de son pick-up et monte sur le porche.

— Mesdames, dit-il avec un sourire.

— Kevin, répond Ivy en passant à toute vitesse devant lui pour entrer dans la maison.

Gabe hausse les sourcils en me regardant.

— Kevin ?

— Ne pose pas de questions. Je pensais que tu travaillais ce soir, dis-je.

Il se laisse tomber à la place qu'Ivy vient tout juste de quitter.

— Il s'est passé un truc super bizarre au bar. Il y avait beaucoup de monde pour un soir de semaine, surtout parce que c'était rempli de touristes.

— Il y avait quelqu'un de célèbre dont tu dois absolument me parler ?

Il me jette un coup d'œil en biais.

— Tu veux dire si Leonardo Finch était là, n'est-ce pas ?

Un sourire se dessine au coin de mes lèvres.

— Allez. Tu dois bien admettre que c'est assez excitant qu'il soit là.

— Ce n'est pas moi qui avais des posters de lui partout sur mes murs quand j'étais préado. Je parie que tu embrassais sa photo tous les soirs, en plus.

Je me tortille sur ma chaise. Comment diable est-ce que Gabe a deviné ça ?

— Non, parce que ce serait bizarre, je renifle.

— Tu en es sûre ?

— Je ne vais quand même pas l'admettre si c'est le cas, si ?

Il examine mon visage, ses lèvres s'étirant en un sourire.

— Tu l'as fait, n'est-ce pas ?

— Joker.

Son rire est grave.

— Leonardo Finch, dont tu n'as jamais embrassé la photo pour lui souhaiter bonne nuit, n'était pas là. C'était toute l'équipe de tournage, d'après ce que j'ai pu voir. Personne de célèbre.

— Alors, c'était quoi, ce truc bizarre qui s'est passé ?

— Quelqu'un a vu un rat grimper sur Barney.

Mes yeux manquent de sortir de leurs orbites.

— Un rat a grimpé sur l'ours ?

— Et il a disparu dans sa gueule.

Je reste bouche bée.

Comme tous les autres bars de Hunter's Creek dont le nom contient le mot « ours », celui où travaille Gabe a un grand ours empaillé pour accueillir les clients à l'entrée. C'est totalement glauque et je suis sûre que ce n'est pas du tout politiquement correct, ce qui dérange plus d'un visiteur en ville, mais ces ours font autant partie du tissu de Hunter's Creek que la scierie, chacun ayant son propre nom, donné par les habitants. L'ours du Black Bear s'appelle Barney, celui du Grizzly Bear s'appelle Bernice, et celui du Bear s'appelle Brian Smith. Pourquoi celui-ci a un nom de famille, je n'en sais rien, mais il s'est toujours appelé comme ça.

— Pauvre Barney ! je m'exclame.

— Tu sais ce qu'on dit, là où il y a un rat, il y en a douze. C'est un membre de l'équipe de tournage qui l'a vu, et il a fait un tel foin qu'on a dû fermer, ce qu'on aurait fait de toute façon. Personne n'a envie de manger son dîner à côté d'une bande de rats.

J'assimile cette nouvelle information.

— Oh, mon Dieu. Ton patron ne va pas être content.

— Il doit faire venir une entreprise de dératisation avant une inspection. Il nous a dit de tous rentrer chez nous et qu'il nous contacterait une fois qu'on serait de nouveau opérationnels. Mais tu ne peux le dire à personne, d'accord ?

Je lève la main en salut scout.

— Tu as ma parole.

— Tu n'as jamais été scoute.

— Tu as quand même ma parole. Donc, j'imagine que tu es libre pour la soirée ?

— J'imagine que oui.

— Tu ferais mieux de le dire à Ivy. Elle est en train de « cuisiner ».

Je fais des guillemets avec mes doigts.

— Des pizzas ?

— Comment as-tu deviné ? je réponds en riant.

Nous tombons dans le silence, à l'écoute des coassements des crapauds au loin.

— Avant que j'oublie, ma mère nous a invités à dîner demain. Je me suis dit que tu ne pourrais pas venir, mais si tu ne travailles pas… ?

— Je serai là, c'est sûr.

— Je parie qu'elle fera un gratin de macaronis en ton honneur.

— Miam. Mon plat préféré.

Je lève les yeux au ciel.

— Tu es vraiment le fils qu'elle n'a jamais eu. Sérieusement, je pense que s'ils en avaient le choix, ils m'échangeraient contre toi sans une seconde d'hésitation.

— Tu peux leur en vouloir ? demande-t-il, ce qui lui vaut une tape sur le bras de ma part.

— Aïe !

— Sérieusement ?

— Non, mais ça aurait pu faire mal. Tu as une sacrée force pour ton petit gabarit.

Je jette un œil à ses bras musclés.

— Bien sûr.

— Hé, comment ça s'est passé avec Leonardo Finch ? demande-t-il.

— Ça s'est bien passé.

— Bien passé ? C'est tout ce que tu as à dire ?

— Je n'ai pas été subjuguée par la star, si c'est ce que tu penses.

— J'ai entendu dire qu'il t'a draguée, dit-il. Je hausse les sourcils. Il ajoute : — De la femme de Theo.

— Ça ne m'étonne pas.

— Un type comme ça n'est probablement pas sincère, de toute façon.

— Gabriel Hartmann, je suis outrée, dis-je d'un air fausse-ment indigné. Je suis aussi mignonne que n'importe quelle fille, même si *toi*, tu ne le vois pas.

Il me jette un regard de côté, évaluant mes traits que je garde tendus.

— Je n'ai pas dit que tu n'étais pas mignonne, Ryn-Ryn. Je porte un jugement sur lui, pas sur toi. Tu es très mignonne.

Les pas d'Ivy résonnent sur le porche en bois.

— Ce que toutes les femmes veulent entendre : « Tu es très mignonne », même si je suis sûre que Kevin aurait fait beaucoup mieux.

J'essaie de retenir un rire. J'échoue lamentablement et pousse un grognement étrange.

L'attention de Gabe passe de moi à Ivy, puis revient sur moi. L'air inquiet qu'il arborait il y a quelques secondes à peine est remplacé par une grimace pleine d'autodérision.

— Vous vous fichez de ma gueule.

Je parviens à maîtriser mon rire.

— C'était marrant.

— Tu es une cible facile, Kevin, observe Ivy.

— C'est quoi, cette histoire de « Kevin » ? Est-ce que j'ai soudain une tête de Kevin ?

Gabe baisse les yeux sur ses vêtements. Il porte sa tenue habituelle : un jean usé avec des bottes de travail pratiques, aussi efficaces contre les verres renversés que pour travailler le verre, et une chemise de flanelle à carreaux rouges et noirs, ouverte sur un tee-shirt blanc. C'est un look que beaucoup de gars en ville arborent, sauf que sur Gabe, ça lui va bien.

Et je peux offrir ce point de vue impartial en tant que sa meilleure amie purement platonique.

Les yeux d'Ivy pétillent.

— Demande à ta petite sœur-slash-copine, Kevin.

— Ma petite sœur-slash-copine, répète-t-il. Pour commencer, Ivy, c'est illégal dans l'État de Washington et, deuxièmement, je suis fils unique, alors arrête avec ces surnoms bizarres.

Ivy lève les mains en signe de reddition.

— Du calme, Kev.

Gabe secoue la tête en la regardant, mais je vois que malgré sa confusion, c'est de bonne humeur.

Il est hors de question que je lui dise d'où vient ce surnom. Même si ce n'est qu'une blague et même si nous savons tous que Gabe est bizarrement protecteur avec moi, une petite voix au fond de ma tête me dit que ça ne ferait que le mettre mal à l'aise de l'entendre.

Certaines choses sont mieux tues.

Chapitre 4

Gabe

— Alyssa, ça doit être le meilleur gratin de macaronis que tu aies jamais fait, dis-je en avalant ma dernière bouchée.

Mon ventre m'indique que trois portions du fameux gratin de macaronis d'Alyssa Cole sont bien plus que suffisantes pour un seul repas.

— Tu as mangé tous tes légumes verts, Gabe ? demande Alyssa.

Je désigne mon assiette vide.

— Bien sûr.

Alyssa hausse les sourcils en direction de sa fille.

— Et toi, Ryn ?

— Je n'aime pas les brocolis. Tu le sais, se plaint-elle.

Son assiette est vide, à l'exception de la cuillerée de brocolis vapeur que sa mère lui a servie.

— D'ailleurs, qui sert des légumes avec un gratin de macaronis ?

— Allez, Ryn. Mange tes légumes. Ça te fera pousser des poils sur le torse, la taquine-je.

— Je suis très contente de mon torse tel qu'il est, merci, G, rétorque-t-elle.

Je ne vais pas me mettre à penser à la poitrine de mon amie, surtout pas à la table de cuisine de ses parents.

— Notre benjamine n'a jamais aimé les légumes verts, observe Ed.

— Et tu l'as laissée s'en tirer sans les manger la majeure partie de sa vie, dit Alyssa d'un ton accusateur.

Ed fait un clin d'œil à sa fille.

— Elle s'en est plutôt bien sortie. Tu ne trouves pas ?

L'expression d'Alyssa s'adoucit.

— C'est vrai. Notre petite fille... plus si petite que ça maintenant.

Ed sourit à sa fille.

— Elle a quitté la maison, trouvé un travail, vit en coloca-tion ces jours-ci. Une vraie jeune femme.

Ryn lève les yeux au ciel.

— Maman, Papa, j'ai vingt-trois ans. Ça fait un moment que je suis une adulte. Il était temps que je déménage et que je prenne mon propre appartement.

— Mais tu seras toujours la bienvenue ici, quand tu veux. Tu sais, si les choses ne se passent pas comme tu l'espérais, mon petit pois, lui dit Ed.

— Ton père a raison, ma chérie. Tu es la bienvenue à la maison n'importe quand, renchérit Alyssa.

Ryn se hérisse, se penchant en avant sur son siège.

— Pourquoi les choses ne se passeraient-elles pas bien ? J'ai un travail et je peux payer mes factures tout aussi bien que Harper ou Marlowe, vous savez.

— On sait que tu en es capable, petit pois, répond Ed.

— On a entièrement confiance en toi, ma chérie, ajoute Alyssa précipitamment.

Ryn a toujours eu l'impression que ses parents voyaient ses sœurs aînées comme les adultes accomplies, et elle comme la petite dernière de la famille qui n'a jamais grandi — et ne veut jamais grandir.

Ryn grogne en croisant les bras sur sa poitrine.

Parfois, elle ne fait rien pour démentir ce stéréotype.

— Et puis il y a autre chose. Tu m'appelles toujours « petit pois », Papa, mais tu appelles Harper et Marlowe « ma citrouille ».

— Et alors ? demande Ed.

— Les citrouilles sont plus grosses que les petits pois, réplique-t-elle faiblement, comme si cela prouvait ce qu'elle avançait.

Ce n'est pas le moment de lui rappeler que nous avons fait le pacte de ne jamais grandir.

Ce ne serait probablement pas d'une grande aide.

Je lui lance un regard.

— Sérieusement ? articulé-je sans un bruit.

Elle m'ignore, probablement parce qu'elle sait qu'elle est susceptible.

— Je t'appelle « petit pois » parce que tu es mon bébé, répond Ed, ce qui n'arrange pas du tout son cas. Si tu veux, je peux commencer à t'appeler « ma citrouille » à la place.

— Ce serait bien, renifle Ryn.

— Où est Harper ce soir ? demandé-je pour changer de sujet.

Harper a réemménagé à la maison quand elle est revenue à Hunter's Creek il y a quelque temps, et c'est une habituée de ces dîners de famille chez les Cole, avec son petit ami, Christopher.

— Harper et Christopher sont allés dîner et voir un film ce soir, m'informe Alyssa en se dirigeant vers le réfrigérateur.

— Bon, Gabe, tu seras content d'apprendre que tu ne rentres pas les mains vides.

Elle ouvre la porte et sort un deuxième plat de gratin de macaronis recouvert de papier d'aluminium.

— Pour moi ? Merci beaucoup.

— Bien sûr que c'est pour toi, Gabe. On ne peut pas te laisser faire des horaires de fou et sauter des repas, avec tout le temps que tu passes au Black Bear et à ton apprentissage. Tu dois garder tes forces. On ne veut pas te voir dépérir sous nos yeux.

De l'autre côté de la table, Ryn m'offre un sourire ironique.

— Tu dépéris, champion ?

Je pose mes mains sur mon ventre.

— Pas de dépérissement ici. Merci, Alyssa. Tu es trop bonne avec moi.

— Tu sais à quel point tu es spécial pour nous, mon grand, répond Alyssa.

L'absence de ma mère se fait sentir dans la pièce.

— Ne l'oublie jamais.

— Je ne l'oublierai pas, je murmure.

Ryn porte son assiette à l'évier.

— Tu en as fait un pour moi aussi, Maman ? Ou c'est juste un traitement de faveur pour le fils que tu n'as jamais eu ?

— Je vous ai fait des lasagnes, à toi et à Ivy, répond-elle.

Elle sort un deuxième plat emballé dans du papier aluminium du réfrigérateur et le pose sur le comptoir.

— Merci, Maman. Tu es la meilleure, dit-elle en serrant sa mère dans une accolade d'un seul bras, l'autre tenant en équilibre son assiette vide — vide à l'exception des brocolis, bien sûr.

— Comment trouves-tu le temps de préparer tous ces repas supplémentaires ? je demande en débarrassant le reste des assiettes de la table.

En tant qu'invité régulier chez les Cole, la moindre des choses est que je participe.

— J'adore cuisiner, et ce n'est vraiment rien.

— Elle prend le temps pour ses enfants, comme toute bonne mère, ajoute Ed en souriant à Alyssa, les yeux brillants. Et ma femme est la meilleure maman de Hunter's Creek.

— Oh, je n'en suis pas si sûre, répond-elle avec un geste de la main et un petit sourire. Je fais ce que je peux pour ma famille, c'est tout. Comme tout le monde.

Personne ne mentionne le fait que je ne fais pas partie de la famille. Enfin, pas officiellement, en tout cas. C'est l'une des choses merveilleuses chez Ed et Alyssa Cole. Non seulement ils ont donné naissance à ma meilleure amie, mais depuis que ma propre mère est décédée ce jour terrible, quand j'avais dix-neuf ans, ils me traitent comme l'un des leurs, sans poser de questions. Ils sont ma famille de cœur et je les aime. C'est aussi simple que ça.

Alors que je me rassois à table, Ed me demande :

— Ça avance, ton apprentissage, Gabe ?

— Ça se passe super bien. Theo m'a appris tellement de choses, et j'ai acquis tout un tas de nouvelles compétences.

— Ça se voit que ça t'apporte beaucoup, répond-il. Je dis toujours qu'un homme a besoin d'un exutoire créatif. Pour moi, c'est de bricoler des voitures et de retaper de vieux meubles.

Il désigne un buffet en bois près de la porte arrière.

— J'ai trouvé ça dans une boutique d'occasion à Cotown pour seulement 45 $, tu y crois ? Je l'ai décapé, poncé, teinté, j'ai ajouté de nouvelles poignées, et maintenant il abrite la collection d'assiettes de ma femme.

— Tu as fait du super boulot, je fais remarquer.

— Ce que je veux dire, c'est que c'est bien d'avoir un

projet. Quelque chose dans lequel tu peux te plonger. Comme ton soufflage de verre.

Je lui souris. Même si ce n'est qu'un projet pour l'instant, j'espère un jour pouvoir vivre du soufflage du verre, mais je sais que ce n'est pas pour tout de suite.

Un jour.

— Tu me montreras certaines de tes œuvres un de ces jours ? J'aimerais bien voir ça, dit Ed.

— Bien sûr. Passe à l'atelier de Theo et je te ferai visiter. J'ai déjà fait tout un tas de vases, et je prévois de passer à des créations un peu plus artistiques bientôt, quand Theo estimera que je suis prêt.

Son sourire s'élargit jusqu'aux oreilles.

— Je le ferai, fiston.

Fiston. Même si je sais qu'il n'emploie pas ce mot au sens littéral, ça fait quand même un bien fou de m'entendre appeler comme ça par un homme que j'aime et que je respecte, deux choses que je n'ai jamais pu dire de l'homme qui nous a abandonnés, ma mère et moi.

— Devinez quoi ? J'ai apporté le dessert, dit Ryn en fouillant dans un sac de courses sur le comptoir et en sortant une tarte.

— Une des tartes aux pommes de Sheila ? demande Ed.

Ryn sourit et hoche la tête.

— Merci, ma pu... enfin, merci, ma citrouille, répond Ed, mal à l'aise.

Ne voulant pas replonger dans une analyse du vocabulaire légumier d'Ed, je dis :

— Je vais chercher la glace.

Une fois que nous avons tous une assiette de tarte et de glace, la conversation tourne inévitablement vers l'invasion de notre ville par Hollywood.

— J'ai vu tout un tas d'inconnus sur Main Street aujourd'-hui. Il y en avait tellement. Je vous jure, ils ont doublé la population de Hunter's Creek, déclare Alyssa.

— Il y avait neuf mille personnes de plus sur Main Street ? Je crois que tu exagères un peu, maman, dit Ryn entre deux bouchées.

— D'accord, pas autant, mais tu vois le tableau. Je n'ai jamais vu autant de monde dans les rues, en dehors d'un des festivals de la ville. Leur présence ici, c'est la plus grande nouvelle en ville, à part la fermeture du Black Bear pour quelques jours. Pourquoi d'ailleurs, Gabe, mon chéri ?

— Je ne suis pas autorisé à le dire. Mon patron ne voulait pas que le bruit coure qu'un rat a élu domicile dans Barney et, de toute façon, tout sera réglé d'ici la réouverture du bar, ce qui est compréhensible.

— Tu n'es pas autorisé ? demande-t-elle.

— Crois-moi, maman, tu ne veux pas savoir, répond Ryn. Tu as vu quelqu'un de célèbre en ville ?

— Personne que je connaisse, mais j'ai entendu dire que tu avais rencontré la grande star du film. Leonardo Finch, c'est ça ?

— Ouaip, répond Ryn, la bouche pleine de tarte.

— Comment l'as-tu rencontré ? demande Ed.

— Il est venu au Second Chance pour un café. Un café glacé, si vous voulez tout savoir, ce qui, d'après Ivy, fait de lui le genre de personne qui aime vivre sans limites. Ou un truc du genre. Je ne sais pas, dit-elle en haussant les épaules.

Les yeux d'Alyssa brillent.

— Alors ? Il était comment ?

— Il était bien, répond Ryn.

— Bien ? Tu n'avais pas des photos de lui sur les murs de ta chambre quand tu étais adolescente ? demande Ed.

— Elle embrassait ses lèvres de papier tous les soirs avant de s'endormir, dis-je, ce qui me vaut une giclée de glace au visage, lancée par la cuillère à dessert de Ryn.

— Hé ! me plains-je dans un rire surpris en l'essuyant avec ma serviette.

— Kathryn Fenella Cole, qu'est-ce que tu crois faire ? On

ne jette pas de nourriture au visage des gens, gronde Alyssa, même si je vois bien qu'elle se retient de sourire.

— Il l'a mérité, dit Ryn. Et pour info, je n'embrassais pas ses lèvres de papier pour lui dire bonne nuit, ni celles de personne d'autre d'ailleurs.

— Mais tu rêvais de le faire, la taquiné-je à voix basse.

Elle brandit à nouveau sa cuillère vers moi.

— Je retire mon commentaire, Votre Honneur, dis-je, les mains en l'air en signe de reddition.

— C'est super que tu aies pu rencontrer ton idole d'adolescence, Ryn. J'aurais aimé rencontrer la mienne, dit Ed.

— C'était qui, papa ?

Il prend un air rêveur.

— Molly Ringwald.

— La mère d'Archie ? demande Ryn.

Ed fronce les sourcils.

— Qui est Archie ?

— De *Riverdale*.

Comme Ed la regarde d'un air vide, elle ajoute :

— La série télé ?

Ed hausse les épaules et secoue la tête.

— Papa, mets-toi à la page.

—Je suis obligé, ma puce ? Enfin, ma citrouille ?

Je demande à Alyssa :

— C'était qui, ton béguin d'adoles… ?

— Rob Lowe, dit-elle avant même que j'aie fini ma question. Il était si beau, et bon acteur aussi, même si je n'ai pas aimé le personnage qu'il jouait dans *St. Elmo's Fire*. Trop volage et irrespectueux envers sa pauvre femme et son enfant, même si elle s'est pointée avec un autre homme au bar où il jouait du saxophone.

Ryn et moi la regardons en clignant des yeux, ne comprenant pas de quoi elle parle.

— C'est qui, St. Elmo ? demande Ryn.

— C'est un film, ma chérie, répond Alyssa.

— Rob Lowe était génial dans *Parks and Rec*, commenté-je.

— Rob Lowe est génial dans tout ce qu'il fait, répond Alyssa.

— Tu as de la concurrence, Ed, fais-je remarquer.

— Oh, mon mari sait bien à qui appartient mon cœur, dit Alyssa.

Je me cale sur ma chaise et les regarde échanger un sourire. Ryn se met à raconter l'intrigue de *Riverdale* à ses parents, et je prends un moment pour savourer cet instant de normalité. Ma mère n'est plus là et elle me manque tous les jours, mais faire partie de cette famille est l'une des choses les plus importantes de ma vie.

Je ne voudrais perdre ça pour rien au monde.

Chapitre 5

Ryn

De derrière mon comptoir, j'observe Harper et son petit ami, Christopher, qui entrent dans le Second Chance en se frayant un chemin. Main dans la main, ils sourient comme s'ils venaient de gagner au loto — ce qui est un peu le cas côté cœur, même si c'est difficile de penser à un truc pareil sans grincer des dents — avec des sourires qui ne font que s'intensifier quand leurs regards se croisent.

Je jurerais avoir vu Christopher rougir, et pour un type guindé en costume, c'est tout un exploit.

— Vous êtes trop mignons, tous les deux ! déclare tante Sheila en frappant dans ses mains comme un phoque.

— Mignons ou complètement écœurants, je murmure.

— Tu trouveras l'amour assez tôt, et là tu ne seras plus aussi cynique, Ryn, dit tante Sheila avec cet air entendu qu'elle prend quand son Comité des Dames et elle ont imaginé un nouveau plan pour me caser… et ce sera sûrement avec Gabe.

Je lui souris alors qu'intérieurement, je lève les yeux au ciel si fort qu'ils pourraient faire un tour complet.

— On va dire mignons plutôt qu'écœurants, tante Sheila, répond Harper en me jetant un bref regard.

— J'adore les amours de jeunesse, roucoule notre tante.

— Nous aussi.

Christopher contemple ma sœur comme si elle était cette foutue Joconde.

— Et les amours de vieillesse ? Tu adores ça aussi ? Ou ton adoration est-elle réservée aux plus jeunes membres de la communauté ? je demande.

Christopher intervient :

— Je suis sûr que votre tante veut dire les amours naissantes. N'est-ce pas, Mme Cole ?

— J'adore l'amour. Point. Et tu sais que tu dois m'appeler Sheila, Christopher. Tu fais quasiment partie de la famille.

Le sourire de Christopher s'élargit.

— Ce serait un plaisir, *Sheila.*

Tante Sheila détache à contrecœur son regard du couple heureux. Elle se tourne vers moi et dit :

— Kathryn, demande à nos clients ce qu'ils veulent commander. Je dois m'absenter un moment.

Encore Kathryn, hein ? J'ai clairement touché un point sensible.

— Ça marche, je réponds vivement.

Tante Sheila a beau être membre à part entière du Comité des Dames de Hunter's Creek, alias le club « Mêlons-nous de la vie des autres », elle n'en reste pas moins ma patronne.

Elle dénoue son tablier, lance un sourire à Harper et Christopher, et se dirige d'un pas ondulant vers la cuisine.

— Tu as eu droit au « Kathryn », observe Harper avec une satisfaction évidente.

Je hausse les épaules.

— C'est mon prénom.

— Mais tu le détestes.

— Je trouve que Kathryn est un joli prénom, ajoute Christopher. Mais pour moi, tu es vraiment une « Ryn ».

— Merci, Christopher, dis-je d'un ton appuyé. Qu'est-ce que je vous sers, les tourtereaux ?

Ils échangent un autre de leurs regards d'amoureux, et j'envisage de leur jeter un verre d'eau pour les calmer. Je me ravise. J'ai déjà eu droit au « Kathryn » aujourd'hui. Je n'ai pas envie d'ajouter « virée pour impolitesse envers les clients » à la liste.

— Je vais prendre un des muffins aux myrtilles et un café crème, merci. Et toi, tu veux quoi, Topher ? dit Harper.

— Laisse-moi deviner : un shake protéiné avec une portion de chou kale en accompagnement ? je suggère.

Christopher — Topher pour Harper — adore son régime pauvre en glucides, pauvre en sucre et pauvre en plaisir. Il est célèbre pour avoir commandé une omelette jambon-fromage sans le jambon et sans le fromage à sa première visite en ville. Sérieusement, tante Sheila a failli entrer en éruption comme le Vésuve sur le coup. Mais, comme le reste de Hunter's Creek, elle lui a pardonné quand Christopher a sauvé la scierie, et par conséquent la ville, lors d'une réunion municipale spectaculaire. Maintenant, il peut quasiment marcher sur l'eau par ici, tant les habitants l'adorent.

— En fait, je vais prendre un muffin aux myrtilles aussi, mais avec un café noir pour moi, répond-il.

— Des glucides ? je m'étonne.

— Des glucides, confirme-t-il. J'en ai mangé un avec Alfred et c'était vraiment bon.

— Alors ce sera des glucides. Je récupère les pinces sous le comptoir et place chaque muffin sur une assiette. Vous les voulez réchauffés ?

— Bien sûr, répond Christopher.

— Contente de voir que tu utilises des ustensiles, ces derniers temps, observe Harper.

En tant qu'experte autoproclamée des cafés, elle adore souligner quand je ne fais pas mon travail correctement. La dernière fois qu'elle a voulu un muffin, je n'ai pas utilisé les pinces, et elle en a fait tout un plat.

Les sœurs. Pas vrai ?

— Oh, j'ai perfectionné ma technique au Club des Pinces, lui dis-je. Ma main vole à ma bouche. Oups ! J'ai oublié : la première règle du Club des Pinces, c'est de ne pas parler du Club des Pinces, et me voilà en train de parler du Club des Pinces. Je brandis mes pinces vers elle. Oublie tout ce que j'ai dit. Compris ?

Harper me lance un regard qui veut dire « je fais un effort surhumain pour ne pas coller une baffe à ma petite sœur » avant qu'ils ne paient et ne se dirigent vers une table au fond, où je suis sûre qu'ils vont s'asseoir, se tenir la main et se regarder dans les yeux.

OK, je *sais* qu'ils vont le faire, mais je n'ai pas besoin d'y penser.

Je m'occupe de réchauffer les muffins, de verser le café et de leur apporter leur commande à table. Je suis vraiment bien plus efficace que le jour où l'équipe de tournage est venue en ville. Et même si je sais que je ne serai jamais la meilleure serveuse-barista du Nord-Ouest pacifique, je veux au moins essayer de bien faire mon travail. J'ai besoin de ce boulot, surtout maintenant que je m'essaie à la vie d'adulte, que je partage une maison avec Ivy et que je dois payer de vraies factures.

Ceci dit, ce n'est pas comme si j'étais du genre à trop m'inquiéter. Je n'ai jamais eu de grands projets pour ma vie. Je veux juste être heureuse. Je veux avoir le temps de m'amuser et de profiter de la vie.

Ma famille me dit que c'est parce que je suis la benjamine — encore ce mot. Selon ma sœur Marlowe, psychologue amateur, la petite dernière n'a pas une si forte envie de réussir, elle ne ressent jamais le besoin de faire carrière à tout prix. La benjamine, d'après la docteure Marlowe Cole, se contente simplement d'« être ».

Allez savoir ce que ça peut bien vouloir dire.

Comme si je l'avais invoquée rien qu'en pensant à son nom, ma sœur qui se prend pour une psychologue entre dans le café, accompagnée de Gabe.

— Marlowe, qu'est-ce que tu fais ici ?

Je demande.

— C'est une façon de saluer ta sœur ? répond-elle dans un rire.

— Je l'ai trouvée dehors au téléphone, dit Gabe.

— Je veux dire, tu n'es pas censée être à Seattle, à travailler à ton super boulot ?

— J'ai le droit de faire une pause de temps en temps, tu sais.

— Marlowe Cole ! s'écrie tante Sheila en passant la porte de la cuisine.

Elle prend ma sœur dans ses bras et Gabe s'accoude au comptoir.

Pendant que ma tante interroge Marlowe, je demande à Gabe :

— Tu es venu pour un café ?

— Ouais, et je prendrai aussi une de ces parts de tarte aux pommes.

Je prépare son café et glisse une très grande part de tarte aux pommes dans une boîte.

— Tu es adorable avec moi, tu le sais ? dit-il.

Je souris.

— À quoi servent les meilleurs amis ?

— Ryn, tu peux préparer un café crème pour Marlowe ? Je vais chercher Lisa pour qu'elle commence sa commande.

— Merci, tante Sheila, répond Marlowe pendant que notre tante retourne en cuisine.

Je tends son café à Gabe et il dit :

— T'es la meilleure, Ryn-Ryn.

— Et comment, je réponds avec un grand sourire.

Marlowe nous observe tous les deux, avec ce regard de grande sœur qui analyse tout sur son visage.

— Un café crème, ça arrive tout de suite.

Je m'affaire à préparer son café.

— Tu sors avec quelqu'un, Gabe ? demande-t-elle, l'air de rien, alors que je sais très bien que sa question n'a rien d'innocent.

— Non, répond-il succinctement en prenant une gorgée de son café.

— Et toi, Ryn ? Tu sors avec quelqu'un en ce moment ?

Je lui passe sa tasse de café.

— Tu sais bien que non.

— Hum. Intéressant, répond-elle avec un sourire en coin, en se tapotant le menton, comme si elle était plongée dans ses pensées.

Je lève les yeux au ciel.

— Tu as parlé de nous avec tante Sheila.

— Il se peut qu'elle ait mentionné quelque chose, répond-elle.

— Tu sais comment elle est. Elle et ses amies adorent jouer les entremetteuses, et Gabe et moi, on est leur projet favori. N'est-ce pas, G ?

— Je crois que c'est le moment pour moi de partir, répond-il en s'éloignant de nous à petits pas.

— Sauve-toi.

Je lui dis, et c'est exactement ce qu'il fait, en quittant précipitamment le café.

— Alors ? Tante Sheila est complètement à côté de la

plaque ? demande Marlowe. Je veux dire, Gabe est un beau mec. Il ne s'est jamais rien passé entre vous ?

— Parce que deux personnes de sexe opposé ne peuvent pas être simplement amies ?

Marlowe lève les bras au ciel.

— Tu as raison. Complètement raison.

J'arrête de l'écouter. Elle prend sa tasse.

— Merci pour le café. Je vais aller gâcher la petite fête romantique de Harper et Christopher.

Je glousse.

— Fais donc.

Je retourne à mon travail, mais mon esprit ne cesse de revenir à la question de Marlowe.

Il ne s'est jamais rien passé entre vous ?

Le truc, c'est qu'il s'est bien passé quelque chose entre Gabe et moi, mais je l'ai refoulé de mon esprit il y a longtemps.

Nous avions dix-sept ans et Ivy venait de le larguer quelques jours plus tôt. Je savais qu'il avait le cœur brisé, alors quand il m'a demandé de l'accompagner au cinéma où il avait prévu d'emmener Ivy, j'ai bien sûr dit oui. C'était mon meilleur ami et c'est le genre de choses que l'on fait l'un pour l'autre.

Après, nous avons mangé une glace, trouvé un photomaton et pris tout un tas de photos stupides ensemble. J'avais vraiment l'impression de lui avoir remonté le moral. Il semblait plus léger, même plus heureux, plus le Gabe que je connaissais.

Puis, quand nous sommes rentrés chez lui, nous nous sommes assis sur la balancelle du porche de sa mère et nous avons discuté. La conversation a dévié sur ma vie amoureuse et il m'a demandé si j'avais des sentiments pour quelqu'un. Je ne pouvais pas lui dire que oui, car cela en aurait trop révélé. Parce que le truc, c'est que j'avais des sentiments pour lui,

Gabe, mon meilleur ami — et le tout récent ex de mon amie Ivy.

Je sais, je sais. Un bazar monstre.

Je me souviens avoir ravalé la boule que j'avais dans la gorge et levé les yeux vers lui, ne voulant pas répondre à sa question mais incapable de lui dire pourquoi. Je l'ai vu me regarder en retour avec une lueur dans les yeux que je n'avais jamais vue auparavant.

Je ne suis pas fière de ce qui s'est passé ensuite.

Je ne sais pas qui a commencé, mais l'instant d'après, nous étions enlacés, bras et jambes emmêlés, nos lèvres scellées dans le baiser le plus merveilleux et époustouflant de toute ma vie.

J'étais tellement absorbée par le frisson inattendu d'embrasser le garçon pour qui j'avais secrètement le béguin depuis des lustres qu'il m'a fallu bien trop de temps pour m'écarter.

Bien trop de temps.

Mais je savais que je devais le faire.

C'était l'ex de mon amie, totalement inaccessible.

Qui plus est, c'était mon meilleur ami, et tout le monde sait qu'on ne fricote pas avec son meilleur ami — pas si on veut le garder, en tout cas.

Bien sûr, je savais qu'Ivy l'avait rejeté, donc on pouvait dire qu'il était libre. Mais Ivy était — et est toujours — mon amie, et même si je savais de source sûre qu'elle ne voulait plus de lui, je savais aussi de source sûre qu'elle ne voulait pas que quelqu'un d'autre l'ait non plus.

Mais plus que tout ça, je savais que je ne pouvais être rien d'autre que la relation pansement de Gabe. Je ne voulais pas être *cette fille-là*.

Je savais au fond de moi que lorsque nous nous étions embrassés, ça avait autant d'importance pour lui que de choisir quel soda prendre avec son hamburger. Je ne voulais pas être juste un parfum de soda. Je voulais être son tout, et je savais qu'un baiser pansement ne pourrait jamais faire de moi son tout.

Tous les espoirs que j'avais d'être plus qu'un pansement pour Gabe sont morts à ce moment-là, et je me contente d'être son amie depuis.

Un homme plus âgé, probablement de l'âge de mon père, s'approche du comptoir. Son visage me dit quelque chose, mais je n'arrive pas à me souvenir d'où je le connais. Il est grand et large d'épaules, avec des cheveux sombres qui grisonnent sur les tempes, et il ressemble beaucoup à quelqu'un que je connais, mais je n'arrive pas à dire qui exactement.

S'il était de Hunter's Creek, il serait impossible que je ne le connaisse pas. Petite ville, vous vous souvenez ?

Je souris à l'homme.

— En quoi puis-je vous aider, monsieur ?

— Oh, je vais prendre un… café ?

— C'est une question ou une commande ?

— Une commande, répond-il avec plus d'assurance. Je vais prendre un café avec de la crème et du sucre, merci.

— C'est à emporter ?

Il jette un regard incertain autour du café, comme s'il essayait de décider s'il voulait rester ou partir.

— Je suppose que je vais le prendre ici.

— Un petit quelque chose à grignoter avec ça ?

— Juste le café.

Je lui annonce le prix et il paie.

— Ça arrive tout de suite. Je vous l'apporte.

— Merci.

Il hésite, sans bouger.

— Vous vouliez commander autre chose ?

Il secoue la tête avant de se retourner et de se diriger vers une table vide.

Eh bien, c'était étrange.

Je prépare son café et le lui sers. Il me remercie avec un sourire crispé, l'air si tendu qu'il pourrait craquer à tout moment. Je suis presque certaine qu'une injection de caféine ne va pas arranger les choses.

— Profitez-en bien, je lui lance en tournant les talons.

— Vous êtes Ryn ? demande-t-il.

— C'est bien moi, je réponds d'un ton enjoué, ne sachant pas comment cet inconnu connaît mon nom, mais nous sommes à Hunter's Creek et tout le monde est amical avec son voisin. Vous êtes du plateau de tournage ?

— Le plateau de tournage ?

Donc, c'est non.

— Vous avez un moment ? demande-t-il.

Je jette un coup d'œil dans le café. Ce n'est pas l'heure de pointe, et tante Sheila est retournée au comptoir.

— Bien sûr.

Il me désigne l'une des chaises libres à sa table et je m'assieds, me demandant de quoi cet homme à l'air vaguement familier, qui connaît mon nom, veut bien me parler.

— Vous vous demandez probablement qui je suis, commence-t-il.

Dans le mille.

—Je suis Patrick Hartmann.

Hartmann est le nom de famille de Gabe.

— Vous êtes de la famille de Gabe ? je demande.

—Je suis… le père de Gabriel.

En ce moment même, mes yeux doivent ressembler à ceux d'un personnage de dessin animé, perchés au bout de longues tiges fines.

— Vous êtes le *père* de Gabe ? je glapis, parce que ce n'est pas tous les jours que le père disparu depuis longtemps de votre meilleur ami débarque de nulle part.

Je le dévisage. Maintenant que je sais qui il est, il ressemble vraiment à mon ami. De sa chevelure épaisse à la forme de son nez en passant par sa carrure, c'est une version plus âgée, plus ridée et plus mince de Gabe.

Une version plus âgée, plus ridée et plus mince qui a non seulement abandonné sa jeune femme et son bébé, mais qui a aussi mené une double vie avec une autre famille pendant tout ce temps.

C'est une sacrée histoire, ça, c'est sûr.

— J'ai posé des questions au sujet de Gabriel. Le boucher au bout de la rue m'a dit que vous étiez sa meilleure amie et que vous travailliez ici, alors je suis venu voir si nous pouvions parler.

Je croise les bras.

— C'est Bernie qui vous a dit ça ?

— Il a dit que vous étiez très proches. Vraiment très proches. Comme des meilleurs amis.

J'ai des pensées assez sombres à l'égard de cet homme, malgré l'air gentil et doux qu'il a.

— Je ne comprends pas. Pourquoi venir me voir, moi, au lieu de votre fils ?

Il fronce les sourcils.

— C'est… délicat.

— Je parie que oui, je me moque.

C'est l'homme qui a fait quelque chose d'impardonnable à Gabe et à sa mère, blessant mon meilleur ami, laissant sa mère amère et en colère, luttant pour joindre les deux bouts. Il a si profondément blessé Gabe que non seulement il refuse d'avoir quoi que ce soit à faire avec son père, mais il ne fait confiance qu'à un petit groupe de personnes très soudé dans sa vie.

Je ne vais certainement pas être tout sucre tout miel avec cet homme.

Je suis du côté de Gabe, à mille pour cent. Sans aucun doute.

Il pose les mains à plat sur la table.

— Écoutez, Ryn. Je sais qu'il ne doit pas avoir une très haute opinion de moi et je le comprends. Vraiment.

Je pince les lèvres.

— Il ne doit pas ? Essayez plutôt *il n'en a* carrément *pas*.

Il laisse échapper un souffle, ses épaules s'affaissant.

— Je comprends.

— À quoi vous attendiez-vous ? Vous avez fait ce que vous avez fait à l'époque. Vous devez savoir que ce genre de choses blesse les gens, et que ça ne disparaît pas juste quand vous en avez envie.

Son front se plisse.

— Il vous a raconté ? Il secoue la tête. Qu'est-ce que je dis ? Bien sûr qu'il l'a fait. Vous êtes sa meilleure amie.

Je lui lance un regard noir.

— Vous avez tout compris.

Je suis en colère contre cet homme que je n'ai jamais rencontré pour ce qu'il a fait à Gabe. Il ne peut pas s'attendre à ce que je sois autre chose.

Je plisse les yeux en le regardant.

— Pourquoi voulez-vous retrouver Gabe maintenant ? Vous avez besoin d'un rein ou de quelque chose comme ça ?

Il a l'air penaud.

Je fronce les sourcils et le fixe avec une incrédulité choquée.

— Vous *avez* besoin d'un rein !

Il passe la main sur sa mâchoire dans un geste si familier que c'est presque comme si j'avais la version d'âge mûr de Gabe assise en face de moi.

— Je n'ai pas besoin d'un rein.

Mon cerveau fait crisser les pneus sur le circuit de mon esprit.

— Pas un rein, hein ? Quels autres organes peut-on donner tout en restant en vie ? On n'a qu'un cœur et un foie. Oh, je sais. Vous avez besoin d'un poumon. On en a deux.

— Je ne veux aucune partie de son corps.

Je ricane.

— Et je suis censée croire ça ? Je ne vous connais ni d'Ève ni d'Adam, vous débarquez ici en essayant de me parler parce que je suis la meilleure amie de votre fils, et vous vous attendez à ce que je croie que vous n'avez aucune arrière-pensée ? Je ne suis pas si naïve, vous savez.

Il pousse un lourd soupir.

— Vous avez raison. Je sais que vous avez raison. Je ne peux pas m'attendre à ce que vous me fassiez confiance. Je suis un étranger pour vous. Bon sang, je ne suis même jamais venu à Hunter's Creek. Pour vous, je suis un type au hasard qui s'est pointé à votre lieu de travail et vous a lâché une bombe.

— Correct, est ma réponse laconique.

Il marque une pause, les yeux baissés, et je vois sa poitrine se soulever à chaque respiration qu'il prend. Il relève les yeux vers moi, le visage affligé, le regard vitreux.

— Je veux voir mon fils. Je sais qu'il est probablement trop tard, et que j'ai tout fichu en l'air avec lui, mais j'ai besoin de le voir.

— Et vous n'allez pas me dire pourquoi ?

— Sauf votre respect, c'est entre lui et moi. J'espère que vous pouvez comprendre ça, Ryn.

Un mélange d'émotions m'envahit. Je dois protéger Gabe et faire ce qui est juste pour lui. Il est ma priorité absolue. Sans aucun doute. Il l'a toujours été et le sera toujours. Mais voilà cet homme, assis en face de moi, l'air brisé, qui me demande mon aide pour guérir cette profonde blessure. Pour arranger les choses.

Je tapote des doigts sur la table en passant en revue mes options. Qu'est-ce que je fais ? Ça ressemble beaucoup à une situation d'adulte, et en tant que Petra Pan autoproclamée, c'est bien loin de ma zone de confort.

Il veut voir Gabe.

Il ne me dira pas pourquoi.

Il ne veut rien de lui.

Peut-être qu'il est… mourant ?

Cette pensée me serre la poitrine.

— Ryn, j'espère que vous m'aiderez. J'aimerais vraiment avoir une chance avec mon fils.

Et voilà. Il a fallu qu'il utilise ce mot : *fils*. Il évoque des images d'hommes berçant leurs bébés, jouant à la balle avec eux dans le parc, les conseillant, assis fièrement en les regardant obtenir leur diplôme de fin de lycée. Toutes les choses que mon père a faites pour moi.

Mais cet homme n'a rien fait de tout ça pour Gabe. Pas une seule chose. Il est parti. Il était la définition même d'une figure paternelle absente, disparue sans laisser de trace.

J'ouvre la bouche pour répondre, puis je la referme.

Sentant mon hésitation, il dit :

— Je ferais n'importe quoi pour une seconde chance avec lui. S'il vous plaît, dites que vous m'aiderez.

L'ironie du fait que nous nous trouvons actuellement au Second Chance Café ne m'échappe pas.

Je me mords l'intérieur de la lèvre.

— Pouvez-vous me laisser un peu de temps ? Je ne dis pas que je vais vous aider, mais je veux y réfléchir un moment.

Son visage s'illumine d'un sourire qui le fait tellement ressembler à Gabe que je suis aussi surprise qu'un soldat entendant le son perçant d'un coup de feu dans un village paisible.

Cet homme est le *père* de Gabe. Gabe est le *fils* de cet homme.

Quelle prise de conscience étrange et déroutante.

Soudain, c'en est trop pour moi. Je me lève d'un bond, ma chaise crissant sur le parquet, et je déclare :

— Je ne peux pas, maintenant. Je… je dois retourner travailler.

Il se lève à son tour. Il est grand, presque aussi grand que Gabe.

— Je reviendrai. Peut-être que vous pourriez y réfléchir ?

Je lui fais un bref signe de tête.

— D'accord.

— Ryn, j'espère vraiment que vous m'aiderez à renouer avec mon fils.

Fils. Le coup de grâce pour jouer sur la corde sensible.

Je ne réponds pas. À la place, je le regarde s'éloigner vers la sortie à grandes enjambées. Même sa démarche est similaire à celle de Gabe. Je reste seule avec mes pensées sur la loyauté, la famille et l'amitié — et sur la bonne chose à faire pour mon ami.

Chapitre 6

Ryn

Toute à mes pensées, je retourne au comptoir et je sers un autre client quand entre le mec mignon de la fois où Leonardo Finch est venu au café. Le type qui a réussi l'impossible, à savoir détourner mon attention de mon idole de jeunesse pour l'attirer sur *lui*.

Entre le père de Gabe et ce gars, décidément, je passe une sacrée journée au travail.

Son regard perçant se pose sur moi tandis qu'il avance d'un pas nonchalant dans ma direction.

Bonjour, Anthony Bridgerton.

Seulement, c'est plutôt un *bonjour, Anthony Bridgerton dans ton superbe cuir noir*, suivi rapidement d'un *mamma mia*.

J'ai toujours craqué pour le stéréotype du bad boy. Vous savez, le mec cool et un peu rebelle, avec un air renfrogné en permanence sur son visage mal rasé. Mes sœurs décrivent ces mecs comme le genre à pouvoir me pourrir la vie et, je dois bien l'admettre, quelques-uns s'y sont essayés.

Mais je n'y peux rien. Mettez-lui un pantalon en cuir et un blouson de motard, et je fonds comme du miel.

Lord Bridgerton version bad boy s'approche du comptoir, son visage s'illuminant d'un doux sourire qui fait frissonner ce miel liquide.

Je parie qu'il a des tatouages super sexy qui lui couvrent la moitié des bras et peut-être le dos, et qui descendent jusque...

— Salut, dit-il.

Sors-toi de la tête les prétendus tatouages d'Anthony Bridgerton.

Je cherche mes mots et finis par lâcher :

— Sa-salut. Café.

Sa-salut. Café ?

Pitié, que quelqu'un m'achève.

Il m'adresse un sourire perplexe.

— Merci. Endroit sympa.

Il vient de me trouver sympa ? Non, il parlait du café.

— Merci.

Je m'emballe, comme s'il s'était réellement adressé à moi.

Encore ce regard.

Sois cool, Ryn. Décontractée et cool.

Je l'observe tandis qu'il inspecte la vitrine des pâtisseries. Après un instant, je demande :

— Je peux vous servir quelque chose ?

Au moins, c'est une phrase complète, même si ce n'est pas du Molière.

— Un instant.

Il lève les yeux vers le menu sur l'ardoise au-dessus de ma

tête et j'en saisis l'occasion pour examiner son visage. Il a des yeux couleur café, encadrés de sourcils sombres, et des cheveux châtains qui lui tombent au-delà des oreilles, avec juste ce qu'il faut de barbe naissante pour mettre en valeur la structure solide de sa mâchoire.

Tellement Anthony Bridgerton.

— Vous êtes avec la production ?

Je lâche ça, même si je sais déjà que c'est le cas.

Il ramène ses yeux vers les miens.

— Oui, et je suis en mission pour aller chercher du café et des en-cas pour Leo.

— Leo ?

Je m'étonne.

— Leonardo Finch. C'est l'un des acteurs du film que nous tournons ici.

Comme si j'avais besoin qu'on me dise qui est Leonardo Finch, ou qu'il est en ville. Il faudrait vivre sous un tas de bûches dans cette ville pour ne pas le savoir.

— Vous travaillez avec... euh, Leo ? je demande, en essayant ce nouveau surnom.

Cette journée vient de devenir beaucoup plus intéressante.

Les lèvres d'Anthony Bridgerton esquissent un nouveau sourire tandis qu'il me tend la main.

— Je suis impoli. Je m'appelle Joe Turner. Je suis l'assistant de Leo. Je vous ai vue quand nous sommes passés l'autre jour.

Je prends sa main, appréciant la façon dont elle enveloppe la mienne.

— Oui, en effet.

Je suis en train de me griller complètement.

Tant pis pour le côté décontracté et cool.

Je m'éclaircis la gorge.

— Tu es l'assistant de Leo ? C'est cool.

— Ouais, c'est cool, comme tu dis.

Son sourire s'est transformé en un air amusé, mais j'imagine que ça lui arrive souvent quand il dit aux gens ce qu'il fait. Après tout, ce n'est pas tous les jours qu'on rencontre l'assistant d'une star de cinéma, surtout un qui semble tout droit sorti d'un roman, prêt à chevaucher dans l'Angleterre de la Régence pour défendre l'honneur de sa sœur dans un duel.

— Je peux te demander quelque chose ? demande Joe, ses yeux forant des trous dans mon âme.

— Tout ce que tu veux, je murmure, parce que sincèrement, Joe Turner pourrait me demander n'importe quoi en ce moment et la réponse serait un *oui* retentissant.

— Tu crois que je pourrais récupérer ma main ?

Je baisse les yeux sur nos mains et retire aussitôt la mienne alors que l'humiliation envahit mes veines. Je m'éclaircis la gorge et lui offre un sourire penaud, espérant que ça passe pour mignon et attachant, mais je soupçonne qu'il pense probablement que je suis juste une stalkeuse bizarre de Leonardo Finch.

— Alors, qu'est-ce que je te sers, Joe ? je demande, en essayant de retrouver ma dignité.

— Je vais prendre trois de ces beignets glacés, deux parts de tarte aux pommes, et quels sont les parfums de tes muffins ?

Je saisis la pince et désigne la vitrine.

— On a myrtille, pépites de chocolat, et celui-ci est vraiment bon. C'est pêche et chocolat blanc. Super savoureux, et bien sûr, bon pour la santé grâce aux fruits.

Il laisse échapper un léger rire grave. Ça me fait frissonner.

— Eh bien, je suis tout à fait pour être en bonne santé, alors je suppose que je vais prendre deux muffins pêche et chocolat blanc aussi.

— Excellent choix.

Je m'affaire à mettre sa commande dans une boîte, en espérant avoir tout retenu.

Je me mords la lèvre. J'étais sûre qu'il voulait des beignets, mais étaient-ils glacés ou avec des vermicelles ? Ou à la confiture ?

Il doit le remarquer, car il dit :

— C'étaient trois glacés.

— Compris.

Je place trois beignets glacés dans la boîte.

— Tu veux du café avec ça ?

— Absolument. Le café sur le plateau est correct, mais Leo a dit que votre café glacé ici est plutôt bon. Il a utilisé le mot « excellent », en fait.

Je rayonne.

— Le meilleur café à l'ouest de Seattle.

Je cite la deuxième phrase préférée de tante Sheila après *Offrez-vous une Seconde Chance au Second Chance Café*. C'est une phrase que je n'aurais jamais pensé utiliser. Elle est super ringarde et sans doute fausse.

Il lève ses sourcils sombres.

— Dans ce cas, je ferais mieux d'en prendre un pour moi aussi.

Il maintient mon regard une fraction de seconde de plus que prévu, et mon ventre fait une petite cabriole.

Était-ce un regard séducteur ? Ça y ressemblait beaucoup.

— Ma tante, qui tient cet endroit, sera ravie d'apprendre que Leo préfère son café.

Ma tante Sheila était vraiment dégoûtée quand un traiteur de Cotown, une ville bien plus grande dans cette partie de l'État de Washington, a remporté le contrat pour approvisionner le plateau de tournage. Bien sûr, un café de la taille du Second Chance n'avait aucune chance, mais cette nouvelle, apportée par Joe Turner, le sosie d'Anthony Bridgerton, lui redonnera certainement le sourire.

Je prépare les cafés glacés et les place dans un porte-gobelets en carton. Il paie et m'adresse son sourire ridiculement séduisant avant de se tourner pour partir.

— Merci d'être passé, Joe, je lance.

Il s'arrête et se retourne vers moi. — Tu veux passer nous voir un de ces jours ? Voir comment on fait les films ?

Mes yeux s'illuminent. — Tu es sérieux ? J'adorerais *ça*.

La moindre lueur d'espoir que j'avais de paraître détachée s'est bel et bien envolée.

— Donne-moi ton numéro et on s'organisera. Il sort le dernier modèle d'iPhone de sa poche arrière et je lui donne mon numéro. J'entends mon téléphone biper sous le comptoir et je sens un frisson d'excitation.

— Je n'ai pas saisi ton nom.

— C'est Ryn, le diminutif de Kathryn avec un « y », mais personne ne m'appelle jamais comme ça, sauf si on est énervé contre moi ou que j'ai fait une bêtise. Tu sais, comme quand j'étais petite.

Et comme il y a cinq minutes.

— Tu fais souvent des bêtises, Kathryn avec un « y » ? demande-t-il avec un sourire en coin.

Après tout, c'est un mauvais garçon. Il ne va sûrement pas me demander quelle est ma comptine préférée.

Personne — en dehors de ma famille — n'a jamais pu m'appeler Kathryn et s'en est sorti vivant pour le raconter. Mais la façon dont Joe Turner le dit ? Je pourrais fondre sur place sur le sol du café.

— Pas aussi souvent que je le voudrais, je réponds avec un sourire timide et faussement assuré, comme si je flirtais avec des hommes canons comme lui tous les jours de la semaine.

— Il faudra peut-être qu'on voie si on peut y faire quelque chose. Un petit rire rauque s'échappe de nouveau de sa gorge, et mes joues s'échauffent.

Cette conversation a définitivement pris une tournure coquine, et je ne peux pas dire que ça me déplaît.

Je ne veux pas que Joe parte, alors je lâche : — Leo a vraiment très faim.

— Je vais te confier un secret. Tout n'est pas pour Leo. En fait, il n'y a que le café glacé qui LUI est destiné. Le reste est pour moi et quelques membres de l'équipe. Mais ne va pas le dire à mon patron.

— Vous voulez dire mon ami proche et personnel, Leo ?

— Lui-même.

— Promis.

Nous échangeons un sourire. J'essaie de garder mon sang-froid, alors qu'en réalité j'ai envie de sauter de joie.

— Je t'enverrai un message pour qu'on s'organise bientôt.

— Ce serait bien.

J'essaie de paraître moins impatiente que je ne le suis.

Il me fait un clin d'œil — un clin d'œil ! — et je jure que mes genoux se dérobent. — À plus tard.

Et sur ce, il sort du café d'un pas décidé et disparaît au bout de la rue. Contrairement à la venue de Leonardo Finch, personne ne le regarde partir à part moi, mais en même temps, personne d'autre que moi ne s'est fait draguer et inviter sur le plateau par un certain Joe Turner, alias Anthony Bridgerton, alias à cent pour cent mon genre de mec.

Chapitre 7

Gabe

Il fait toujours une chaleur torride dans l'atelier, car le four est à 1 177 degrés, ce qui est une chaleur de dingue pour n'importe qui. Je ne porte plus que mon t-shirt et mon jean préféré, et la sueur perle sur mon front. N'ayant pas de manches longues pour m'essuyer le visage, je tire sur mon t-shirt, le sors de mon jean et j'en saisis le bas pour éponger la sueur avant qu'elle ne me pique les yeux.

Le Black Bear étant fermé pour un jour ou two, j'ai davantage de temps à consacrer à mon art et je compte bien rester ici la majeure partie de la journée.

— S'il existait des calendriers de souffleurs de verre comme il en existe pour les pompiers, tu ferais la couverture.

Mon t-shirt en boule dans mon poing, je lève les yeux et je vois Ryn qui tient un plateau avec des boissons, un grand sourire aux lèvres.

— Qu'est-ce que tu fais ici ?

Elle ignore ma question.

— Pun*aaaa*ise. Qui aurait cru que tu avais des abdos pareils ? Tout fermes et luisants et… *là*.

Elle fait un geste en direction de mon torse et, gêné, je laisse retomber le bas de mon t-shirt.

— Merci ? dis-je avec un petit rire.

C'est toujours gênant quand ta meilleure amie, qui se trouve être une fille, te fait des compliments sur ton physique. Non pas que Ryn juge souvent mon apparence, sauf, bien sûr, quand je montre au monde entier mes prétendus abdos dignes d'un calendrier, à ce qu'il paraît. On a beau être meilleurs amis, on ne se balade pas vraiment à poil l'un devant l'autre.

Je désigne le plateau.

— Il y en a un pour moi ?

— Je me suis dit qu'un rafraîchissement te ferait du bien. Du café glacé. J'en ai aussi pris un pour Rowena.

Elle pose le plateau de cafés glacés sur l'établi.

Ryn me passe l'un des cafés glacés et je prends une gorgée. Le liquide froid glisse dans ma gorge et me rafraîchit.

— Du café glacé ? T'es la meilleure, dis-je.

Rowena interrompt ce qu'elle est en train de faire et s'approche.

— Ça vient du Second Chance ? demande-t-elle en prenant un gobelet sur le plateau.

— D'où veux-tu que ça vienne d'autre ? répond Ryn avec un haussement d'épaules et un sourire. Ce sont les meilleurs en ville, et en plus j'ai une sacrée réduction.

— Genre, gratuits ? je demande en riant.

On sait tous les deux que Ryn a son café gratuitement grâce à sa tante. C'est un autre avantage à l'avoir comme meilleure amie.

— Un peu dans ce goût-là, G, répond-elle évasivement avec une esquisse de sourire.

Rowena prend une gorgée et lève son gobelet.

— Merci beaucoup. J'en avais besoin. Fais-moi signe quand tu auras besoin de moi, Gabe, dit-elle avant de retourner à son travail.

—Je peux t'aider, propose Ryn.

Les yeux de Rowena croisent les miens. Elle a fini son apprentissage et travaille ici contre rémunération quelques jours par semaine. Elle est douée dans son art. Entre elle et Theo, j'ai beaucoup appris.

— T'es sûre ? lui demandé-je.

— Oh oui, je suis sûre. J'assure, répond Ryn.

— D'accord. Je suis là-bas si tu as besoin de moi, répond Rowena.

— Tu sais que le café glacé est la boisson préférée de *Leo*.

— De qui ?

— Leonardo Finch.

— Tu l'appelles par son petit nom, maintenant ?

— Nan. Son assistant l'appelle comme ça, alors je me suis dit que j'allais le faire aussi.

— Tu l'as rencontré ?

Elle s'appuie contre l'établi.

— Ne sois pas sexiste, me gronde-t-elle.

— En quoi te demander si tu as rencontré l'assistant de *Leo* est sexiste ?

— Parce que tu as supposé que son assistant était une femme alors qu'en fait, c'est un homme.

— Un homme ?

Peut-être que j'ai été sexiste. Ce n'était pas intentionnel. Toutes les assistantes à la scierie sont des femmes, alors on peut difficilement me le reprocher. Mais nous ne sommes plus dans les années 1950, même si Hunter's Creek en donne l'impression la plupart du temps.

Je lève les mains en signe de reddition.

— Oui, d'accord. J'ai été sexiste. Autant pour moi.

— Joe – c'est le nom de son assistant, Joe Turner – est sexy avec un grand S, s'extasie-t-elle, comme une pré-ado qui parle de son béguin. Et devine quoi ? Il m'a invitée à venir lui rendre visite *sur le tournage*. Ce n'est pas incroyable ?

Je dispose sur l'établi les morceaux de verre que je prévois d'utiliser pour ma dernière création.

— La chanceuse.

— Je sais, pas vrai ? Joe est si gentil. Et sexy. Je l'ai déjà dit ?

— Ouais, tu l'as déjà dit.

— Il est aussi sexy qu'Anthony Bridgerton, mais super cool en plus.

Je demande, même si je suis certain de ne pas vouloir savoir :

— Anthony Bridgerton ?

— Tu sais, dans *La Chronique des Bridgerton*, la série qu'on adore avec Ivy ? Robes Régence, décolletés pigeonnants, et ces séducteurs incroyablement sexy.

— Des séducteurs sexy ? C'est quoi ce truc, une émission de jardinage bizarre de fin de soirée ?

Elle glousse.

— Mais non ! Des séducteurs, dans le sens de bad boys.

Ryn a toujours craqué pour les hommes qu'elle considère comme des « bad boys », des types qui ont une haute opinion d'eux-mêmes, qui se la jouent cool et distants, alors qu'au fond, ils espèrent et prient probablement pour réussir à sortir avec une femme comme elle.

Je prends une autre gorgée de mon café.

— On dirait bien un truc que tu regarderais.

— C'est la meilleure série sur Netflix, tout simplement.

C'est super romantique et plein de gens hyper canons, dont Anthony.

— Je croyais que tu avais dit qu'il s'appelait Joe ?

Elle lâche un rire exaspéré.

— Suis un peu, G, s'il te plaît !

— Entre Anthony, Joe et « Leo », commence-je, en faisant des guillemets avec mes doigts, je ne suis pas sûr d'avoir le temps de suivre, Ryn-Ryn. Ni l'envie, d'ailleurs.

Elle me lance un sourire en coin, avec l'air du chat qui a réussi à voler le canari.

— Tu veux que je t'en dise plus sur lui ?

Non.

— Laisse-moi deviner. C'est un pseudo-motard bad boy qui se la pète.

J'ai vu Ryn tomber amoureuse de ce genre de type bien trop souvent. Je sais comment ça se passe : elle s'éprend de lui, et il la traite comme une moins que rien. C'est comme si elle était un papillon de nuit attiré par la mauvaise flamme, et rien de ce qu'on peut dire n'y changera quoi que ce soit.

En tant que son ami, tout ce que je peux faire, c'est être là pour elle quand elle a besoin de moi, prêt à ramasser les morceaux.

Quelle chance.

Ryn me donne une petite tape sur le bras.

— Joe n'est pas comme ça.

— Vraiment ? je demande avec une fausse surprise. Ce n'est pas un pseudo-motard rebelle avec un sale caractère ?

— Joe est un mec vraiment génial.

— Qui se trouve être aussi un pseudo-motard rebelle avec un sale caractère ? j'ajoute rapidement. Ne me frappe pas encore.

— À t'entendre, on dirait que j'ai un problème avec la violence.

Je lui offre un grand sourire.

— Il n'y a pas de fumée sans feu...

— Il n'y a pas de fumée dans cette histoire.

Je suis plus que ravi de changer de sujet.

— Tu as dit que tu pouvais aider, alors ça te dit de m'aider à fabriquer quelque chose ?

— Bien sûr.

Elle retire sa veste en jean, qu'elle a assortie à sa tenue habituelle : un jean, des baskets et un t-shirt uni. Elle a un style simple qui lui va à ravir. Elle n'a pas besoin de tout le maquillage et des vêtements tape-à-l'œil que d'autres femmes adoptent. C'est du Ryn tout craché.

— Tu travailles sur quoi ? demande-t-elle en prenant une gorgée de son propre café.

— Theo veut que j'essaie différentes choses, alors hier soir, j'ai regardé la vidéo d'un type qui fabriquait un poisson et je me suis dit que j'allais tenter le coup aujourd'hui. J'allais demander à Rowena de m'aider, mais puisque tu es là et prête à travailler...

— Il faut tout un village pour élever un enfant et pour faire un poisson en verre ?

Je glousse.

— Quelque chose comme ça.

— Comment puis-je t'aider ?

— Prends-moi une canne de verrier, et commençons.

Nous travaillons ensemble, tournant et retournant la canne pour cueillir le verre en fusion du four. Quand le poids me semble bon, je la sors et Ryn commence à souffler douce-ment de l'air dans le tube, faisant se dilater le verre chaud pendant que je le façonne et le modèle avec les différents outils.

Après de nombreuses manipulations où nous ajoutons plus de verre, le chauffons, le travaillons, le chauffons et le travaillons encore, il commence à prendre forme. Nous ajou-tons différentes couleurs, puis nous tordons et façonnons le poisson. Rowena nous donne quelques conseils et, au moment où nous avons terminé, nous avons fabriqué notre tout premier poisson en verre soufflé.

Je bois une grande gorgée de mon café glacé, maintenant moins glacé et plutôt à température ambiante, mais il est toujours rafraîchissant.

— J'en avais besoin.

Ryn, elle aussi, aspire bruyamment avec sa paille et boit les dernières gouttes de son café tout en évaluant notre chef-d'œuvre.

— Ça me rappelle quelque chose.

— Quelque chose de bien ou de mal ? Avant que tu répondes, sache que tant que ce n'est pas un clown de collection en verre, ça me va.

Ryn et moi avons toujours plaisanté sur le fait que si je gagnais ma vie avec ça, je lancerais une ligne de clowns en verre criards et ridicules. Sérieusement, cherchez sur Google. Ils sont aussi laids et kitsch qu'on pourrait l'imaginer.

Elle déclare :

— Le singe de Dora l'Exploratrice.

Je laisse échapper un rire surpris.

— Le poisson que nous avons fait te rappelle un singe ?

— Ouais, tu sais, le singe agaçant avec son visage rose, ses grands yeux et son corps bleu et jaune.

— Babouche ? je propose. Non pas que je sois un grand fan de Dora l'Exploratrice ou quoi que ce soit. J'ai vingt-trois ans, pas trois.

Nous regardons tous les deux l'œuvre d'art. Effectivement, elle a un visage rose avec un corps bleu pâle. Si on mettait une paire de bottes rouges à ses nageoires, ça pourrait être un singe à la forme très étrange. Enfin, si les singes avaient des nageoires.

Ryn claque la langue.

— Tout ce temps et ces efforts pour que tu fasses un personnage de dessin animé, G.

— Je vais peut-être m'en tenir aux vases. Je commence à

être bon pour ça. Je désigne les étagères au fond de l'atelier où j'ai aligné un groupe de vases. Je ne peux m'empêcher d'être fier. Il y en a des longs et fins, des ronds et colorés, et d'autres avec des effets d'ondulation et des rayures. Chacun a nécessité des heures de création et de perfectionnement, et j'ai adoré chaque minute.

Ryn se dirige vers les étagères, et je suis soudain mal à l'aise qu'elle pose son regard sur mon travail. Quand on crée quelque chose, c'est presque comme si on offrait une partie de soi-même aux autres. C'est profondément personnel, et l'opinion de Ryn compte plus que tout pour moi, que ce soit pour le soufflage de verre ou pour tout le reste. Après tout, Ryn avait le talent pour être à ma place, mais les choses ne se sont pas passées comme ça pour elle.

— G, ils sont tellement, tellement beaux, dit-elle, le souffle coupé.

Ça me fait sourire.

— Celui-ci en particulier est magnifique.

Elle désigne un large vase de style mid-century en bleu et violet.

— Oh, non ! je m'exclame en me dirigeant vers elle. J'avais oublié que j'avais mis ce vase-là pour le garder en lieu sûr, et voilà qu'elle l'a trouvé.

— Quoi ?

— J'allais te donner celui-là.

Son visage s'illumine.

— Vraiment ?

— Plus maintenant que tu l'as vu. Je vais devoir te donner autre chose.

Elle le prend, le serre contre sa poitrine et se tourne vers moi.

— Tu *dois* absolument me le donner, G. Je l'adore.

— Je vais devoir y réfléchir, dis-je pour la taquiner.

Je la regarde tourner le vase dans ses mains et le contempler avec des yeux tendres.

— N'y pense même pas, Gabriel Hartmann, me gronde-t-elle. Il est splendide.

Elle le repose délicatement sur son étagère.

— Tu es plutôt doué pour ce truc de verrerie, n'est-ce pas ?

— J'essaie.

Savoir que j'ai obtenu l'apprentissage et pas elle me fait me renfermer quand il s'agit de mes espoirs et de mes rêves. Mais la dernière chose que je veux, c'est la blesser ou lui donner l'impression qu'elle n'est pas à la hauteur. Parce que Ryn Cole est *bien plus* qu'à la hauteur, mais l'expérience me dit que ce nouveau type qui l'enthousiasme tant ne le verra même pas.

Chapitre 8

Ryn

J'ai du mal à croire que je suis là.

Il m'a fallu tout mon pouvoir de persuasion pour que tante Sheila m'accorde quelques heures de pause en cette matinée ensoleillée, même après lui avoir expliqué que j'avais été invitée sur le plateau de tournage, ce lieu mythique à la sortie de la ville que tous les habitants de Hunter's Creek rêvent de visiter.

Comme on pouvait s'y attendre, elle m'a fait promettre de l'emmener avec moi la prochaine fois. Je n'ai aucune idée si

Joe sera d'accord, mais j'ai sauté sur l'occasion sans hésiter, et me voilà, serrant contre moi une boîte de gourmandises et un plateau de cafés glacés, attendant devant la clôture temporaire qui encercle le plateau, à la fois nerveuse et excitée.

Un homme au crâne chauve et à la mâchoire si carrée qu'il pourrait s'en servir pour couper des bananes s'approche de moi. Sa mine renfrognée me dit qu'il ne peut être qu'un agent de sécurité. On dirait qu'il passe sa vie à la salle de sport, à siroter des shakes protéinés, à grogner et à se frapper la poitrine à longueur de journée.

— Qui êtes-vous ? demande-t-il d'une voix bourrue et sans humour.

— Je suis Ryn Cole. Je viens voir Joe Turner. Il m'attend, lui ai-je répondu d'un ton enjoué.

Il lorgne la boîte et les cafés glacés que je tiens.

— Qu'est-ce que vous avez dans cette boîte ?

— J'ai un tas de délicieuses gourmandises qui viennent du Second Chance Café, sur la rue principale.

Je soulève le couvercle et il jette un coup d'œil à l'intérieur.

— C'est un plateau fermé aujourd'hui, renifle-t-il.

— Pourquoi ? Ils tournent une scène d'amour ?

Mon esprit s'envole aussitôt vers la possibilité d'apercevoir le torse nu et musclé de Leonardo Finch.

Ne me jugez pas. C'était mon béguin d'adolescente, la star de tous mes fantasmes où je tombais amoureuse, me mariais et avais des bébés.

— Fermé veut dire fermé. Personne n'entre, lance sèchement M. Sympathique.

Devinez qui ne va pas gagner le prix du Gars-le-plus-sympa-du-mois de Hunter's Creek ? Non pas qu'il y ait un vrai prix pour ça, mais connaissant cette ville, ça ne m'étonnerait pas qu'ils décident d'en créer un.

— Écoutez, je ne suis pas une fan venue reluquer Leonardo Finch dans le plus simple appareil, lui ai-je menti, car, soyons honnêtes, je me rincerais l'œil sans aucune hésitation devant Leonardo Finch dans le plus simple appareil. Je suis censée retrouver Joe Turner, l'assistant de M. Finch.

Pour appuyer mes dires, je lui ai brandi mon téléphone sous le nez, lui montrant la série de messages échangés entre Joe et moi. Une série de messages qui étaient un peu plus que suggestifs.

— Vous voyez ? Il y a écrit, et je cite : « On se voit sur le plateau à 11 h », et ça vient d'un certain Joe Turner.

M. Sympathique jette un regard rapide à mon téléphone. Sa mâchoire carrée surdimensionnée se crispe et, avec son crâne chauve, il me rappelle ce personnage fait de pierres dans les films de super-héros. Comment s'appelait-il déjà ? C'est ça : la Chose.

Gabe trouverait ça hilarant, de me voir me disputer avec la Chose.

Penser à Gabe me rappelle la demande de son père de l'aider à renouer avec son fils. Je ne sais toujours pas quoi faire, mais ce n'est pas le moment de m'attarder là-dessus. C'est le moment d'entrer sur ce plateau de tournage pour voir Joe, et vite.

— Je ne vous laisserai pas entrer, madame, me dit la Chose.

Ça ne marche clairement pas. Je décide d'essayer la flatterie.

— On voit que vous faites super bien votre travail. Je veux dire, vous en imposez carrément, en étant si grand et mena-çant, et je parie que vous gagnez à tous les coups quand vos patrons distribuent des primes pour des trucs comme le plus grand nombre de fans complètement folles refoulées en une journée. Mais je ne suis pas comme ça. Vraiment. Je suis une habitante de Hunter's Creek. Je m'appelle Ryn Cole. Je travaille au café d'où viennent ces délicieuses gourmandises.

Je brandis de nouveau la boîte en guise de preuve.

Mon discours le laisse de marbre.

— Il est temps de partir, mademoiselle.

Ce type a gravement sous-estimé mon envie d'entrer sur le plateau s'il pense que je vais simplement faire demi-tour et partir maintenant.

— Vous aimez les muffins ? Ou les tartes ? Ma tante tient le café sur la rue principale, celui dont je vous ai parlé, et elle fait les meilleures tartes aux pommes de l'État, probablement de tout le nord-ouest du Pacifique. En ce moment, elle se prépare pour le Festival d'été de Hunter's Creek, qui approche à grands pas et a lieu chaque année en ville, et si vous voulez, je pourrais vous avoir une tarte ? Ou deux ?

Je lui souris en espérant… en espérant…

— Votre tante met des raisins secs dans ses tartes aux pommes ?

Est-ce que la Chose aime les raisins secs dans les tartes aux pommes ? Son visage impassible, d'une froideur de pierre très à propos, est impossible à déchiffrer.

— Elle a une opinion très arrêtée sur les raisins secs dans les tartes aux pommes, ai-je répondu pour tâter le terrain, fière de ma formulation ambiguë.

— Ajouter des raisins secs à une tarte aux pommes parfaitement bonne est une véritable abomination, déclare la Chose d'un ton sévère, comme s'il faisait son discours de super-héros sur le fait qu'il faut arrêter les méchants avant qu'ils ne détruisent notre planète.

Il est contre les raisins. Compris.

Je me suis un peu rapprochée de lui.

— Je vous assure, ma tante préférerait fermer définitivement son café plutôt que de mettre un seul raisin sec dans l'une de ses tartes aux pommes.

Il se penche en arrière et je jurerais qu'il a presque souri. Presque.

Je retiens mon souffle. L'ai-je convaincu ? Va-t-il me laisser entrer sur le plateau maintenant ?

Cette question restera à jamais sans réponse car, à ce moment-là, Joe arrive, et toute pensée de raisins secs ou de super-héros est oubliée, remplacée par des pensées sur le fait que Joe est indéniablement magnifique.

Avec sa chemise à motifs noirs et blancs boutonnée jusqu'en haut, son jean noir à revers et ses bottines à lacets, ses yeux s'illuminent en croisant les miens, et mon estomac fait des loopings à sa vue.

Joe Turner pourrait être la cannelle dans ma tarte aux pommes quand bon lui semble.

— Salut, Carl. Je vois que tu as rencontré Ryn, lance Joe en lui donnant une claque dans le dos.

La Chose, alias M. Sympa, alias Carl, lui lance un regard qui lui intime sans équivoque de retirer sa main sur-le-champ.

Tiens. Il doit être super antipathique avec tout le monde.

Sans se laisser démonter, Joe poursuit :

— Ryn est mon invitée. Elle est venue jeter un œil au plateau de tournage.

— Le plateau est fermé au public aujourd'hui, répète Carl.

Je dois bien le lui reconnaître, il ne dévie pas d'un pouce.

— Ryn veut jeter un coup d'œil, mais on n'ira probablement même pas voir le tournage. De toute façon, c'est près de l'étang, et je porte mes bottines neuves.

Il détonne tellement à Hunter's Creek. Personne de sensé dans cette ville ne se soucierait d'un peu de boue sur une paire de bottes.

J'aime bien le fait que Joe se soucie de son apparence.

— Leo est au courant et ça ne lui pose pas de problème, ajoute Joe.

La mention du nom de Leonardo Finch produit l'effet escompté sur Carl, qui finit par reculer pour me laisser entrer sur le plateau.

— Passez donc au Second Chance et je veillerai à vous donner une des tartes aux pommes de ma tante, lui dis-je.

Il me semble que Carl esquisse presque un sourire. Presque, mais pas tout à fait.

— Tu es arrivé juste au bon moment. Il n'allait pas me laisser entrer, dis-je.

— Oh, Carl est un vrai agneau. Il faut juste savoir s'y prendre avec lui.

Nous nous dirigeons vers le groupe de roulottes que la société de production a installées dans le champ de M. Cantor. Mais celles-ci ne ressemblent à aucune roulotte que j'aie jamais vue. Elles sont toutes d'un blanc étincelant et ont l'air neuves, chacune faisant environ la moitié de la taille de la maison de mes parents. Pas vraiment les roulottes colorées et délabrées dans lesquelles vivent quelques familles à la périphérie de la ville. Celles-ci sont les Dolce & Gabbana des roulottes. Les Manolo Blahnik.

— C'est génial d'être ici, Joe. Merci beaucoup de m'avoir invitée, je m'extasie.

— C'est tout le plaisir pour moi. Il m'adresse ce sourire à faire flageoler les genoux, celui qui me fait penser au séduisant Lord Bridgerton conquérant Kate avec ses regards profonds et ténébreux et sa passion débridée.

Je m'éclaircis la gorge. Je ne peux pas commencer à fondre comme du miel sur tout le plateau.

— Tu vas donner une tarte aux pommes à Carl ? me demande-t-il.

— C'était ma tentative de corruption.

— Donc, il n'y a pas de tarte aux pommes ?

— Oh si, il y a de la tarte aux pommes. Ma tante participe chaque année au concours de pâtisserie du festival d'été de Hunter's Creek et elle gagne la plupart du temps. En fait, je ne me souviens pas de la dernière fois qu'elle a perdu.

— Vous avez un festival d'été ?

— Ce n'est rien de spécial, vraiment, juste le festival typique d'une petite ville, avec de la nourriture, des manèges et beaucoup d'animaux.

— Comme des animaux de la ferme ?

— Ouaip.

— C'est pittoresque.

S'il est condescendant, je ne le relève pas.

— Super pittoresque, j'acquiesce. Ils ont tendance à empester un peu l'endroit, mais il y a des chèvres, des cochons et des vaches, que les gens semblent aimer voir.

— Tu sais, jusqu'à hier, je n'avais jamais vu de vache de près, sauf sous forme de steak dans mon assiette.

— Un citadin, hein ?

— Né et élevé à San Francisco. Pas beaucoup de vaches là-bas.

Je lève les mains en l'air.

— Je ne te juge pas. Je suis sûre que San Francisco a des choses bien plus excitantes que des vaches.

Il laisse échapper ce rire qui me chatouille le ventre.

— J'imagine que ça dépend à quel point on aime les vaches.

— Mais tu vis à Los Angeles maintenant, c'est ça ?

— Ouaip.

— Parce que tu voulais travailler pour une star de cinéma ?

— Pas exactement. Je suis un peu tombé là-dedans par hasard. Ça paie les factures et ça me permet de voyager dans des endroits comme Hunter's Creek et de rencontrer les jolies filles du coin.

Je lui adresse un sourire malicieux.

— Qu'est-ce que tu veux vraiment faire ?

Nous arrivons à l'une des roulottes et nous nous arrêtons devant la porte.

— Pourquoi ne devinerais-tu pas ?

— Eh bien, en général, quand les gens déménagent à L.A., c'est pour devenir acteurs. Tout le truc d'Hollywood. J'ai raison ?

Joe est sans problème assez beau pour être sur le grand écran.

— Tu m'as démasqué, répond-il avec un sourire. Moi et

tous les autres gars qui débarquent en ville avec la tête pleine de projets et pas grand-chose d'autre.

— Comme l'ex de ma sœur. Enfin, lui, il a vraiment réussi. Il est dans une série qui s'appelle *Serious Bite*, ce qui est hilarant parce qu'on pensait tous que les vampires étaient complètement démodés, mais apparemment il leur reste encore de la vie, si tu me passes le jeu de mots.

Il me regarde d'un air vide.

— Les vampires sont, par définition, morts-vivants, j'explique.

— C'est vrai. Ouais, répond-il en riant.

— Bref, toute la ville est devenue folle de cette série. Les habitants se réunissent pour la regarder à la mairie. Tout le monde est là. *Littéralement* tout le monde. Sérieusement, on pourrait croire que Dex est une sorte de demi-dieu et non le salaud qui a trompé ma sœur.

— Attends. Tu parles de Dex *Ryder* ? demande-t-il.

Je hoche la tête.

— Et il est sorti avec ta sœur ?

— Seulement pendant un milliard d'années. Il a grandi ici, et Harper et lui étaient des amours de lycée. Elle l'a suivi à L.A. et puis il l'a larguée pour sa covedette. N'est-ce pas aussi cliché qu'un type qui quitte sa femme pour sa secrétaire à l'époque ? Un vrai coup de salaud, à mon avis.

Il pousse un petit sifflement.

— Dex Ryder a grandi à Hunter's Creek. Qui l'eût cru ? demande-t-il.

Comme si je ne venais pas de lui dire que toute la ville le savait.

— Mais qu'est-ce que tu racontes ? Tu es l'assistant d'une grande star de cinéma. C'est bien mieux que d'être allé à l'école avec l'acteur principal d'une série télé un peu nulle.

Je ne vais pas mentionner le fait que *Serious Bite* est aussi terriblement addictive. Comme elle est diffusée sur l'une des chaînes grand public, personne ne peut encore regarder toute la série d'une traite, ce qui est vraiment dommage parce que la tension « vont-ils-ou-vont-ils-pas » entre les deux personnages principaux — et le fait qu'on ait tous découvert dans le dernier épisode que le personnage de Dex peut aussi se transformer en démon — suffit à scotcher n'importe qui à son écran pendant une saison entière.

— C'est quand, la prochaine projection ? demande-t-il.

— Demain soir, bien sûr.

Une idée me vient.

— Dis, tu veux venir ?

Est-ce que je viens de proposer un rencard à Joe ?

Son visage s'illumine d'un sourire.

— Avec toi ? J'adorerais ça.

On dirait bien que je viens de proposer un rencard à Joe, et on dirait aussi qu'il a dit oui.

Je dois me retenir de toutes mes forces de sauter de joie sur place.

Je vais pouvoir arriver à la mairie demain soir avec le terriblement séduisant Joe Turner à mon bras. Non seulement ça va faire jaser toutes les commères de la ville, mais ça montrera aussi que la benjamine de la famille Cole n'est peut-être pas le cas désespéré que tout le monde s'imagine.

Et ça leur clouera enfin le bec à tous à propos de Gabe et moi.

— J'adorerais ça, moi aussi.

Je lui fais un grand sourire et il me le rend.

Ça se passe si bien !

— Alors, dis-moi, tu veux être acteur, mais tu as pris ce job pour payer les factures, c'est ça ?

— C'est ça. Je n'ai pas encore vraiment eu ma grande chance. Je me suis dit que c'était une bonne idée de faire au moins partie du milieu, même si c'est en travaillant pour le type qui est devant la caméra plutôt que d'être ce type-là.

— Tu veux être au cœur de l'action.

— Tu as tout compris, Ryn. Tu *me* comprends, ce qui est incroyable parce qu'on vient à peine de se rencontrer.

Il passe son bras autour de mes épaules et j'inspire son parfum épicé et musqué. C'est à la fois surprenant et merveilleux, et ça me demande un effort pour mettre un pied devant l'autre sans trébucher et m'étaler de tout mon long.

Mon cœur se met à battre la chamade alors que nos regards s'ancrent l'un dans l'autre.

—Je… eh bien.

Génial. Je suis redevenue la Ryn incapable de former une phrase, comme la première fois qu'on s'est vus.

Son visage se fend d'un large sourire, comme s'il voyait parfaitement l'effet qu'il a sur moi. Ce que, il faut bien l'avouer, je ne fais pas vraiment d'efforts pour cacher.

— Qui veux-tu rencontrer ?

— Leonardo et Georgia ? demandé-je.

— Désolé, ils tournent en ce moment près de l'étang et, comme Carl te l'a dit, le plateau est fermé aujourd'hui.

Je tente ma chance.

— Même pour quelqu'un qui comprend super bien l'assistant de Leo ?

Il rit, et comme son torse est pressé contre moi, je sens la vibration résonner dans mon bras.

—Je pensais plutôt au département coiffure et maquillage.

J'irais n'importe où avec ce type, là, tout de suite.

— Coiffure et maquillage, ça me va.

Nous faisons les quelques pas qui nous séparent de la caravane suivante et il retire son bras de mes épaules avant de m'ouvrir la porte pour que j'entre.

Je marche sur un nuage, mes pieds ne touchent même pas le sol. En venant ici aujourd'hui, j'avais espéré que Joe puisse être intéressé par moi sur le plan sentimental, et maintenant, il semble clair que c'est le cas. Qui plus est, nous avons la projection de demain soir qui nous attend.

La voix de Joe interrompt mes pensées.

— Voici la section « Beauté », là où les talents se font coiffer et maquiller.

Je parcours la caravane du regard. Comme à la télé, il y a des rangées de sièges faisant face à des miroirs bien éclairés de chaque côté, assez pour accueillir tous les acteurs d'une scène afin que leurs cheveux et leur maquillage soient prêts pour la caméra.

Il y a une femme qui ne doit pas être beaucoup plus âgée que moi, vêtue d'une paire de chaussures de tennis d'un blanc éclatant, de leggings noirs et d'un simple t-shirt noir. Ses longs cheveux sont attachés en un chignon flou. Elle est penchée au-dessus d'une série de tiroirs, concentrée sur sa tâche.

— Hayley, l'appelle Joe.

La femme lève les yeux vers nous comme si elle venait tout juste de nous voir, tellement elle était absorbée par son travail.

Elle se redresse, un sourire éclairant son visage.

— Oh, salut, Joe, et salut, la nouvelle amie de Joe.

— Voici Ryn, dit-il. Elle est du coin, et elle est venue voir ce qu'on fait ici sur le plateau.

— Ravie de te rencontrer, Ryn.

Je remarque son maquillage parfait, avec de longs cils juste de la bonne longueur pour trouver l'équilibre entre le naturel et l'effet « cils de vache » beaucoup trop exagéré.

— Tu es maquilleuse ? demandé-je.

— Mon titre officiel est assistante maquilleuse, mais je préfère le terme « artiste » parce que c'est ce que je suis, une artiste du visage.

— Hayley adore son travail, explique Joe sans que ce soit nécessaire.

— Une artiste du visage... J'aime bien cette idée. Est-ce que c'est toi qui décides de l'apparence de tout le monde dans le film, ou est-ce que les acteurs te disent ce qu'ils veulent ?

— Oh, les acteurs font ce qu'on leur dit, sauf s'ils sont hyper connus et, dans ce cas, on doit parfois les écouter.

— Quelqu'un comme Leonardo Finch ?

— On ne l'écoute pas beaucoup, mais son look, c'est celui du héros de comédie romantique, donc il est plutôt content de ce qu'on fait pour lui. Ma patronne, la Cheffe Maquilleuse, définit la vision pour le film. Je suis l'une de ses sbires, je suppose, j'exécute ses ordres.

— Toi et moi, on est logés à la même enseigne, répond Joe en riant.

— Je trouve que ton travail a l'air génial, lui dis-je. Tu peux soit sublimer l'apparence des gens, soit les transformer complètement. Ça doit être tellement amusant.

— Le maquillage artistique t'intéresse ? demande Hayley.

— Je n'y ai jamais vraiment pensé, lui dis-je honnêtement.

J'ai toujours considéré le maquillage comme une chose à laquelle je pense à la dernière minute. Un peu de mascara, une touche de gloss et, en général, c'est bon pour la journée. Mais ce dont Hayley parle, c'est le maquillage en tant qu'art, pas juste quelque chose qu'on fait pour ne pas effrayer les gens en public.

— Il y a plein de choses que tu peux faire, pas seulement travailler sur un plateau de tournage. J'ai commencé en maquillant mes amies quand j'étais adolescente et puis, une fois ma formation terminée, j'ai fait des mariages et des bals de promo jusqu'à ce que je me lance dans le cinéma. C'est une carrière super amusante et enrichissante.

Elle le présente comme une chose tellement excitante à faire, surtout pour quelqu'un comme moi qui n'ai jamais été très douée pour les études, et encore moins quelqu'un qui voulait aller à l'université pour se former à un métier ennuyeux.

— Je suppose que j'ai toujours pensé que le maquillage, c'était pour les autres.

— Pourquoi ne viendrais-tu pas t'asseoir ? Je pourrais voir ce que je peux faire, dit-elle en tapotant le siège devant le miroir brillamment éclairé à côté d'elle. Si ça ne te dérange pas, Joe ?

— Tu es sérieuse ? demandé-je en balayant mon regard entre Hayley et Joe.

Une maquilleuse professionnelle, qui travaille sur des stars de cinéma, me propose de me maquiller. *Moi*, Ryn Cole, serveuse dans un café.

— Vas-y, me dit Joe. De toute façon, je dois passer quelques coups de fil. Je reviens te chercher dans dix ou quinze minutes et on pourra faire cette visite.

— Quinze minutes devraient suffire, répond Hayley.

Après une vingtaine de minutes et une longue conversation sur ce que c'est que de travailler dans le maquillage, je contemple mon reflet avec émerveillement. Hayley a réussi à me faire ressembler à moi-même, mais en une version beaucoup plus soignée, plus apprêtée, une version qui me donne un petit air de la star de cinéma Amy Adams, pour être tout à fait honnête. Et ça, mes amis, ce n'est pas une mince affaire.

— Hayley, tu dois avoir de la magie vaudou dans ta trousse de maquillage.

Elle glousse.

— Tu es une femme magnifique. Je n'ai fait que sublimer ce que Dieu t'a donné.

— Tu en es sûre ? Je trouve que tu as un talent fou.

Joe revient dans la pièce, me jette un regard et dit :

— Tu es magnifique, Kathryn avec un « y ».

Il contemple mon reflet dans le miroir, ses mains chaudes posées sur mes épaules.

— Tout le monde va se demander qui est cette femme canon à mon bras.

Je lui souris. Ça doit être ça, l'effet que ça fait d'être Cendrillon au bal, et demain soir, j'ai rendez-vous avec le mec le plus mignon de la ville.

Chapitre 9

Gabe

Je me glisse à ma place habituelle au fond de la salle de classe et sors mon ordinateur portable de mon sac à dos. D'habitude, j'essaie d'arriver avant le début du cours — c'est la moindre des choses —, mais avec la réouverture du bar ce soir, j'ai été submergé de travail et j'ai déjà de la chance d'être là.

— ... vos business plans, que j'ai examinés et pour lesquels vous devriez déjà avoir vu mes commentaires en ligne, dit le professeur.

C'est un type du nom de Kenneth McKinley, qui est tout à fait qualifié pour enseigner « Comment gérer une petite entreprise », étant donné qu'il possède une ribambelle d'entreprises florissantes dans les régions de Hunter's Creek et Cotown. Avec son habituel nœud papillon à rayures bleu marine et blanches, ses cheveux gris proprement coupés et ses chemises aux couleurs vives, c'est tout un personnage.

— Tu es en retard, me souffle une voix à côté de moi.

Je croise une paire d'yeux marron dans un joli visage souriant. C'est Natalie Mills, une femme de quelques années mon aînée, que j'ai rencontrée le tout premier jour de ce cours, et dont j'ai dû emprunter les notes plus d'une fois quand j'étais coincé au travail et incapable de faire l'heure de route pour venir ici.

— Tu sais ce qu'on dit, mieux vaut être en retard que de servir des bières dans un bar à bears.

Je réponds à voix basse pour ne pas interrompre le cours.

Son sourire s'élargit, faisant briller ses yeux.

— Je pensais que c'était « mieux vaut tard que jamais », mais qu'est-ce que j'en sais ? Je ne suis pas de l'État de Washington.

La voix du professeur capte mon attention.

— ... et c'est le sujet de ce soir : comment suivre vos performances par rapport à votre business plan avec des objectifs mesurables. Car, comme je suis sûr que vous l'avez compris, c'est bien beau d'avoir un business plan, mais ça ne reste qu'un bout de papier couvert de chiffres si vous ne mettez pas ce plan en pratique et, surtout, si vous ne vous mesurez pas à lui.

Je tape mes notes en écoutant le cours pendant les quarante minutes qui suivent. À la fin du cours, mes craintes quant à la gestion d'une entreprise de soufflage de verre ont été confirmées haut et fort.

C'est pour ça que je suis ce cours. N'étant jamais allé à l'université et n'étant pas vraiment le genre d'élève à exceller dans des matières comme l'économie ou le commerce au lycée — mince, je n'ai même pas suivi de cours d'économie ou de commerce, donc difficile d'y exceller —, je sais que j'ai beaucoup à apprendre si je veux avoir ne serait-ce qu'une chance de réussir.

— Des présentations de la part de tout le monde la semaine prochaine, puis nous passerons au sujet follement passionnant de la promotion et du marketing, après quoi nous aborderons la gestion des finances de votre entreprise, dit M. McKinley pour conclure le cours.

Je pousse un soupir tandis que les gens rangent leurs affaires et sortent de la salle.

Il y a tellement de choses que j'ignore. Ça peut être un peu écrasant par moments. À qui je cherche à le faire croire ? C'est totalement écrasant, point barre.

Natalie me donne un coup de coude.

— Pourquoi étais-tu en retard cette fois ? Laisse-moi deviner. C'était soit une urgence « verre », soit une urgence « bière ».

Elle lève les mains en l'air.

— Ne me dis rien : sans hésiter, le verre. Quelqu'un avait besoin d'un vase, fissa.

Je réprime un bâillement.

— Ne te retiens pas pour moi.

— Désolé, Nat. Je suis crevé, et c'était une urgence « bière », si tant est que ça existe. Le bar a rouvert et on aurait dit que toute la ville a voulu venir boire un verre, alors on m'a appelé en renfort.

— Le bar était fermé ?

— Ne pose pas de questions.

Natalie se lève et prend sa sacoche. Comme d'habitude, elle porte un tailleur. Celui de ce soir est d'un bleu marine classique, avec une chemise blanche impeccable. C'est une variation sur le même thème qu'elle porte chaque semaine. Elle vient directement de son travail où elle gère une équipe de commerciaux dans une entreprise de télécommunications à Cotown. Suivre ce cours est une étape vers son rêve de diriger un jour sa propre entreprise. Tout comme moi.

— Tu veux aller boire un verre ? demande-t-elle.

— J'adorerais, mais il faut que j'aille au lit.

— Fais-moi signe si tu veux de la compagnie. Je suis super pour les soirées pyjama, ronronne-t-elle avec un sourire coquin.

C'est l'autre truc avec Natalie. Elle flirte tout le temps avec moi, mais elle le fait avec humour, et elle sait que je ne suis pas intéressé. J'ai mis les choses au clair dès la première semaine où on s'est rencontrés.

Bien sûr, Nat est magnifique, intelligente et ambitieuse. Je comprends tout à fait son attrait. Mais je suis déjà sorti avec des femmes comme elle par le passé, et bien que les choses commencent plutôt bien, ça se termine toujours par moi qui mets un terme à tout ça.

Peut-être que je suis blasé à vingt-trois ans, mais je ne veux pas revivre tout ça : rencontrer quelqu'un, savoir que ça ne colle pas tout à fait, espérer que la petite voix au fond de ma tête qui me dit que ce n'est pas la bonne se trompe. La prochaine fois que je serai avec une femme, je veux que ce soit un amour profond et durable, du genre qui dure toute une vie.

Moi ? Un éternel romantique ? Peut-être un peu. Mais je sais ce que je veux, et ça, mon ami, c'est un excellent point de départ.

Je tiens la porte pour Natalie, qui se faufile devant moi dans un nuage de parfum, ses talons claquant sur le linoléum. Floral, je crois, avec une touche d'autre chose. Quelque chose qui sent bon.

Je suis un mec. Je ne fais pas vraiment attention à ce genre de choses.

— On se voit plus tard, Gabe ? demande-t-elle alors que nous nous dirigeons vers le parking de la fac. On pourrait revoir nos business plans et préparer les diapos pour les présentations de la semaine prochaine. Je suis une pro des présentations. J'en fais presque toutes les semaines au travail.

Natalie est peut-être flirteuse, mais pendant ce cours, j'ai aussi découvert qu'elle est une excellente partenaire de travail.

— Ouais, ça me paraît super. Je n'ai pas beaucoup d'expérience en matière de présentations.

Autrement dit, aucune.

Elle m'envoie un clin d'œil par-dessus son épaule.

— Ne t'inquiète pas, mon grand. Je vais te montrer comment faire.

Je monte dans ma vieille camionnette, épuisé mais avec une étrange sensation dans la poitrine. C'est comme ça que je me sens chaque fois que je termine ce cours. Un mélange d'excitation et de terreur pure et simple.

Une partie de moi est prête à faire le grand saut dans cette aventure et à travailler d'arrache-pied pour en faire un succès. L'autre partie de moi est tellement terrifiée par l'échec que j'ai juste envie de me cacher sous ma couette et de ne plus jamais en sortir.

Mais il n'y a aucune chance que ça arrive. Pas tant que Ryn fait partie de ma vie. Elle ne me laisserait jamais baisser les bras.

Je démarre le moteur de la camionnette et rentre chez moi, une drôle de sensation de picotement dans le ventre. Ça pourrait très bien être le début de quelque chose de vraiment génial.

Elle pose légèrement la main sur mon biceps et me sourit. Je sens sa chaleur à travers le tissu fin de mon t-shirt.

— Ne t'inquiète pas. Je suis là pour toi, Gabe.

— Merci, je bredouille. Ça a été assez facile de rédiger mon business plan, l'objectif ultime étant la domination du monde, bien sûr, mais…

— La domination du monde grâce au soufflage de verre ? demande-t-elle avec un sourire en coin.

Nous nous arrêtons à côté de sa voiture. Une Allemande

dernier cri qui donne à mon vieux pick-up déglingué des allures de relique du siècle dernier. Ce qu'il est presque, d'ailleurs.

— C'est facile de *tirer des plans sur la comète* pour un business plan, mais c'est beaucoup plus difficile quand il faut y associer des objectifs mesurables.

— Et ces plans sur la comète viennent de s'écraser lamentablement au sol ? demande-t-elle.

— Tu as tout compris.

— Oui, mais je pense aussi que j'ai quelques idées qui pourraient t'aider. Chez moi ce week-end ? Je te cuisinerai mes fameux tacos au porc épicé. Peut-être avec une margarita ou deux ?

Des tacos au porc épicé, ça a l'air bon.

Les margaritas, en revanche, ont l'air dangereuses en compagnie d'une femme comme Natalie.

— Je travaille en horaires coupés le vendredi et le samedi.

— Et dimanche soir ?

— Le dimanche, c'est ma soirée avec Ryn.

— Ryn. C'est ça. Ta copine astronome.

J'ai mentionné Ryn à Nat plusieurs fois au passage. Elle occupe une grande place dans ma vie, alors son nom revient dans la conversation. Je suis sûr que ça ne veut rien dire, mais Natalie est toujours un peu étrange quand je prononce son nom.

Même si je suis littéralement entouré d'elles, je ne suis pas sûr de pouvoir un jour comprendre complètement les femmes. Mais on dit que c'est ce qui fait tout leur charme.

J'ajuste mon sac à dos sur mon épaule.

— Je ne suis pas sûr que regarder le ciel nocturne en papotant fasse d'elle une astronome.

— Une rêveuse, alors.

Je souris pour moi-même. Une rêveuse, c'est exactement ce qu'est Ryn. Ça et tout un tas d'autres choses. Toutes bonnes.

— Tu peux me caser dans ton emploi du temps de folie entre les bars et les étoiles pour déjeuner dimanche ? Je peux préparer les tacos et tu pourras me montrer ce que tu as fait jusqu'à présent.

— Un déjeuner serait super. Envoie-moi ton adresse par message. Je peux apporter quelque chose ?

Son regard me balaie de haut en bas.

— Juste ton corps de rêve et ton sourire effronté.

Je secoue la tête en la regardant. Elle est tenace, je dois le lui reconnaître.

— Je veillerai à apporter les deux.

Elle déverrouille sa voiture avec un bip et un appel de phares.

— On se voit dimanche à midi.

— À plus, Nat. Et merci.

Elle m'offre un grand sourire.

— C'est tout pour mon plaisir.

À ma grande surprise, elle se retourne, se hisse sur la pointe des pieds, pose sa main à plat sur ma poitrine et dépose un doux baiser sur ma joue. Je ne peux m'empêcher de respirer son joli parfum, cette intimité inattendue me prenant par surprise.

— Tu fais du sport. Ça se voit. C'est bien ferme, murmure-t-elle, sa main toujours collée à mon torse.

— Nat.

Doucement, je lui retire la main.

Son sourire s'efface une fraction de seconde avant qu'elle ne le ravive de plus belle.

— Tu sais que je continuerai d'essayer, n'est-ce pas ? J'obtiens ce que je veux. Toujours.

Le mot reste en suspens entre nous.

Je choisis de l'ignorer.

— À dimanche, Nat, je lui dis avant de monter dans mon pick-up et de démarrer.

Chapitre 10

Ryn

Sur le chemin du retour, je suis toute excitée par le plateau de tournage, l'art du maquillage et, surtout, par Joe. Il m'a fait visiter le plateau, m'a présentée à des gens et m'a expliqué le fonctionnement de tout. Au moment de mon départ, il m'a prise par les épaules et m'a dit qu'il avait hâte de me revoir, et je suis partie en flottant sur un petit nuage.

Je meurs d'envie de tout raconter à Gabe, alors je prends sa rue et je me gare devant sa maison.

Je m'apprête à ouvrir la portière de ma voiture quand je remarque que la maison est plongée dans le noir.

Bizarre. Je sais que Gabe ne travaille pas au bar ce soir. Où est-il ?

Je sors mon téléphone et tape un message.

Tu es dans le coin ?

Un message me parvient aussitôt.

Presque à la maison. Pourquoi ?

Je t'attends devant chez toi.

J'arrive dans une minute.

Fidèle à sa parole, le pick-up de Gabe tourne au coin de la rue et s'engage dans son allée une minute plus tard.

Je sors de ma voiture pour l'accueillir.

— Où étais-tu passé ?

— J'avais des trucs à faire, répond-il évasivement en fermant sa portière.

— Des trucs ?

— Tu sais, des trucs.

— C'est clair, dis-je en riant. Je n'ai pas le temps de discuter de ce qu'il peut bien cacher en ce moment. Je suis sur le point d'exploser. G, il faut que je te raconte ma journée.

Il glisse sa clé dans la serrure et ouvre la porte.

— Le plateau de tournage, c'est ça ?

Je lui souris.

— C'est ça.

— Entre. J'ai besoin de souffler un peu.

Je le suis dans la maison et il nous prend à tous les deux une boisson fraîche dans le réfrigérateur. Je me tiens là, impatiente, et j'attends qu'il remarque mon maquillage. Sérieusement, je ne crois pas avoir jamais été aussi belle.

Les boissons à la main, il se retourne, me voyant à la lumière pour la première fois depuis notre arrivée.

Il me lance un regard étrange, indéchiffrable, comme s'il ne savait pas trop quoi dire.

Je ne peux m'empêcher de lui adresser un grand sourire.

— Au risque de paraître totalement arrogante, je suis belle, n'est-ce pas ?

Il se contente de me fixer avant d'ouvrir sa canette et de prendre une gorgée.

— Alors ? le relancé-je. On pourrait penser que son meilleur ami ferait au moins un commentaire, sinon un vrai compliment, même si ce meilleur ami est un gars de Hunter's Creek.

Il s'éclaircit la gorge.

— Qu'est-ce que tu as sur le visage ?

— C'est du maquillage, Gabe.

— Du maquillage. D'accord.

Il prend une autre gorgée de sa boisson.

Je fronce les sourcils.

— C'est tout ce que tu as à dire ?

— C'est... tu, euh, es vraiment jolie, parvient-il à dire.

Je ris.

— C'était si difficile que ça ? le taquiné-je.

— Tu as l'air différente, c'est tout. Je ne m'y attendais pas.

— C'est Hayley qui l'a fait. C'est une maquilleuse super cool que j'ai rencontrée sur le plateau aujourd'hui. Elle m'a proposé de me maquiller et voilà le résultat.

Je me pavane un peu et prends la pose.

— Tu sais que tu n'as pas besoin de ça pour être belle, n'est-ce pas ?

— Je suis une beauté naturelle, hein ? demandé-je avec un clin d'œil.

— Tu n'as pas besoin de moi pour te le dire, répond-il en riant.

Je me dirige vers le miroir au-dessus du buffet de la salle à manger pour regarder mon reflet.

— Mais je suis plus belle comme ça.

Il me tend une canette de soda et je prends une gorgée.

— Hayley m'a fait réfléchir à l'art du maquillage et à la

possibilité que ce soit quelque chose que j'aimerais faire un jour.

— L'art du maquillage ? Vraiment ?

— N'aie pas l'air si surpris. Je pourrais tous vous surprendre en faisant quelque chose de ma vie un jour.

— Tu ne me surprendrais pas. Tu pourrais faire tout ce que tu veux. Tu es créative et talentueuse. Je parie que tu ferais une maquilleuse extraordinaire, si c'est ce que tu voulais faire.

C'est l'un des trucs absolument géniaux avec Gabe : il croit en moi, quoi qu'il arrive.

Le meilleur.

Ami.

Du monde.

Je tends la main et lui ébouriffe les cheveux.

— C'est pour ça que je t'aime. Tu dis toujours ce qu'il faut.

Je m'affale sur son canapé et j'allonge les jambes en retirant mes chaussures.

— J'ai entendu dire que le Black Bear a rouvert.

Il remet de l'ordre dans ses cheveux ébouriffés en s'installant dans un de ses fauteuils. La maison est telle qu'elle a toujours été, décorée par sa mère. Elle est accueillante et confortable, sans rien de tape-à-l'œil, et elle correspond tout à fait à mon meilleur ami.

— En effet. Ils m'ont appelé pour travailler aujourd'hui, donc c'est reparti pour de longues heures à dépendre des pourboires des gens radins de Hunter's Creek.

— Tu es en train de me dire que les habitants de Hunter's Creek n'aiment pas faire flamber leurs liasses de billets ? Choquant, dis-je en riant.

Les habitants de la ville sont peut-être de bonnes personnes qui aiment cancaner et se mêler de la vie des autres, mais aucun d'entre eux n'est plein aux as. Il y a M. Cantor, bien sûr, qui jusqu'à récemment possédait la scierie. C'est de loin la personne la plus riche du coin. Le reste d'entre nous va de « à l'aise », comme Christopher se décrit quand on le pousse vraiment dans ses retranchements — et nous savons tous que c'est un euphémisme que les riches utilisent pour décrire leurs montagnes d'argent — à ne même pas avoir deux sous à frotter l'un contre l'autre.

— Ils sont aussi pingres que la ceinture de M. Whitlow est serrée, répond-il, et j'imagine l'avocat à la retraite et son ventre parfaitement rond. Par contre, les gens du cinéma dépensent. Il y a un type qui est entré et a commandé « votre meilleure bouteille de champagne », dit-il en prenant un vieil accent hollywoodien.

Je pouffe de rire.

— Qu'est-ce que tu lui as donné ? Une bouteille de limonade dont la date de péremption était dépassée ?

— Ça aurait été une excellente idée, mais non. Je lui ai simplement dit qu'on n'avait pas de ces trucs français sophistiqués et je lui ai suggéré de payer une tournée de bières à la place.

— Qu'est-ce qu'il a dit ?

— Il n'a pas été impressionné.

— Ce n'était pas Leonardo Finch, si ?

— Non. Un des autres acteurs. Celui qui jouait dans ce film de pilotes de chasse qu'on a vu il y a quelques mois. Le vraiment nul.

— Derek Ealey ? J'avais oublié qu'il jouait dans ce film. Il est le meilleur ami de Leonardo, je crois. En tout cas, c'est ce que disent les magazines.

— Et par « magazines », tu veux dire tante Sheila ?

Je surprends son sourire malicieux. Je me souviens de l'arrivée de Christopher à Hunter's Creek et de ma tante qui racontait à qui voulait l'entendre qu'il était là pour faire de grands changements qui causeraient la chute de la ville. Ça, c'était jusqu'à ce qu'il commence à sortir avec ma sœur, et à ce moment-là, elle s'est mise à dire à tout le monde quel type formidable il était et à quel point elle était contente pour

Harper qu'elle ait trouvé quelqu'un après ce qui s'était passé avec Dex... jusqu'à ce qu'il fiche le camp, laissant Harper le cœur brisé. Et là, il n'était plus digne de fouler le même sol que notre Harper... jusqu'à ce qu'il réapparaisse et sauve la scierie.

Sérieusement, c'était difficile de suivre.

— Elle n'est pas si terrible que ça, je proteste, sans grande conviction.

— Si, elle l'est, répond-il, et nous rions tous les deux parce que tante Sheila l'est *tellement*. En fait, sans les ragots de la ville et son Comité des Dames, je ne sais pas ce qu'elle ferait de son temps.

Une fois de plus, mes pensées se tournent vers le père de Gabe. Je ne l'ai pas revu depuis sa visite au café. J'ai encore du mal à savoir quoi dire à Gabe. Une partie de moi veut aider cet homme qui me semble si triste et brisé à renouer avec son fils. Tandis qu'une autre partie de moi veut lui dire de ficher le camp, de laisser mon meilleur ami tranquille et de continuer sa vie. De lui dire qu'il se débrouille très bien sans lui et qu'il n'a pas besoin d'essayer d'escalader la montagne de bagage émotionnel que sa réapparition dans sa vie va sans aucun doute engendrer.

J'ai l'impression de me battre avec le couvercle d'un bocal de cornichons qui refuse de bouger, sachant que la réponse à mon dilemme se trouve à l'intérieur.

— Il faut que je te dise quelque chose, commence-t-il.

Immédiatement, je me demande s'il a vu son père.

— Quoi ?

J'essaie d'agir avec nonchalance. Ça pourrait vouloir dire que je peux laisser tomber ce bocal de cornichons par terre et le laisser se fracasser.

Fini, ce terrible dilemme émotionnel.

— Je suis un cours de création de petite entreprise à l'université de Cotown.

Alors ça, je ne m'y attendais pas.

Je cligne des yeux plusieurs fois en le regardant.

— Pourquoi ?

— Parce que je veux un jour gérer mon propre studio de soufflage de verre, et je ne te l'ai pas dit parce qu'on a tout ce truc à la Peter Pan. Je pensais que ça ferait trop adulte. Trop responsable. Stupide, je sais.

— Tu plaisantes ? C'est génial. Je suis si fière que tu fasses ça.

Son visage s'illumine d'un sourire.

— Merci. J'aurais dû me douter que tu le prendrais bien.

— Si je le prends bien ? G, je suis avec toi à cent pour cent. Tu es super talentueux et je parie que tu finiras par devenir un souffleur de verre de renommée mondiale.

Il éclate de rire.

— Je veux juste un jour gérer mon propre studio pour subvenir à mes besoins et à ceux de ma famille.

— Je bois à ça.

Je me penche et nous entrechoquons nos canettes de soda.

Il prend une gorgée et demande :

— Qu'est-ce que tu as fait d'autre sur le plateau ?

Je ne pourrais pas empêcher ce grand sourire de s'emparer de mon visage, même si ma vie en dépendait.

— Oh, tu sais, je réponds de manière évasive en pensant à Joe qui me draguait, au bras de Joe autour de moi, à Joe qui accepte un rendez-vous avec moi pour la prochaine projection de *Morsure fatale*.

— Tu ne vas rien me donner de plus que « tu sais » ?

— Gabe, c'était incroyable. J'ai eu droit à une visite de tout le site, même si je n'ai pas pu voir le tournage en lui-même parce que c'était un plateau fermé aujourd'hui, et je suis sûre que tu sais ce que ça veut dire.

Il me regarde d'un air vide.

— Ils tournaient une scène d'amour, mais si j'avais pu regarder, j'aurais peut-être vu certaines choses.

Il rit.

— Tu sais que tu parles comme une gamine de douze ans qui mate par un trou dans le mur pour reluquer le vestiaire des garçons, pas vrai ?

— Je n'ai jamais fait ça ! Et d'ailleurs, il n'y avait pas de trou dans le mur du vestiaire des garçons.

— Tu as vérifié, hein ?

Je secoue la tête en le regardant, un sourire se dessinant sur mon visage. C'est quelque chose que j'ai beaucoup fait aujourd'hui : sourire. Je n'y peux rien. Les choses ont vraiment pris une tournure géniale dans ma vie depuis qu'Hollywood est arrivé en ville.

Je pousse un long soupir de contentement.

— Joe est si gentil. Il m'a tout fait visiter aujourd'hui, après m'avoir fait passer devant le grand et effrayant agent de sécurité qui s'appelle Carl, même si je trouvais qu'on aurait dû l'appeler La Chose.

— Est-ce qu'il a crié « Ça va castagner ! » ?

Il cite le cri de guerre de La Chose dans le film.

Je laisse échapper un rire étourdi parce que c'est exactement comme ça que je me sens : étourdie.

Gabe me lance un regard.

— Bon sang, Ryn-Ryn. Je savais que j'étais drôle, mais pas *à ce point*.

— Je suis juste de bonne humeur, c'est tout. J'ai demandé à Joe de venir avec moi à la prochaine projection de *Morsure fatale* et il a dit oui.

— Alors, tu sors avec le bad boy. Pourquoi est-ce que ça ne me surprend pas ?

— Ne commence pas, je l'avertis.

Il hausse les épaules.

— Je ne veux pas que tu sois blessée, c'est tout.

— Je ne suis même pas encore sortie avec lui, *grand frère*.

Il pince les lèvres.

— Je ne fais que veiller sur toi.

Je m'adoucis.

— Je sais. C'est pour ça que tu es mon meilleur ami. Mais tu n'as pas à t'inquiéter. Joe est un type génial.

Mes pensées passent de Joe au père de Gabe. Bien que je me débatte encore avec la décision à prendre, j'ai l'impression que je dois au moins sonder Gabe.

— Dis, G ? J'ai une question, je commence.

— Tant que ça ne concerne pas ce que tu vas porter à ton rendez-vous avec ce type. Mais si c'est le cas, je te suggère une robe qui monte jusque-là, dit-il en désignant sa gorge, et qui descend jusque-là, en montrant ses pieds. De préférence faite d'un tissu épais qui repousse les bad boys.

— Hilarant, je lance d'un ton neutre.

— Recommandé, répond-il.

Je joue avec la canette dans ma main, soudain nerveuse.

— Tu t'es déjà demandé ce que ça ferait de revoir ton père ?

Il a pris une gorgée de sa boisson au pire moment, et il s'étouffe et tousse en l'avalant de travers.

— Mon *père* ? s'esclaffe-t-il une fois remis. D'où est-ce que ça sort, ça ?

J'essaie de hausser les épaules d'un air détaché, sachant à quel point ce sujet est sensible pour lui.

— Tu penses à lui parfois ?

— Parfois ? Je ne sais pas. C'est compliqué.

— Tu n'as pas passé de temps avec lui depuis que tu as quatorze ans, c'est ça ?

Sa mâchoire se crispe.

— Je n'appellerais pas vraiment « passer du temps » avec ce type le fait que je me sois pointé chez la famille qu'il a choisie à la place de maman et moi pour exiger qu'il soit mon père.

Intérieurement, je grimace. Gabe était déterminé à retrouver la trace de son père pour lui poser des questions. Des questions comme pourquoi il avait mené une double vie, pourquoi il avait choisi son autre famille au lieu de sa mère et de lui. Je ne lui en veux pas. J'aurais fait la même chose.

Je me souviens de l'état dans lequel était Gabe quand il est rentré à Hunter's Creek ce jour-là. J'étais la seule à savoir qu'il était parti. Il ne l'avait même pas dit à sa mère. Il disait qu'il ne voulait pas que les gens lui posent des questions à ce sujet, au cas où ça se passerait mal.

Et c'est bien sûr ce qui est arrivé.

Comment cela aurait-il pu se passer autrement, avec un gamin qui exigeait des réponses et un père qui ne s'était jamais comporté en père avec lui ?

Ce soir-là, j'ai trouvé Gabe assis par terre dans sa chambre, serrant ses genoux contre sa poitrine, le regard hanté.

Mon cœur s'est serré en le voyant, et j'ai compris pour la première fois avec une clarté effrayante la douleur de quel-qu'un d'autre. J'avais été tellement absorbée par ma petite personne et mes propres drames. Comme tous les adolescents, j'imagine. Mais ce jour-là a changé les choses pour moi. C'est le jour où j'ai décidé de faire passer quelqu'un avant moi pour la première fois en quatorze ans.

C'est ce jour-là que j'ai décidé que cette personne devait être Gabe.

Et je n'ai jamais cessé de le faire passer en premier.

— Tu es un adulte maintenant, je poursuis. Qui sait ? Les choses pourraient être différentes entre vous deux.

Gabe expire, les yeux plissés.

— Ce type est un vrai connard. Il a fait ce qu'il a fait et j'ai tourné la page. Il le fallait bien. Tu le sais mieux que personne. Ça ne m'intéresse absolument pas de le revoir.

Je tends la main et pose la mienne sur la sienne.

— Et s'il avait changé ? Et s'il avait réalisé qu'il avait tout gâché avec toi et qu'il voulait se racheter ?

— Tu sais quoi ? Je crois que je préférais parler de ton dernier mauvais garçon, dit-il avec un rire amer.

Il se penche en avant sur son siège.

— Ryn, mon père est un menteur, et tu sais ce que je pense des gens qui mentent. Fin de l'histoire.

Sa voix est chargée de colère, ses traits sont tendus.

Je change de position, soudain furieuse contre Patrick Hartmann d'avoir débarqué comme il l'a fait — et de s'être arrogé un peu de l'attention de mon meilleur ami, une attention qu'il ne mérite très certainement pas.

— Je suis désolée, G. C'était idiot de ma part d'en parler.

Ses traits se détendent d'un cran.

— Ça va. Ce n'est juste pas mon sujet de conversation préféré, c'est tout. Pourquoi voulais-tu parler de lui ?

En ce qui concerne Patrick Hartmann, ma décision est prise. J'ai toujours su de quel côté j'étais et ce soir me l'a reconfirmé. C'est Gabe, sans hésiter.

— Pour aucune bonne raison, je réponds. Je te promets de ne plus jamais le mentionner.

Chapitre 11

Gabe

Je me cale au fond de ma chaise dans la cuisine de Natalie, l'estomac bien rempli. Nat avait raison. Ses tacos au porc sont absolument délicieux.

— C'est bon, hein ? dit Nat.

— Tellement bons. Je ne suis pas sûr d'avoir déjà mangé d'aussi bons tacos au porc faits maison.

Je ramasse nos deux assiettes et les emmène à l'évier.

— Ne t'embête pas avec la vaisselle. Je pourrai la faire plus tard. Et si je nous préparais un café pendant que tu t'organises, vu que tu n'as pas voulu de margaritas ? Comment tu le prends ? Noir, corsé et enivrant, comme tes femmes ?

Sa voix a un ton clairement enjôleur, mais ce ne serait pas Nat si ce n'était pas le cas.

Je ris.

— Avec de la crème et du sucre, merci.

Elle secoue la tête en souriant.

— Tu n'es pas facile à cerner, Gabe Hartmann.

— Je vais le prendre comme un compliment. Je crois.

Elle m'offre son sourire avant de s'affairer à préparer le café.

J'allume mon ordinateur portable et j'ouvre le modèle de tableur que nous devons remplir.

— On commence par ton business plan ? Je parie qu'il contient déjà plein d'indicateurs mesurables.

— Ce serait super.

Elle prépare le café, puis nous nous asseyons et commençons à travailler.

— Voilà ce que j'ai.

Je lui montre mon plan avec les cases vides intitulées « Indicateurs mesurables ».

Elle y jette un œil.

— Pas beaucoup de progrès, hein ?

— C'est le moins qu'on puisse dire.

— Ton premier indicateur pourrait être le nombre de nouveaux clients que tu acquiers tout en conservant ta base de clients existante. C'est tout à fait quantifiable et facile à suivre. Peut-être que, comme tu débutes, tu pourrais dire que tu veux doubler ta clientèle dans les deux premiers mois.

— Laisse-moi réfléchir, ça ferait zéro fois deux. Je n'étais pas très bon en maths à l'école, mais je suis presque sûr que ça fait zéro, je réponds.

— Mesdames et Messieurs, nous avons affaire à un génie des maths, répond-elle en riant. Tu es encore en formation, mais un de ces jours, tu devras commencer à vendre ce que tu fabriques si tu veux gérer ton propre atelier comme une entreprise rentable.

Je pousse un soupir. L'idée de gérer mon propre atelier comme une entreprise rentable me fiche une trouille bleue. Bien sûr, je sais que si je veux réaliser mon rêve, je peux soit le faire par amour, soit le faire pour l'argent, mais le faire par amour n'est pas une option, pas si je veux rester barman pour le restant de mes jours.

— Je veux que ce soit plus qu'un simple passe-temps. Je veux en faire l'œuvre de ma vie. Je veux créer de magnifiques œuvres d'art que les gens chériront. Des œuvres d'art qui signifient quelque chose non seulement pour moi, mais aussi pour les personnes pour qui je les crée. C'est pour ça que je suis cette formation. Pour me forcer à passer au niveau supérieur.

— Eh bien, dans ce cas, mettons-nous au travail pour que ça se réalise.

Natalie fait quelques suggestions supplémentaires et je remplis les cases, en faisant de mon mieux pour ne pas me laisser intimider par tout ça.

Après avoir fait tout ce que nous pouvions, je finis mon café et je rassemble mes affaires.

— Merci beaucoup pour ça, Nat. La présentation ne me semble plus aussi terrifiante.

Elle me parcourt du regard.

— J'ai du mal à t'imaginer avoir peur de grand-chose.

— Je suis humain, tu sais, je réponds en riant.

— Tu veux un autre café avant de partir ?

— Merci, mais non merci. Je devrais rentrer et m'entraîner pour cette présentation.

— Chez toi ? Tu vis seul ? Avec ta famille ? demande Natalie.

Mes muscles se contractent, ma mâchoire se crispe.

— Il n'y a pas beaucoup de famille à mentionner. Il y a ma

tante, mon oncle et quelques cousins, mais c'est à peu près tout.

— Et tes parents ?

C'est une question assez simple, banale. Pour moi, cependant, elle est aussi piégée que l'arme d'un criminel.

— Ma mère est morte il y a quelques années et mon père... eh bien, il est parti quand j'étais bébé.

Son visage se décompose. C'est une vision familière, celle que je vois quand je partage mon histoire avec quelqu'un de nouveau. Non que je la partage si souvent. Je vis à Hunter's Creek, où tout le monde connaît déjà mon histoire, non pas parce que je la leur ai racontée, mais parce que ma mère a toujours été honnête sur ce qui s'était passé. La ville s'est ralliée autour d'elle et nous a soutenus toute ma vie, en particulier la famille de Ryn, les Cole, que j'ai appris à aimer et sur qui je compte comme s'ils étaient ma propre famille.

Même si Natalie vit à Cotown, il ne faudrait pas grand-chose pour qu'elle entende l'histoire par quelqu'un d'autre. C'est peut-être aussi bien que ce soit moi qui lui dise la vérité, ce que j'essaie toujours de faire.

Après lui avoir raconté que mon père menait une double vie et que ma mère était morte dans un accident de voiture quand j'avais dix-neuf ans, elle se glisse sur la chaise à côté de moi et pose sa main sur la mienne.

— Gabe, je n'en avais aucune idée. Je suis tellement désolée. Ta mère doit te manquer.

Je ravale la tristesse qui monte.

— C'était quelqu'un de bien. Une mère géniale.

— Et ton père ? Tu penses que tu pourrais un jour...

Je vois où elle veut en venir. Je la coupe.

— Il ne fait pas partie de ma vie. C'était son choix. C'est comme le dit Ryn : je ne lui dois rien.

— Ryn, ton amie astronome ?

— Ma meilleure amie, je corrige.

— J'aimerais bien la rencontrer un de ces jours.

— Je suis sûr que tu en auras l'occasion. Peut-être au Festival d'été, si tu comptes y venir ?

— À Hunter's Creek ? Bien sûr, j'adorerais venir.

Je jette un œil à l'heure sur mon téléphone.

— Tu sais, il faut vraiment que j'y aille. Merci beaucoup pour le repas et pour ton aide, Nat. Je te revaudrai ça.

Je me dirige vers la porte, mais avant que je puisse l'ouvrir, Nat se glisse à côté de moi et s'appuie contre elle.

— Merci d'avoir partagé ton histoire avec moi.

Je hausse les épaules.

— Ce n'est pas grand-chose.

— Si, Gabe, et ça compte beaucoup pour moi que tu aies partagé ça.

— Comme je l'ai dit, je vis dans une petite ville où tout le monde se mêle des affaires des autres. Ce n'est pas grand-chose de te le raconter.

— J'apprécie quand même. Tu n'étais pas obligé de m'en parler. Tu aurais pu inventer une histoire. Je n'en aurais rien su.

— *Moi*, je l'aurais su. L'honnêteté est importante.

Elle me regarde.

— Tu es un mec droit. Ça fait vraiment honneur à ta mère.

— C'est gentil de dire ça.

Je pose ma main sur la poignée de porte, prêt à partir.

— Tu sais, Gabe, tu n'es pas obligé de partir.

Elle me drague ? Maintenant ?

Nat est une femme magnifique. C'est indéniable. En ce qui concerne ses intentions envers moi, il faudrait que je sois complètement bouché pour ne pas savoir ce qu'elle veut.

— Nat…

— Je sais que tu m'as dit que seule l'amitié t'intéressait. Tout ce que je dis, c'est que je pense qu'on pourrait être bien ensemble, et on ne le saura pas tant qu'on n'aura pas essayé.

J'ouvre la bouche pour protester.

Elle pose la paume de sa main contre ma poitrine, comme elle l'a fait sur le parking il y a quelques soirs.

— Penses-y, c'est tout. D'accord ?

Je pince les lèvres.

— Le truc, c'est que, Nat…

Je commence, en me demandant si je serai capable de prononcer ces mots.

— C'est quoi, le truc, Gabe ? dit-elle avec un sourire confiant.

Je prends une profonde inspiration et je décide de tout déballer. D'arracher le pansement, pour ainsi dire.

— J'ai… des sentiments pour quelqu'un d'autre.

— Des sentiments ?

— Des sentiments.

— Des sentiments sérieux ?

— Nat, je suis amoureux de quelqu'un d'autre.

Elle recule, retirant sa main de ma poitrine comme si elle s'était brûlée.

— Je suis désolé.

C'est une chose que je n'avoue à personne. Bon sang, je me l'avoue à peine à moi-même.

— Qui ? demande-t-elle.

— Je ne peux pas te le dire.

— Pourquoi pas ?

— Parce que…

Qu'est-ce que je peux bien dire ?

Parce que c'est extrêmement important pour moi ?

Parce que ça me bouffe tous les jours de ma vie ?

Parce que c'est la seule personne dont je ne devrais pas être amoureux ?

Parce que… je suis amoureux de ma meilleure amie ?

Je le suis. Amoureux à cent pour cent, fou à lier, au point de ne plus pouvoir réfléchir, de Ryn Cole, ma meilleure amie depuis mes sept ans. La personne qui me connaît le mieux au monde. La personne qui veille toujours sur moi, et moi sur elle. La personne à qui je confierais ma vie.

Seulement, elle ne le sait pas.

J'ai beau considérer l'honnêteté comme une vertu, je ne peux pas le lui dire. L'enjeu est trop grand pour moi.

— Parce qu'elle ne le sait pas, dit Natalie à ma place.

Je baisse les yeux et hoche la tête. Je saisis la poignée de porte et cette fois, Natalie ne m'arrête pas.

— Merci encore pour tout.

Elle pince les lèvres.

— Bien sûr.

— On se voit en cours ?

— Évidemment.

J'hésite un instant avant de lui presser rapidement le bras, d'ouvrir la porte et de partir.

Je n'ai jamais prononcé ces mots à quiconque. Je n'ai jamais avoué mes vrais sentiments. *Je suis amoureux de quelqu'un d'autre.* Certes, je n'ai pas dit à Natalie de qui je suis amoureux, mais elle n'aurait pas besoin d'être détective privée pour faire le rapprochement et penser à Ryn.

Ryn.

Ma tête est pleine d'elle.

Quand il s'agit de ma meilleure amie, je suis un parfait imposteur.

Je ne veux pas dire que je suis quelqu'un de faux ou qui prétend être ce que je ne suis pas. Ce n'est pas mon genre. Je suis un imposteur parce que je prétends être seulement son ami depuis des années, alors qu'en réalité, je suis amoureux d'elle depuis aussi longtemps que je me souvienne.

Je joue la comédie avec ma meilleure amie.

Je sais que ça fait de moi un parfait hypocrite. Je suis le type qui attend de l'honnêteté et de l'intégrité de son entourage. Je suis aussi le type qui m'impose ces mêmes standards.

Être secrètement amoureux de Ryn n'est pas exactement honnête.

Est-ce que je veux quelque chose de plus avec elle ? Vous l'avez *vue* ? Petite, pulpeuse, avec des cheveux blond vénitien et de magnifiques yeux noisette, elle a ce genre de sourire qui fait bondir votre rythme cardiaque quand il illumine votre visage. Une lumière dans laquelle on voudrait se prélasser chaque jour de sa vie.

Et ça, ce n'est que son apparence.

Ryn est la femme la plus drôle, la plus douce, la plus intelligente, la plus gentille et la plus facile à vivre que j'aie jamais rencontrée. Sans hésiter.

Mais ça fait si longtemps que je suis dans la « friend zone » de Ryn Cole que j'ai un pass VIP, les déjeuners gratuits et un t-shirt qui dit *Meilleurs Potes Pour Toujours* avec deux ours en peluche qui se tapent dans la main. Sérieusement, elle m'a vraiment offert ce t-shirt après un week-end avec elle à Seattle, il y a quelques années.

Et puis elle m'a obligé à le porter, ce qu'elle a bien sûr trouvé hilarant.

Moi ? Pas tellement.

Même si je passais à l'acte et lui avouais mes sentiments — ce qui doit être la chose la plus effrayante à faire au monde —, il y a de fortes chances que non seulement elle me rembarre sans ménagement, changeant notre amitié à jamais, mais je risquerais aussi de perdre ma famille de substitution. Alyssa et Ed Cole sont deux des personnes qui ont rendu ma vie plus supportable dans les années qui ont suivi la perte de ma mère. Sans eux, je ne sais pas comment j'aurais tenu le coup.

Je ne peux pas risquer de perdre ce sentiment de famille, ce sentiment d'appartenance que j'ai avec eux, alors que, selon toute vraisemblance, leur fille ne ressent pas la même chose pour moi.

Devenir romantique avec ma pote Ryn ? Embrasser ma pote Ryn ?

Je serais un idiot de m'exposer à un tel rejet.

Et ce serait un rejet, ça, j'en suis certain.

Ça a été tellement plus simple de rester amis toutes ces années. Confortable. Pas de vagues. Pas besoin de tendre le cou pour me le faire trancher comme un tronc d'arbre à la scierie de la ville. De cette façon, Ryn reste dans ma vie. Il n'y a pas de *truc* gênant entre nous. C'est simple, sans complication, sans malaise, sans rejet qui plane dans l'air entre nous.

Parce que je préfère avoir Ryn dans ma vie en tant qu'amie plutôt que de ne pas l'avoir du tout.

J'atteins ma voiture, je m'assois et je contemple le ciel de fin d'après-midi, d'un bleu pâle, parsemé de nuages cotonneux, et tandis que je mets le contact, j'essaie de ne pas m'attarder sur la triste ironie de la situation : la femme qui ne m'intéresse pas a clairement affiché ses intentions, et celle que j'aime depuis si longtemps ne me voit que comme un ami.

Chapitre 12

Gabe

J'essaie d'être cool. Zen. Enfin bref. J'échoue. Lamenta-blement.

J'essaie de ressembler au Gabe de tous les jours, facile à vivre, le mec que je suis d'habitude. Le mec qui sert derrière le bar avec un sourire détendu. Le mec qui est ami avec tout le monde. Le mec qui a vécu ici toute sa vie.

À l'intérieur ? Ce n'est pas vraiment ça.

Pour ma défense, ce n'est pas facile quand la femme dont je suis amoureux depuis toujours profite de chaque occasion pour toucher un autre type ; un type qui, je le sais, ne saura pas l'apprécier.

Elle lui a touché le bras plusieurs fois, l'épaule une fois, et maintenant, elle lui touche le torse.

Ouais, c'est cette dernière fois qui a fait le plus mal.

Peu de choses à Hunter's Creek me nouent l'estomac, mais voir Ryn poser la main sur le torse d'un type en riant à sa blague en fait définitivement partie.

Ceci dit, les voir ensemble ce soir à la mairie pour regarder le dernier épisode de *Serious Bite*, c'est plusieurs crans au-dessus sur l'échelle de la douleur.

Je lâche une profonde inspiration en essayant de me concentrer sur ce que Christopher est en train de me dire à propos de… qui sait quoi ? Je n'écoute pas. Je veux dire, j'ai déjà du mal à suivre ce qu'il dit en temps normal, vu que c'est un ancien avocat d'une grande ville, préoccupé par un truc appelé F&A. Quoi que ce soit. Mais ce soir ? Ce soir, il pourrait me parler en klingon que ça ne changerait rien.

Il faut que je me ressaisisse. Ce n'est pas comme si c'était la première fois que je voyais Ryn avec un autre mec. On est amis depuis qu'on est gamins et elle a eu autant de petits amis que n'importe qui, à commencer par cet abruti de Mason Henderson en quatrième. Bon sang, qu'est-ce que je le détestais, ce Mason Henderson.

Depuis, j'ai vu les hommes de Ryn aller et venir. Aucun d'entre eux ne reste bien longtemps. En fait, elle n'a jamais eu de relation sérieuse avec aucun d'eux. Au moins, j'ai ça pour me consoler.

Sérieusement, je peux repérer le genre de mecs de Ryn à cent mètres. Tant qu'il a l'air d'apporter des ennuis, elle fonce tête baissée.

Je le regarde écarter ses cheveux pour lui murmurer quelque chose à l'oreille, et le visage de Ryn s'illumine.

Je ne comprends pas. Je sais qu'il y a quelque chose chez ma meilleure amie qui la pousse à fréquenter des hommes comme ça. Est-ce qu'elle veut être maltraitée ? Sait-elle que tout finira en larmes avant même d'avoir commencé ? Parce que moi, j'en suis absolument certain.

Si je pouvais changer une seule chose chez elle, ce serait de lui montrer qu'elle vaut tellement plus que ces types. Ceux qui débarquent dans sa vie pour en repartir aussi sec, sans se soucier d'elle le moins du monde.

Elle mérite d'être aimée par quelqu'un qui la chérira.

Quelqu'un qui prendra grand soin de son cœur.

Quelqu'un qui l'aimera en retour comme elle mérite d'être aimée.

Je suis le seul à savoir que cette personne devrait être moi.

Et ça me tue en ce moment.

— Hé, Gabe !

J'entends mon nom sur les lèvres de Ryn et je sais qu'elle est sur le point de me présenter Joe, son dernier ersatz de James Dean.

Je ne veux surtout pas que ça arrive.

— Parle-m'en plus, dis-je à Christopher en l'interrompant dans son monologue.

Bien sûr, je n'ai aucune idée de ce qu'il disait parce que j'étais trop occupé à fulminer contre le rencard de Ryn, mais je ne vais pas laisser un détail aussi insignifiant me barrer la route.

Christopher hausse les sourcils en me regardant.

— Tu veux en savoir plus sur le gratin que j'ai préparé pour Harper ?

Il était en train de me raconter comment il avait cuisiné un gratin pour sa petite amie ?

Pas étonnant que je n'écoutais pas. Le klingon aurait été bien plus intéressant.

J'indique la porte du hall et nous avançons ensemble, nous déplaçant lentement avec la foule.

— Ouais. Tu… euh, as mis des carottes ? je demande, me sentant comme le dernier des idiots.

— J'ai bien mis des carottes, répond-il d'un ton neutre.

— Cool. Cool. Les carottes, c'est… cool.

Qu'est-ce que je peux répondre à ça ? Quelle était la taille des carottes ? Étaient-elles orange ? Avaient-elles un goût de carotte ?

Je jette un bref coup d'œil en arrière, vers Ryn. Elle et son mec se dirigent vers nous, se faufilant à travers la foule.

Je reporte mon attention sur Christopher.

— Qu'est-ce que tu as mis d'autre ? Tu sais, niveau légumes, je demande, parce que je suis un homme désespéré, en ce moment.

Il plisse les yeux.

— Tu veux savoir quels autres légumes j'ai mis dans mon gratin ?

— Mmm-hmm.

— Celui que j'ai préparé pour Harper ?

— Ouais.

— C'est parce que tu aimes cuisiner, Gabe ?

Il essaie de me cerner. De voir si je suis vraiment aussi stupide que j'en ai l'air.

Je hausse les épaules.

— Bien sûr. J'aime cuisiner autant que n'importe qui, je suppose.

Est-ce que réchauffer les macaronis au fromage d'Alyssa Cole, ça compte comme de la cuisine ? Parce que si c'est le cas, alors je suis un vrai champion.

Je regarde en arrière pour voir Ryn et son type gagner du terrain sur nous. Ce n'est pas une surprise. On avance comme un bataillon d'escargots en pleine marche funèbre. Ou reptation funèbre. Peu importe.

Christopher s'arrête.

— Qu'est-ce qui se passe, Gabe ?

— Qu'est-ce que tu veux dire ? je tente, en esquissant un sourire.

— D'accord, toi et moi, on n'est pas proches, mais je vois

bien que tu agis un peu... bizarrement ce soir. Je veux dire, les carottes ?

— Je pourrais avoir envie de faire un gratin un jour, dis-je faiblement.

Il ignore ma réponse franchement embarrassante.

— Est-ce que tout va bien pour toi ?

— Pour moi ? Bien sûr. Ça va. Tout va très bien.

Je hausse les épaules pour lui montrer à quel point tout va bien.

J'essaie de ne pas regarder Ryn, mais c'est comme si elle était un aimant et mes yeux, deux billes d'acier, incapables de résister à son attraction.

Christopher doit suivre mon regard, car il répond :

— Je vois que Ryn a un rendez-vous ce soir.

— Ouais, un nouveau venu en ville.

J'essaie de faire comme si ce n'était rien. Que le sujet m'ennuie, même. Que je suis si à l'aise dans mon rôle d'ami qu'en ce moment même, je suis affalé dans mon fauteuil relax devant un match, une bière dans une main et un grand bol de chips dans l'autre.

Ça fait des années que je réagis comme ça, chaque fois que quelqu'un mentionne Ryn et un nouvel amoureux potentiel. Je maîtrise.

Je gère.

— Tu sais, Gabe, je ne m'inquiéterais pas pour ce nouveau type, me dit Christopher à voix basse.

Je gère ? Finalement, pas tant que ça.

Je fais l'innocent.

— Qui ça ?

— Harper m'a dit qu'il n'est là que pour quelques mois et, de toute façon, j'ai discuté avec lui quand je l'ai rencontré tout à l'heure. Il avait l'air plus intéressé par ses cheveux que par Ryn.

Je réprime un sourire en entendant sa remarque, mais il y a quelque chose que je dois étouffer dans l'œuf, et tout de suite. Sérieusement, j'ai parfois l'impression de jouer en permanence à une partie de tape-taupe.

— Christopher, tu sais bien que Ryn et moi, on est juste amis, n'est-ce pas ?

— Mais...

— Amis. Juste amis. Elle peut sortir avec qui elle veut. Tout comme moi.

C'est un discours que j'ai servi un nombre incalculable de fois dans cette ville qui semble vouloir nous caser, Ryn et moi, pour qu'on se marie et qu'on ait des enfants sur-le-champ.

Et maintenant, le petit ami citadin de Harper s'y met aussi ?

Il ne manquait plus que ça.

Christopher me lance un regard.

— Si tu le dis, répond-il après un silence qui s'étire bien trop longtemps pour que je puisse ne serait-ce qu'imaginer qu'il me croit.

— Je le dis, parce que c'est comme ça. On est amis, rien de plus.

C'est la vérité. Nous sommes juste amis, même si je veux tellement plus avec elle.

Je sens une main sur mon bras et je lève les yeux pour voir Ryn, qui me sourit radieusement, les joues rouges.

Génial.

— Je t'appelais, G. Tu ne m'as pas entendue ? demande-t-elle.

— Ah bon ? Je parlais avec Christopher. On était vraiment plongés dans un sujet super intéressant. Pas vrai, Christopher ?

— Absolument, répond-il.

— Vraiment ?

Ses yeux oscillent entre nous. Elle sait que je n'ai pas grand-chose en commun avec lui.

— De quoi vous parliez ?

— Il, euh, a fait un gratin pour ta sœur, lui dis-je, comme

si fournir la preuve de notre conversation allait me faire paraître moins minable que je ne le suis. Il a mis des carottes et d'autres légumes. C'était bon, pas vrai, Christopher ?

— Harper a aimé, confirme-t-il.

Je l'entends. Ça sonne faible. Pitoyable. Je suis un homme faible et pitoyable.

Le regard de Ryn passe de moi à Christopher et revient, une expression que je connais si bien sur son visage.

— Fascinant, dit-elle avec un gloussement. Si tu arrives à t'arracher à ta discussion sur les gratins une minute, j'ai quelqu'un à te présenter.

Super.

Sans attendre ma réponse, elle dit :

— Gabe, voici Joe. Joe, voici mon bon pote, Gabe.

— Salut, ravi de te rencontrer, mec, dit Joe, la main tendue.

Pendant qu'on se serre la main, j'essaie de ne pas remarquer à quel point il est beau. Bien sûr, je l'avais vu tout à l'heure, mais je n'avais pas vraiment bien regardé le type. Il correspond totalement à son genre.

— Salut, Jay, je réponds d'un ton bourru.

Ouais, je sais. J'ai fait exprès de me tromper de prénom. Je n'en suis pas fier. Mais franchement, ce sont les petites choses qui comptent quand on regarde la femme qu'on aime avoir un rendez-vous avec un autre mec.

— C'est Joe, me corrige Ryn en enroulant son bras autour du sien, gainé de cuir, et en lui adressant un grand sourire.

— Bien sûr, je réponds d'un air évasif.

J'évite de croiser le regard de Christopher.

Joe ou Jay, tout ce qui m'importe, c'est qu'il sorte de la vie de Ryn quand l'équipe du film quittera la ville, avec le moins de conséquences négatives possible, espérons-le.

— Pas de problème, dit Joe en passant ses doigts dans ses cheveux. Joe, c'est un prénom difficile à retenir.

Est-ce qu'il se fiche de moi ?

— Joe travaille pour Leonardo Finch. Il est son assistant, dit Ryn.

— C'est pour ça que je ne porte pas de chemise en flanelle à carreaux, ajoute Joe.

Christopher — le traître — rit pendant que j'ajuste le col de ma propre flanelle à carreaux.

— On en a parlé quand on s'est rencontrés. C'est quelque chose que j'avais remarqué aussi en arrivant en ville, explique Christopher.

C'est toujours un traître.

— Mais je t'ai déjà vu en porter une, lui dit Ryn.

Christopher hausse les épaules.

— J'essaie juste de m'intégrer. C'est Alfred qui me l'a donnée.

Joe éclate de rire.

— Cet endroit est rempli de mecs en flanelle et de bars qui portent des noms d'ours. J'ai raison ?

Christopher glousse et referme aussitôt la bouche quand je lui lance un autre regard noir.

Il est dans quel camp, au juste ?

— Gabe travaille dans un de ces bars. N'est-ce pas, Gabe ? dit Ryn, pratiquement suspendue au bras de Joe maintenant.

— Lequel, mec ? Je passerai prendre un verre avec une partie de l'équipe, répond Joe.

Est-ce qu'il y est vraiment obligé ?

Comme je ne réponds pas, Ryn intervient.

— Il travaille au Black Bear. Ils servent les meilleurs jojos.

Elle serre le bras de Joe, ajoutant :

— Ce sont des potatoes, pour vous les étrangers.

— C'est une tuerie, ajoute Christopher avec un sourire entendu.

— Des jojos qui tuent ? Vous ne me vendez pas du rêve, là, les gens, répond Joe en se touchant les cheveux pour la troisième fois en moins de trente secondes.

Je partage un sourire complice avec Christopher.

— « Une tuerie », ça veut dire « super bon », explique Ryn. Fais-moi confiance. Ils sont tellement bons que même Christopher en mange, et pourtant, il est à fond dans les smoothies protéinés et les légumes ennuyeux.

— Comme les carottes, dit Christopher en croisant mon regard.

Heureusement, Ryn l'ignore.

— Je t'y emmènerai, Joe.

Joe lui sourit.

— J'aimerais beaucoup. Des jojos qui tuent, ça me tente bien.

Ils échangent un sourire et j'ignore à la fois ce regard et le fait qu'ils viennent de prévoir un deuxième rendez-vous — au bar où je travaille, qui plus est.

Cette soirée s'annonce géniale.

— Je vais rentrer pour trouver une place, leur dis-je, et je m'éclipse de cette expérience profondément désagréable avant que l'un d'eux ne puisse dire un mot de plus.

— Je viens avec toi, dit Christopher. J'ai rendez-vous avec Harper ici, je l'emmène au restaurant.

— C'est vrai. Tu ne regardes pas *Serious Bite*. Pourquoi d'ailleurs ?

— Harper n'a pas besoin de voir son ex sur grand écran. Elle est peut-être toujours prête à rendre service, mais elle n'est pas maso. En fait, elle était seulement là parce qu'elle aidait à préparer pour ce soir, mais Meryl l'a accaparée pour une urgence liée à *La Mélodie du bonheur*. Les enfants vont chanter d'autres chansons de la comédie musicale au Festival d'été.

— Ils étaient mignons la dernière fois. Et ils chantaient plutôt bien, en plus.

Ensemble, nous rejoignons la foule qui pénètre dans la salle.

— Fais-moi confiance. C'est juste une passade, Gabe, répète Christopher en faisant un signe de la main à Harper, qui discute avec Meryl, la directrice de l'école primaire où elle enseigne.

— Écoute, comme je l'ai dit, Ryn et moi, on est de bons amis. C'est comme ça, c'est tout, je dis.

— Bien sûr. Évidemment. Si j'ai dit quelque chose de déplacé, excuse-moi. J'ai tout compris de travers.

J'aperçois un visage familier dans la salle déjà bien remplie.

— Je vais m'asseoir avec Theo. Passe une bonne soirée.

— Toi aussi, répond-il.

Je crois que nous sommes tous les deux soulagés quand je parviens à m'éclipser.

Je me fraie un chemin dans la foule jusqu'à Theo, qui est avec sa femme, Louisa, en train de discuter avec des amis à eux que j'ai déjà rencontrés une ou deux fois. Nous nous saluons et je m'assieds à côté de lui.

— Je n'arrive toujours pas à croire que la ville ferme les bars et les restaurants pendant une heure pour que tout le monde puisse venir voir ça, dit Theo.

— Dex Ryder, c'est une pointure.

— Et dire qu'on pensait tous que les séries de vampires, c'était fini.

— Toutes, sauf celle-ci, apparemment.

Certaines personnes avec qui j'étais au lycée s'installent sur les dernières places de la rangée. Je leur dis bonjour et nous discutons de la série avant que Ryn et son cavalier ne prennent les sièges juste devant moi.

Excellent. Je suis aux premières loges pour assister à leur rendez-vous. Exactement ce que je voulais.

Ryn sourit et dit bonjour à tout le monde, présente Joe, et affiche un sourire si large qu'on dirait que son visage va se fendre.

Theo me donne un coup de coude dans les côtes alors que les lumières baissent et que la série commence.

— Ryn a un rencard ?

— Comme tu peux le voir.

Il ouvre la bouche pour dire quelque chose, mais je lui lance un regard noir et il la referme aussitôt. Nous savons tous les deux ce qu'il s'apprêtait à dire et, après la soirée que je suis en train de passer, je n'ai pas besoin de l'entendre d'une deuxième personne. Le point de vue de Christopher sur Ryn et moi était bien plus que suffisant et, de toute façon, à quel point faut-il me le crier plus fort pour que je comprenne qu'elle ne me voit que comme un ami ?

Il serait peut-être temps que je comprenne enfin le message.

Chapitre 13

Ryn

L'un des avantages de travailler au Second Chance Café, c'est qu'après le coup de feu du midi, j'ai droit à une pause et je peux choisir ce que je veux au menu pour déjeuner. Étant donné que la nourriture est excellente ici, c'est une véritable aubaine.

Aujourd'hui, j'ai pris un BLT avec une portion de frites, que je savoure tout en faisant défiler les actualités sur mon téléphone, examinant les quelques photos du tournage qui se déroule plus bas dans la rue et qui ont fuité dans les médias.

Cette soirée à la projection du dernier épisode de *Serious Bite* était magique. C'était si bon d'être avec Joe, et nous avons attiré pas mal de regards. Je parie que les dames du comité de Hunter's Creek ont été plus que déçues par l'échec de leurs manigances.

Pas moi. Je me suis sentie euphorique tout le temps, assise à côté de Joe, sa main dans la mienne. Il me lançait des regards et faisait des commentaires sur la série, chuchotant à mon oreille, son souffle chaud sur mon cou. Ça m'a envoyé des frissons le long de la colonne vertébrale, et quand il m'a raccompagnée à ma voiture, j'étais prête pour notre premier baiser.

C'était exactement comme je l'avais imaginé. Il s'est penché vers moi, me disant à quel point il était content de m'avoir rencontrée et combien j'étais merveilleuse, et alors que son regard descendait vers mes lèvres, nous nous sommes instinctivement penchés l'un vers l'autre et nous nous sommes embrassés.

Depuis, je suis sur un petit nuage.

Je suis plongée dans mes pensées quand quelqu'un s'approche de ma table et se racle la gorge.

Je lève les yeux pour voir Patrick Hartmann, et sa réapparition soudaine et inattendue dans le café me surprend, une vague d'appréhension m'envahissant.

— Bonjour, Ryn, dit-il.

Je serre la mâchoire.

— Bonjour, monsieur Hartmann.

— Ça vous dérange si je m'assois ?

Autant en finir. J'indique le siège en face de moi et il tire la chaise pour s'asseoir.

— Avez-vous eu l'occasion de réfléchir à ma proposition de vous aider à renouer avec mon fils ? demande-t-il sans préambule.

Je joins le bout de mes doigts.

— Oui.

— Et ?

— Voilà le problème. J'ai tâté le terrain et je…

Une lueur d'espoir jaillit dans ses yeux.

— Vous lui avez parlé de moi ? Vous lui avez dit que nous nous étions parlé ?

— Écoutez, j'ai essayé de lui parler de vous, mais il a été très clair : il ne veut pas vous voir.

J'ajoute presque « Je suis désolée », mais je m'en abstiens. Même si une petite partie de moi compatit avec cet homme, je suis dans le camp de Gabe.

Sa mâchoire se contracte, ses lèvres pincées en une ligne fine.

— Je vois.

Il a l'air tout petit sur sa chaise, comme si la nouvelle l'avait fait se recroqueviller en une version amoindrie de lui-même, et même si je ne sais pas pourquoi il veut revoir Gabe après tout ce temps, mon cœur se serre un peu.

— Merci d'avoir essayé de m'aider. Je suppose qu'il a pris sa décision.

Ses lèvres s'étirent en un faible sourire.

— Il tient ça de son vieux père.

— Vous êtes têtu, vous aussi ? je demande, trahissant la nature souvent inflexible de Gabe, surtout avec les gens qui mentent. Mais il n'est pas utile de le mentionner à cet homme.

— Têtu comme une mule. Gabriel a hérité ce trait de caractère de moi.

— Je vois.

— Je suis sûr que vous n'avez pas l'habitude de penser que votre ami a un père.

Je secoue la tête, l'estomac noué.

Il a l'air si triste. Serait-ce vraiment si terrible de laisser cet homme renouer avec son fils perdu de vue ?

Oui, ce serait terrible. Gabe a été clair sur le fait qu'il ne veut pas revoir son père, et je dois respecter ça.

— Allez-vous aller le voir vous-même ? je demande. Je

veux dire, ce n'est pas comme si vous aviez besoin de moi pour servir d'intermédiaire. Pas vraiment.

Il baisse les yeux.

— Vous le connaissez mieux que la plupart des gens. Comment réagirait-il si je débarquais simplement sur le pas de sa porte ?

J'esquisse un demi-sourire. Nous connaissons tous les deux la réponse.

— C'est bien ce que je pensais.

Il se lève.

— Il vaut mieux que je m'en aille. C'était un plaisir de vous rencontrer. Je suis content que mon fils ait une amie comme vous dans sa vie.

Il se tourne pour partir et une partie de moi veut crier : « Attendez ! Je vais vous aider ! Je vais le faire changer d'avis ! »

Je ne le fais pas. Il vaut mieux qu'il parte. Mieux pour Gabe.

La porte se referme derrière lui et je la fixe d'un air vide.

C'est fait.

Terminé.

Je sais que j'ai bien fait. J'ai protégé Gabe comme je le fais toujours, depuis que ce gamin idiot s'est moqué de lui parce qu'il n'avait pas de père à l'école primaire.

— Salut, ma belle, salut.

La voix d'Ivy perce mes réflexions alors qu'elle se laisse tomber sur le siège d'en face, son parfum floral flottant jusqu'à moi.

— On dirait que tu es sur une autre planète, et je parie que je sais de quelle planète il s'agit.

Je la regarde avec incompréhension.

— Ça commence par un J, n'est-ce pas ? me taquine-t-elle.

— En fait, je pensais à l'état de l'économie et à ce que nous devrions faire pour y remédier.

— Bien sûr, ma poule, répond-elle en piquant une frite

143

dans mon assiette. Comment, exactement, Joe va-t-il réparer l'économie ?

Je laisse échapper un petit rire.

— En étant super beau et sexy ?

Elle enfourne une autre frite dans sa bouche.

— Ma belle, tu es vraiment accro. Beurk. Elles sont froides.

— J'ai oublié de les manger.

Elle me lance un regard interrogateur.

— Tu es en pause déjeuner ?

Je regarde l'heure sur mon téléphone.

— Il est tard.

— Il fallait que je sorte de là, que je vienne voir ma coloc.

— Me voilà. Tu veux un café ?

L'un des avantages d'avoir une amie qui travaille dans un café, c'est sans conteste le café gratuit, et Ivy est l'une de mes habituées qui ne paie jamais. Bien sûr, je ne le dis pas à tante Sheila, mais ce n'est pas comme si je faisais quelque chose de vraiment mal. Ce n'est que de l'eau chaude avec quelques grains de café et un nuage de crème. Ce n'est pas comme si je volais des repas entiers ou quoi que ce soit.

— Oui. Non. Oh, je ne sais pas.

Elle baisse les yeux vers ses mains, un geste inhabituel pour mon amie si sûre d'elle.

— Tu ne sais pas si tu veux un café ? Qu'est-ce qui se passe ?

— Ta tante Sheila est là ?

— Non.

Elle jette un coup d'œil dans le café silencieux, à la recherche d'oreilles indiscrètes. Satisfaite qu'on ne puisse pas nous entendre, elle pince les lèvres et me regarde.

— Si je te dis quelque chose, tu me promets de ne pas en faire toute une histoire ? Et tu dois, je répète, *tu dois* le garder pour toi. Genre, n'en parler à personne.

— Même pas à Gabe ?

— Surtout pas à Gabe.

Pas de café et ne rien dire à mon meilleur ami. C'est du sérieux.

— Tu as ma parole, dis-je d'un ton solennel qui convient à l'atmosphère du moment.

— Bon, voilà, commence-t-elle avant de se refermer aussitôt comme une huître.

Je tends la main et pose la mienne sur la sienne.

— Raconte. Tu commences à m'inquiéter.

— C'est...

Elle se tait de nouveau.

Mon cœur se met à battre la chamade en pensant à toutes les possibilités. Est-ce qu'il s'est passé quelque chose à la scierie ? Mais alors pourquoi me dirait-elle de n'en parler à personne, et surtout pas à Gabe ? Ça n'a aucun sens.

— Ivy, il faut que tu me le dises.

Elle se mordille la lèvre, prend une grande inspiration, puis relève la tête.

— Ces derniers temps, j'ai en quelque sorte développé... des sentiments pour quelqu'un.

— Des sentiments ? Genre, des sentiments amoureux ?

Elle hoche lentement la tête. Elle n'a pas l'air excitée et exubérante qu'on attendrait de quelqu'un qui vient d'avouer avoir des sentiments amoureux pour une personne.

Mon esprit se met à mouliner.

— C'est qui ? Ça ne peut pas être quelqu'un qu'on connaît à Hunter's Creek. De toute façon, ils sont presque tous mariés. Oh, je sais, c'est un des mecs mignons qui travaille sur le tournage. Attends, ça ne précise pas grand-chose. Il semble y avoir beaucoup de mecs mignons qui travaillent sur ce tournage. C'est le caméraman qui est venu ici ? Tu sais, le trapu avec tous ses muscles. Je crois qu'il s'appelait Charlie ou Chad. Ou c'était Chip ?

— Ce n'est pas lui.

— Alors qui ?

— Ne me tue pas, mais... eh bien, j'ai des sentiments pour Gabe.

Je cligne des yeux plusieurs fois, mon cerveau s'efforçant de comprendre ce qu'elle me dit. Ivy a des sentiments pour Gabe ? Le *Gabe* Gabe ? Gabe, mon meilleur ami ?

— Gabe ? demandé-je.

— Gabe, confirme-t-elle, le visage sombre.

Ça tombe comme un cheveu sur la soupe. C'est comme se faire gifler en plein visage par un ours en colère dans la forêt sans même savoir qu'il était juste à côté de soi.

— Vraiment ? je demande, la voix toute aiguë et bizarre.

Je m'éclaircis la gorge.

— C'est si difficile à croire ? demande-t-elle. On est déjà sortis ensemble.

— Mais je pensais que c'était fini entre vous, genre, il y a des années. Au lycée. Tu es passée à autre chose assez vite, si je me souviens bien.

Bien sûr, ça m'avait dérangée à l'époque, mais c'était seulement parce que je voulais être avec lui moi-même. Mais il avait choisi Ivy et pas moi, et à part ce baiser de réconfort bref mais magique sur sa balancelle ce soir-là, nous n'avons jamais été que des amis.

— Je suppose que c'est parce que je le vois plus souvent ces derniers temps, maintenant que toi et moi sommes colocataires, et que je me suis mise à repenser à ce que c'était que d'être avec lui à l'époque et à quel point il est mignon et protecteur avec toi...

— Il n'est pas... protesté-je, mais elle continue de parler par-dessus moi.

— Si, ma belle, et je trouve ça super attirant et ça m'a fait réaliser que ça me manque de l'avoir comme petit ami, quand il était tout mignon et super protecteur avec *moi*. Je suppose que j'ai réalisé que j'ai laissé passer quelque chose de bien. Il est tellement mignon, j'ai juste envie de l'attraper et de lui dévorer le visage de baisers. Tu vois ?

Un sentiment étrange m'envahit, un sentiment que je n'arrive pas vraiment à nommer, mais je sais que ce n'est pas un bon sentiment.

— Ma belle, tu vas dire quelque chose ? On dirait une des victimes dans *Morsure fatale*, sur le point de hurler à pleins poumons en voyant les dents pointues du vampire.

Je ramasse ma mâchoire sur la table et j'avale ma salive. Je ne veux pas avoir l'air de venir de voir les dents pointues d'un vampire. Je veux avoir l'air normal, comme si le fait que ma coloc m'annonce qu'elle a des sentiments pour mon meilleur ami n'avait rien d'extraordinaire.

Ce qui est le cas.

Je prends une inspiration.

— Attends que je comprenne bien. Tu veux te remettre avec Gabe ?

Elle étudie mon visage un instant avant de pincer les lèvres.

— J'aurais dû m'en douter. Je savais que tu allais me faire une crise à la *Ryn* à son sujet.

— Qu'est-ce que ça veut dire ? Bien sûr que je vais être moi-même. Qui d'autre pourrais-je être ?

Oui, je sais, je fais exprès d'ignorer où elle veut en venir, mais il s'agit d'une de mes plus proches amies qui avoue des sentiments pour mon meilleur ami. Vous m'excuserez s'il me faut une minute pour me mettre à la page.

Ivy hausse les sourcils et croise les bras, comme si elle était une maîtresse d'école qui m'avait surprise en train de faire une bêtise.

— Vous deux, vous avez toute cette complicité que lui et moi ne partageons pas. Ça me tient à distance, tu sais. Ça a toujours été le cas.

— Gabe et moi sommes meilleurs amis et nous le sommes depuis toujours. On se dit tout. Ça a toujours été comme ça.

— C'est de ça que je parle. C'est pour ça que je ne t'ai rien dit à propos de Gabe et moi jusqu'à maintenant.

Gabe et moi ? Gabe et Ivy ?

J'ai l'impression que l'air a été aspiré hors de mes poumons.

— Tu es en train de dire, je commence, mais ma voix est étrange, tendue.

Je m'éclaircis la gorge et réessaie.

— Tu es en train de dire que vous êtes déjà ensemble ?

Elle ne répond pas immédiatement, et cela me force à réfléchir à ce que je ressentirais si Ivy et Gabe étaient dans une relation amoureuse.

Je ne peux pas dire que ce serait génial, mais pour rien au monde, je ne saurais dire pourquoi.

Peut-être parce qu'il est mon meilleur ami et que s'il sort avec Ivy, alors elle prendra cette place dans sa vie.

Où est-ce que ça me laisserait ? Où est-ce que je veux que ça me laisse ?

— Vous l'êtes, n'est-ce pas ? dis-je, d'une voix sourde.

Elle serre les lèvres et secoue la tête.

— Pas encore.

Une vague de soulagement m'envahit. Peut-être que je ne veux pas revenir à l'époque du lycée, quand ils sortaient ensemble ? Peut-être que je n'aimais pas me sentir exclue quand Gabe et Ivy étaient ensemble ?

Quoi qu'il en soit, je me sens tellement mieux de savoir qu'ils ne sont pas ensemble.

— D'accord. Compris. Tu me sondes à ce sujet avant de faire quoi que ce soit.

— Tu as tout deviné.

Elle pose les coudes sur la table.

— C'est tellement bizarre parce que si tu m'avais demandé, même il y a quelques semaines, si je me revoyais un jour avec lui, ma réponse aurait été un non catégorique.

— Qu'est-ce qui a changé pour toi ?

— Je pense que c'est la façon dont il se comporte ces

derniers temps, comme s'il était le héros d'un film, sur le point de se lancer dans une mission pour sauver la Terre.

J'éclate de rire.

— C'est dingue. Gabe est à peu près le seul mec célibataire de la ville qui ne participe pas au tournage d'un film en ce moment.

Elle hausse les épaules, le visage rayonnant.

— Je n'ai pas dit que c'était logique. Le cœur a ses raisons que la raison ignore, ma belle.

Elle s'accoude à la table.

— Écoute. Je me demandais si tu ne pourrais pas m'aider à savoir s'il ressent quelque chose pour moi.

C'est comme si j'étais entrée dans une nouvelle réalité où mes deux meilleurs amis pourraient tomber amoureux l'un de l'autre et me laisser sur le carreau.

C'est...

Je souffle. Je ne sais pas ce que c'est.

Est-ce parce que j'ai dû ramasser les morceaux la dernière fois qu'Ivy est passée au mec suivant ? Est-ce parce que je ne veux pas voir Gabe souffrir à nouveau à cause d'elle, comme à l'époque ?

Ou est-ce complètement autre chose ? Quelque chose que je ne peux même pas nommer, et encore moins comprendre pleinement ?

— Ryn ?

— Tu veux que je découvre si Gabe a des sentiments pour toi ?

On vient de faire un bond dans le temps pour retourner au collège ?

— Tout ce que je sais, c'est que ça m'aiderait vraiment. Pas de manière trop évidente. Je veux dire, je ne veux pas que tu ailles le voir pour lui demander : « Hé, tu veux sortir avec Ivy ? ».

Elle lâche un rire.

— Ce serait dingue.

Ça, ce serait dingue ? C'est *toute cette histoire* qui est dingue.

— Tu pourrais peut-être planter la petite graine, tu vois ? Genre, lui dire qu'il y a une possibilité de se remettre avec moi et voir ce qu'il dit.

Gabe est célibataire et Ivy aussi. Si elle est à nouveau intéressée par lui, alors je n'ai aucune bonne raison de ne pas l'aider.

En ai-je une ?

— Bien sûr, je vais parler à Gabe pour toi, je réponds, malgré le fait que je me batte avec ce sentiment nouveau, inattendu et inexplicable.

Ce qui est fou. Ils sont libres d'être ensemble s'ils le veulent.

Alors pourquoi cette simple pensée me met-elle dans tous mes états ?

Chapitre 14

Ryn

Tout le monde a l'habitude de me voir en jean, t-shirt et baskets, portant l'une de mes nombreuses chemises en flanelle colorées en hiver, ou une veste en jean au printemps ou en automne. C'est mon style. D'ailleurs, par ici, c'est un peu le style de tout le monde. Quand on vit dans une petite ville et qu'on n'est jamais allée nulle part, personne ne se prend vraiment la tête sur sa tenue. On porte des vêtements pratiques qui nous gardent au frais en été et au chaud en hiver.

Mais ce soir, c'est différent. Ce soir, j'abandonne mon

uniforme de Hunter's Creek pour autre chose. Quelque chose de féminin et de sexy. Ce soir, j'espère éblouir mon cavalier, le terriblement séduisant Joe Turner.

Même si je savais que j'allais me faire sermonner sur le fait que je devrais acheter mes propres vêtements avec l'argent que j'ai économisé grâce à mon travail, j'ai emprunté une robe à Harper. On sait toutes qu'elle a ce style bohème, un peu hippie, ce qui n'est pas particulièrement mon genre, mais si on enlève les chapeaux, les bijoux massifs et les bottes, elle a des robes super mignonnes. Comme nous faisons à peu près la même taille, à quelques détails près — bon, d'accord, je fais facilement une taille de plus qu'elle, mais aux grands maux les grands remèdes, comme on dit —, lui en emprunter une pour ce soir était l'idée parfaite. En regardant mon reflet dans le miroir, même moi, je dois admettre que je ne suis carrément pas mal.

La robe est rose pâle avec un imprimé de marguerites qu'Harper affectionne tant, la couleur faisant ressortir mon teint de pêche. Avec un décolleté en cœur et de fines bretelles, elle tombe juste au-dessus du genou, et je l'ai associée à mon unique paire de talons hauts, des sandales couleur crème que j'ai portées à mon bal de promo, en terminale. C'est leur première sortie depuis un bon moment.

Ivy m'a aidée à me coiffer, et mes cheveux tombent en boucles souples sur mes épaules. J'ai appliqué un peu du nouveau maquillage que Hayley m'a donné envie d'acheter. Je me suis entraînée quand personne n'était là.

Le résultat final n'est pas si mal et j'espère que Joe aimera ce qu'il verra.

Je me glisse dans le couloir jusqu'au salon où Ivy regarde HGTV. J'entre nonchalamment dans la pièce et, tout à coup, j'ai désespérément envie qu'elle me trouve belle.

— Eh bien, regarde-toi un peu, déclare Ivy. Où as-tu eu cette robe ? On dirait qu'elle a été moulée sur toi.

— Moulée sur moi ? je demande, en espérant que ce soit une bonne chose.

Soudain gênée, je lisse le tissu de la robe sur mon ventre. Elle est près du corps sur Harper, ce qui veut dire qu'elle est presque moulante sur moi, à cause de ma poitrine et de mes hanches, épousant mes formes d'une manière que j'espère sexy mais classe.

— Harper me l'a prêtée, mais je ne suis pas sûre.

— Ma belle, tu es canon. Des formes là où il faut. Et moi ?

Ivy se lève d'un bond et pivote sur elle-même, la jupe ample de sa robe longue jusqu'aux genoux tourbillonnant autour d'elle. J'ai déjà vu cette robe, et elle est toujours magnifique dedans.

— Magnifique, je lui dis.

Ivy a toujours été belle sans effort. Avec son teint olive et ses épais cheveux bruns, qu'elle aime rejeter en arrière pour flirter, elle n'a pas besoin d'emprunter la robe de sa grande sœur pour être resplendissante.

— Tu penses que ça plaira à Gabe ? demande-t-elle.

— Comment ça pourrait ne pas lui plaire ? je réponds.

Je chasse de mon esprit les pensées troublantes sur Gabe et Ivy. Je ne vais pas m'attarder là-dessus ce soir. Ce soir, tout tourne autour de mon deuxième rendez-vous avec Joe.

Nous faisons le court trajet à pied jusqu'à la maison de Gabe, où nous le trouvons assis sur sa balancelle de porche, les yeux fixés sur son téléphone.

— La fête vient d'arriver ! annonce Ivy alors que nous passons le portail de son jardin.

Il nous regarde avec de grands yeux, comme si nous étions tombées dans une soue à cochons et que nous étions couvertes de boue.

— Qu'est-ce que tu regardes ? Tu ne m'as jamais vue en robe ? lui demande Ivy, le visage rayonnant.

Gabe s'éclaircit la gorge.

— J'étais en train de lire quelque chose. Vous êtes superbes toutes les deux.

Ivy sourit.

— Merci, Gabe.

— On y va ? Ryn ne veut pas être en retard pour retrouver Joe, dit Ivy.

— Tu as rendez-vous avec Joe ? demande Gabe.

Il me lance un regard que je ne peux interpréter que comme son regard de *grand frère qui veille sur moi*.

— Ben oui. C'est pour ça qu'elle s'est fait toute belle ce soir. Tout ça, c'est pour Joe, explique Ivy en lui prenant le bras.

— Pourquoi n'est-il pas venu te chercher chez toi ? demande Gabe.

Je glousse.

— Parce qu'on n'est plus en 1952 ?

— Allons-y, commente Gabe, la voix bourrue.

Peut-être qu'il ressent quelque chose pour Ivy, après tout ? Elle est particulièrement magnifique ce soir. La plupart des hommes la trouveraient attirante, j'en suis sûre.

Mes nerfs prennent le dessus à l'idée de revoir Joe.

— Dis, je peux utiliser tes toilettes ?

— Bien sûr. Vas-y. Tu n'as pas besoin de demander, répond Gabe.

— Juste par politesse, je dis en passant devant lui d'un pas léger.

J'utilise les toilettes et je suis sur le point de rejoindre Gabe et Ivy quand Gabe apparaît dans le couloir. Contrairement à Ivy et moi, il porte sa tenue habituelle, un jean et un t-shirt décontracté, sans chemise en flanelle ce soir, car il fait assez chaud dehors.

— Qu'est-ce que tu as oublié ? je demande.

— Mes clés. Je me suis dit que je devais fermer la maison à clé. Il y a beaucoup de gens de l'extérieur en ville aujourd'hui et, en plus, on dirait qu'il va pleuvoir, alors je me suis dit que j'allais prendre la voiture.

Je désigne mes sandales à talons hauts.

— Bien vu.

Son regard glisse jusqu'à mes pieds.

— Où est-ce que tu les as mises ?

— Mises quoi ? demande-t-il.

— Tes clés, petit génie, je réponds en gloussant.

— Ah, oui. D'habitude, je les pose ici.

Il désigne une petite table d'appoint près de la porte d'entrée. À part une pile de courrier, elle est vide.

— Tu veux que je t'aide à chercher ?

— Bien sûr. Je vais voir dans ma chambre. Toi, cherche dans le salon.

Nous nous séparons et je fouille le salon, vérifiant la table basse et le guéridon, et allant même jusqu'à retirer les coussins du canapé et des fauteuils.

— Qu'est-ce que tu fabriques ? me demande Ivy, debout dans l'embrasure de la porte, les mains sur les hanches.

— Gabe pense qu'on dirait qu'il va pleuvoir et il veut prendre son pick-up.

— Et tu le cherches dans les coussins du canapé ?

— Ben oui. Il a perdu ses clés.

— Dis, je peux te piquer ton rouge à lèvres ? J'ai oublié le mien et le tien est super joli.

— Bien sûr.

Je sors mon rouge à lèvres de mon sac et le lui tends.

Gabe entre dans la pièce au moment où elle se met du rouge à lèvres, et elle lui lance un sourire.

— Qu'en penses-tu ? Tu aimes bien ce rouge à lèvres sur moi ? lui demande-t-elle.

— Tes lèvres ont l'air très… rouges.

Ivy semble satisfaite de sa réponse, mais je lève les yeux au ciel.

— G, t'es bien un mec, toi.

— Tiens.

Ivy me rend le rouge à lèvres.

— Tu as besoin d'une retouche. Il faut que tes lèvres soient parfaitement embrassables pour ton rencard de ce soir.

— Je vais aller voir dans la salle de bain, marmonne Gabe en quittant la pièce d'un pas rapide.

— Tu penses que tes clés pourraient être dans la salle de bain ? C'est bizarre, s'étonne Ivy en le suivant d'un pas nonchalant.

Je remets les coussins à leur place et parcours du regard la bibliothèque de Gabe. Il ne me faut pas longtemps pour me laisser distraire par les livres. La mère de Gabe avait des goûts plutôt éclectiques : de tout, des livres sur les peintres impressionnistes aux ouvrages de développement personnel, en passant par les romances historiques, et je compte bien revenir en emprunter quelques-uns bientôt.

J'aperçois les clés devant le livre que j'ai offert à Gabe quand il a obtenu son diplôme de souffleur de verre. C'est un livre magnifique avec de superbes images de verre soufflé, et je savais qu'il l'adorerait.

Je ne peux pas résister à l'envie de le sortir et de le feuilleter rapidement, quand quelque chose en tombe et atterrit sur l'étagère. C'est une enveloppe. Je parie qu'il s'en sert comme marque-page. Je la ramasse pour la glisser de nouveau dans le livre lorsque quelques objets s'en échappent et tombent par terre.

Je me baisse pour les ramasser quand je remarque que l'un des objets est une bande de photos de photomaton. Il y a trois clichés de Gabe et moi. Sur l'un, nous faisons des grimaces, sur un autre, il a étalé ma queue de cheval sur sa lèvre supérieure comme une moustache et, sur le dernier, nous nous sourions l'un à l'autre comme si nous n'avions aucun souci au monde.

Je souris pour moi-même. Je me souviens de ces photos ! Nous avions dix-sept ans et je me souviens avoir posé pour les prendre et avoir attendu que la machine les sorte. Je me souviens en avoir ri avec Gabe, heureuse de l'avoir sorti de sa déprime après sa rupture avec Ivy, de l'avoir fait sourire. Je me souviens...

Attends.

Il m'avait dit qu'il avait jeté ces photos à la poubelle, et qu'il se souvenait seulement vaguement de les avoir prises ce soir-là.

Pourquoi m'aurait-il dit ça alors qu'il les avait gardées depuis le début ?

Peut-être qu'il avait oublié qu'il les avait ?

Mais alors pourquoi les aurait-il mises dans ce livre que je ne lui ai offert qu'il y a quelques années ?

Je me mords la lèvre. Ça n'a aucun sens.

Je retourne un des petits cartons et lis l'inscription. C'est un coupon de place de cinéma pour *Amour à la new-yorkaise.* C'était le film que nous étions allés voir juste après la rupture de Gabe et Ivy. C'était une comédie romantique, une de celles qui n'ont pas très bien marché au box-office, mais que j'avais adorée malgré tout. Gabe avait insisté sur le fait que c'était une perte de temps et totalement irréaliste, ce qui était probablement vrai, mais c'était aussi fantasque et merveilleux, de cette manière mielleuse, avec une fin heureuse et totalement satisfaisante que j'adore.

Pourquoi aurait-il gardé les coupons de place de ce film ? Il n'avait pas cessé de répéter à quel point le film était mauvais ce soir-là, pendant tout le trajet du retour jusqu'à la maison de sa mère, où nous nous étions assis ensemble sur la balancelle du porche et...

Oh, mon Dieu.

Je cligne des yeux en regardant les objets dans ma main.

C'est la nuit où on s'est embrassés.

Il était triste parce qu'Ivy l'avait largué et je n'étais allée au cinéma avec lui que parce qu'il avait déjà acheté les billets. À l'époque, aucun de nous n'avait beaucoup d'argent à gaspiller.

Si tu achetais un billet de cinéma, tu allais voir le film, quoi qu'il arrive. En tant que sa meilleure amie, j'avais accepté d'y aller, en me disant que c'était plus par pitié qu'autre chose. Ce garçon souffrait et, en tant qu'amie, je devais être là pour lui.

Le fait que je nourrissais secrètement des sentiments pour lui depuis longtemps était totalement hors de propos.

Mais ce soir-là, assis sur la balancelle du porche qui se trouve à à peine trois mètres de là où je suis maintenant, il m'avait donné sa veste et passé son bras autour de mes épaules pour me tenir chaud quand j'avais dit que j'avais froid — un geste typique de Gabe — et puis, alors que je plongeais mon regard dans le sien, j'y avais vu une douceur que je n'avais jamais vue auparavant. Une douceur et autre chose, quelque chose qui avait fait battre mon cœur la chamade, mon corps brûlant de possibilités.

Pouvait-il le sentir, lui aussi ?

Je presse les coupons de place de cinéma contre mes lèvres en me remémorant la sensation qui m'avait envahie, la façon dont mon estomac s'était noué tandis que mon cœur martelait mes côtes, sachant ce qui était sur le point de se passer entre nous.

Puis, quand ses lèvres ont enfin touché les miennes, je me souviens avoir pensé : *C'est donc ça, la sensation d'être vraiment embrassée.*

Et puis, l'éclair de lucidité.

Mais à quoi est-ce que je pensais ? Je me laissais emporter par le moment, avec des pensées folles à propos de quelqu'un qui était mon ami, et seulement mon ami. La dure réalité, c'était qu'il m'embrassait uniquement pour se consoler de sa rupture avec Ivy. N'importe qui aurait pu me le dire. Il était seul et vulnérable et j'en avais profité, Ivy était mon amie et je l'avais trahie, et tout ça me semblait être un énorme gâchis que je ne pourrais jamais démêler.

Je me sentais mal. Plus bas que terre.

Après coup, du haut de mes dix-sept ans, j'avais décidé

que la meilleure chose à faire était de prétendre que ce n'était jamais arrivé, que nous ne nous étions pas embrassés, et que je n'avais très certainement pas espéré qu'il ressente quelque chose de plus pour moi.

J'ai pris ce désir, je l'ai roulé en une petite boule et je l'ai enfoui au plus profond de mon esprit.

Gabe et moi étions amis. Ivy était mon amie. Rien ne pourrait jamais se passer, et j'étais une idiote de penser que c'était possible.

— Tu les as trouvées ? J'ai regardé partout, mais aucune trace.

La voix de Gabe vient de derrière moi, me ramenant dans la pièce.

Ni une ni deux, je glisse les coupons de billets et la bande de photos dans le livre et je me tourne vers lui, arborant un large sourire en agitant les clés en l'air.

— Je les ai.

— Tant mieux, parce qu'on est en retard, me dit-il.

— Oh non ! On risque de manquer les enfants qui chantent des chansons de *La Mélodie du bonheur*.

Il laisse échapper son rire grave et profond.

— On ne voudrait pas rater ça. Ça m'a manqué d'entendre ces enfants chanter leur amour pour les chatons et la ficelle.

— C'est leur truc préféré, à ce qu'il paraît, je réponds en essayant d'agir normalement et en suspectant que ma voix sonne bizarre, forcée, pas naturelle.

Gabe, qui me connaît mieux que je ne me connais moi-même, me lance un regard de côté.

— Ça va, Ryn-Ryn ?

Je m'éclaircis la gorge.

— Je suis nerveuse de revoir Joe, j'imagine.

Je mens.

— Ça fait quelques jours qu'on n'est pas allés à la projection à la salle des fêtes.

Il est hors de question que je dise quoi que ce soit sur ce que je viens de trouver. À quoi bon ? Pour Gabe, j'ai pris ce baiser pour ce qu'il était : un pansement mal avisé qui ne devait rien signifier pour personne.

Et puis, qu'est-ce que ça peut faire s'il a gardé des souvenirs de cette nuit et m'a dit qu'il les avait jetés ? C'était il y a si longtemps. Ça ne veut rien dire.

N'est-ce pas ?

Chapitre 15

Gabe

Le festival d'été de Hunter's Creek est le genre de fête de petite ville typique, avec des stands de nourriture qui servent de délicieuses friandises, tout un tas de manèges de fête foraine et, bien sûr, l'incontournable assortiment d'animaux de la ferme que les enfants peuvent caresser et nourrir.

Mais ce festival a un bonus supplémentaire : Joe, le cavalier de Ryn.

Ça se sent que je suis sarcastique ?

Joe est arrivé sur sa moto il y a une demi-heure, et Ryn a

fait de son mieux pour faire comme si ça lui était égal qu'il ait bien plus d'une heure de retard. L'expression sur son visage quand il est arrivé était celle d'un soulagement total, qui s'est vite transformé en joie.

Ce regard m'a fendu le cœur.

Maintenant, ils se promènent main dans la main, et elle serre une peluche qu'il a gagnée pour elle à l'un des stands comme si c'était un trésor, alors qu'en réalité, ce n'est qu'un jouet en peluche moche. Elle a ce regard niais qu'elle a quand quelqu'un lui plaît vraiment. C'est un regard que j'ai déjà vu, et ce Joe est une copie conforme de celui qui l'a anéantie et l'a quittée la dernière fois. Et la fois d'avant.

C'est suffisant pour me donner envie de ficher le camp.

Mais je ne peux pas. J'ai promis à mon patron du Black Bear de donner un coup de main au bar plus tard, pour servir des verres aux festivaliers assoiffés, ainsi que des quartiers de pommes de terre et d'autres en-cas de bar.

Si seulement Joe Turner était un quartier de pomme de terre, je pourrais le tremper dans la sauce et lui croquer la tête.

Je prends une profonde inspiration. C'était méchant. Je n'ai pas vraiment envie de lui croquer la tête. Je veux juste qu'il n'existe pas, tout simplement.

Il y a une différence.

Bien sûr, je comprends. Elle est attirée par lui et il est attiré par elle. Ça arrive.

Le problème pour moi, c'est que ce que j'ai à offrir à Ryn va bien au-delà d'une attirance superficielle, basée sur le physique et les mouvements de cheveux incessants de Joe.

Je peux offrir à Ryn mon amour indéfectible et durable, un amour qui lui permet d'être elle-même. Un amour qui ne disparaîtra pas quand les choses se compliqueront. Un amour enraciné dans la connaissance profonde de sa personne.

Un amour qui a mis si longtemps à naître qu'il mériterait son propre panneau de rue.

Rue Gabe-aime-Ryn.
Avenue Sois-à-moi-Ryn.
Boulevard Tu-es-tout-pour-moi.

Intérieurement, je grince des dents.

Je sens une main dans mon dos et je m'attends à ce que ce soit Ivy. Elle se comporte bizarrement ce soir, elle passe la main dans ses cheveux et m'offre des sourires timides. Le nombre de fois où elle m'a demandé si j'aimais sa robe ou son rouge à lèvres a dépassé les bornes. Elle se comporte comme au lycée et j'ai dû lui demander plus d'une fois si tout allait bien.

— Salut, l'inconnu, dit une voix de femme.

Je me retourne pour voir Natalie. Elle porte une jupe courte en jean et un grand sourire, et je suis sincèrement heureux qu'elle soit là.

— Nat ! Salut. Je suis content que tu sois venue.

— Je suis venue avec mes petites sœurs qui sont en visite d'Arizona.

Elle désigne deux adolescentes, des copies presque identiques de Natalie, qui rient entre elles en partageant une barbe à papa.

— Elles adorent les manèges, et surtout les friandises.

— Je vois ça.

— Et toi ? Avec qui es-tu ce soir ?

Je jette un coup d'œil à Ryn et à son cavalier. Il a son bras autour de son épaule alors qu'ils déambulent entre les stands. Ivy me fait un signe de la main avant que ses yeux ne se posent sur Natalie et qu'elle fasse la moue.

Bizarre.

— Je suis avec des amis, je lui dis.

— Des amis invisibles ?

— Quelque chose comme ça.

— Nat, on va dans la maison hantée. Tu viens ? demande une de ses sœurs.

— Allez-y. Je vais parler à mon ami, Gabe.

Elle donne de l'argent à ses sœurs et elles lui adressent de grands sourires avant de partir.

Une chanson explose dans les haut-parleurs et Nat se met à danser sur place.

— Qu'est-ce que tu fais ? je demande.

— Je danse. C'est la chanson de *Footloose*. Tu sais, Kenny Wormald ? Julianne Hough ?

— Je connais le film.

Elle prend mes mains dans les siennes et les balance.

— Cette chanson ne te donne pas envie de danser ?

— Non, je réponds avec un petit rire étouffé. Je ne suis pas un grand danseur.

— Allez.

Elle tire sur mes mains et m'attire contre elle, tournant autour de moi comme si j'étais un poteau. Elle lève mon bras et fait une pirouette, atterrissant dans mes bras en riant.

C'est contagieux, et je ris avec elle malgré moi.

— Tu es vraiment quelqu'un. Tu le sais, ça ? je lui dis avec un grand sourire.

Qui aurait cru que Natalie serait exactement ce dont j'avais besoin pour me changer les idées et ne plus penser à Ryn ?

— Tu le sais bien, Gabe Hartmann.

Elle passe son bras sous le mien et nous commençons à avancer lentement à travers la foule.

— Je m'attendais à rencontrer la célèbre Ryn ce soir. Elle est là ?

Mes yeux retrouvent Ryn et Joe dans la foule. Ils sont tout près, à quelques mètres seulement, son stupide bras toujours autour de ses épaules. Elle le contemple comme s'il était son parfum de glace préféré. Je sais quel est ce parfum, parce que nous sommes amis et que je la connais un million de fois mieux que le type avec qui elle est.

Est-ce que j'ai l'air amer ?

Oui, je sais que oui.

J'ai du mal à digérer celle-là.

Natalie suit mon regard.

— Qui sont-ils ?

— C'est Ryn et son... cavalier, je lâche, les dents serrées.

La compréhension illumine son visage.

— Le type avec le blouson en cuir ? Par cette chaleur ?

— C'est bien lui.

Elle serre mon bras.

— Je dirais que les choses se sont bien goupillées pour nous deux ce soir. Pas toi ?

J'ouvre la bouche pour répondre quand les parents de Ryn, Ed et Alyssa, me saluent avec un bonjour enjoué. Ils sont accompagnés de Marlowe et d'un homme de grande taille, vêtu d'un pantalon chino et d'une chemise blanche avec une cravate, qui a l'air tout aussi déplacé ici, à un festival de petite ville, que Christopher quand il est arrivé à Hunter's Creek.

Ed Cole tient une gaufre recouverte de fraises et de crème, tandis que sa femme termine une bouchée de tarte aux pommes du Second Chance Café dans une assiette en carton.

— C'est sympa, non ? dit Ed, ses yeux se posant brièvement sur Nat avant de revenir vers moi.

— De tous les festivals de Hunter's Creek, c'est notre préféré, dit Alyssa. Elle s'adresse à Natalie : Bonjour. Je suis Alyssa Cole, et voici mon mari, Ed.

J'interviens aussitôt :

— Je suis désolé, où ai-je la tête ? M. et Mme Cole, je vous présente Natalie Mills. Nat, voici les parents de Ryn, et sa sœur, Marlowe.

Natalie sourit.

— Je vais donc rencontrer la famille de la célèbre Ryn avant de la voir, elle ? Bonjour à tous.

— Voici mon petit ami, Mike, dit Marlowe pour le présenter.

Mike et moi nous serrons la main.

— J'ai vraiment hâte de rencontrer Ryn. J'ai beaucoup entendu parler d'elle, déclare Nat.

— C'est tout un personnage, dit Marlowe, avec son attitude typique de grande sœur.

— Oh, c'est notre petite dernière, répond Alyssa. La seule à n'avoir pas quitté le nid. Pas comme notre Marlowe, ici présente. Elle a un super poste à Seattle. N'est-ce pas, ma chérie ?

— Ce n'est pas un super poste, maman, proteste Marlowe, embarrassée, mais je vois bien que sa mère n'en tient aucun compte.

— Tu m'as toujours impressionnée, dit Mike, un sourire naissant au coin de ses lèvres, et Marlowe rougit.

— Ryn a récemment emménagé dans la maison au bout de la rue avec Ivy, donc pour moi, c'est quitter le nid, le corrige Ed.

— Oh, tu sais ce que je veux dire, chéri. Ryn n'est pas du genre à s'enfuir dans la grande ville comme notre Marlowe, ou comme Harper, d'ailleurs. Elle n'est pas comme ses sœurs, explique-t-elle à Natalie. Elle se contente de son sort, et nous sommes heureux qu'elle soit restée ici avec nous. N'est-ce pas, Gabe ?

— Bien sûr, je réponds, déstabilisé par le fait que les parents de la femme que j'aime secrètement depuis toujours sont en train d'expliquer à celle qui a clairement exprimé son désir d'être avec moi que Ryn n'a pas quitté Hunter's Creek.

Le mot « gênant » est un euphémisme.

— Vous avez fait des manèges ? demande Natalie.

— J'ai le vertige, explique Alyssa. Je mets ça sur le compte du fait que je suis une vieille dame, maintenant.

— Tu n'es pas vieille, ma chérie. Tu vieillis à la perfection, comme le bon vin, dit Ed, et ils échangent un sourire.

— On a fait les montagnes russes et la grande roue, dit Marlowe. Même si quelqu'un ici a le vertige.

Elle donne un petit coup de coude à son petit ami.

— Mais j'ai surmonté ma peur, réplique Mike.

— Il travaille au 43ᵉ étage et il a peur du vide. Allez comprendre, le taquine Marlowe.

Ed examine les nuages qui s'accumulent.

— On dirait qu'il va pleuvoir. On ferait mieux de finir de manger et d'aller voir les enfants de Harper chanter avant que le ciel nous tombe sur la tête.

— S'il y a bien une chose que je n'aime pas dans le Nord-Ouest Pacifique, c'est la pluie, déclare Natalie. Il ne pleut pas beaucoup d'où je viens.

— D'où venez-vous, ma belle ? demande Alyssa.

— Je suis originaire de l'Arizona, mais j'ai fait mes études à Houston et j'y ai eu mon premier emploi avant que mon entreprise ne me mute ici, à Cotown, il y a environ six mois.

— C'est bien, répond-elle. Bienvenue dans le Nord-Ouest Pacifique.

— Merci.

— L'Arizona, c'est sec comme un coup de trique. Et chaud, observe Ed.

— Tu veux dire que c'est dans un désert, papa, dit Marlowe avec un sourire.

— D'accord, ma puce. Tu as raison, répond Ed en riant. Vous travaillez où ? demande-t-il à Natalie.

Pendant qu'elle répond, Alyssa me tire à part et me demande à voix basse :

— C'est ta nouvelle petite amie, Natalie ? Oh, attends. Est-ce que je mets la charrue avant les bœufs ? C'est un premier rendez-vous ?

Je secoue la tête.

— Nat est une amie.

Son visage s'illumine d'un sourire.

— Elle a l'air très gentille, Gabe. J'ai rencontré Joe. Je ne sais pas comment j'ai fait pour le rater à la projection l'autre soir.

J'ignore le nœud qui se forme dans mon estomac à l'évocation de son nom.

— Joe. Oui.

Elle dit à voix basse, pour que je sois le seul à entendre :

— Je vois bien qu'il n'est pas fait pour Ryn.

Je résiste à l'envie de sourire.

— Pourquoi dis-tu ça ?

— J'ai l'impression qu'il s'intéresse plus à Joe qu'à toute autre chose, si tu vois ce que je veux dire. Tous ces mouvements de cheveux et ces poses... Je crois qu'il est plutôt imbu de lui-même.

Je perds ma bataille contre mon sourire.

— Tu l'as dit.

— Tu sais que tu es très important pour nous, Gabe, n'est-ce pas ? demande-t-elle, même si c'est plus une affirmation qu'une question.

— Oh que oui.

— Et tu es très important pour Ryn, aussi.

— On est de bons amis.

Elle me tapote la main.

— Reste proche d'elle, Gabe. Ryn a besoin d'amis comme toi.

Le son de voix qui chantent attire notre attention. Ce sont les enfants de l'école primaire de Hunter's Creek qui semblent avoir instauré une nouvelle tradition : chanter des chansons de *La Mélodie du bonheur* à tous nos festivals. Et étant donné que nous avons un festival chaque saison, ça fait beaucoup de *do-ré-mi* à chanter.

Ils sont sur le kiosque à musique, accompagnés par Harper dans son rôle d'institutrice et de directrice artistique, ce qu'elle fait à chaque festival de la ville depuis qu'elle est revenue à Hunter's Creek. Ils sont tous vêtus des tenues vertes et blanches qu'ils portaient au Festival du Printemps, sauf que cette fois, ils ne se gèlent pas les fesses en chantant, priant pour que leur tour se termine afin de pouvoir s'emmitoufler dans leurs manteaux chauds et boire un chocolat chaud.

Natalie et moi disons au revoir aux Cole et à Mike et nous nous approchons pour les regarder chanter.

— Ils sont trop mignons, dit Nat en les regardant. Regarde cette petite. Elle est censée être Gretl ?

— Comme dans Hansel et Gretel ? Non, ils représentent la famille de chanteurs de *La Mélodie du bonheur*, j'explique.

— Exactement. Gretl von Trapp de la famille de chanteurs Trapp. La plus jeune.

— Tu connais le film ?

— Bien sûr que je connais le film ! Qui ne connaît pas ce film ? C'est un classique.

Nous écoutons la chanson, les enfants s'en sortent très bien, et Harper les soutient, l'air fière.

Les sœurs de Natalie apparaissent, réclamant plus d'argent. Natalie part retirer de l'argent au distributeur en me disant qu'elle revient vite.

Je sens une main sur mon bras et je me retourne pour voir Ryn qui me sourit. Elle a cette stupide peluche et un paquet de barbe à papa à la main, donnant l'impression que l'enfant en elle a refait surface. Petra Pan.

Je quitte Ryn des yeux pour voir si elle est toujours avec Joe. Vu la façon dont ils semblaient proches tout à l'heure, je suis quasi certain qu'il doit être collé à elle, et je suis agréablement surpris de constater que ce n'est pas le cas.

— Salut, l'étranger. Où étais-tu passé ? me demande-t-elle comme si c'était moi qui avais disparu pour un rendez-vous.

— J'étais ici, je réponds.

— À cet endroit précis pendant tout ce temps ?

Elle me lance un sourire narquois.

— Oui, parce que je suis bizarre à ce point, je réponds d'un ton impassible. En fait, je me suis baladé et j'ai vu quelques trucs. Tes parents sont là.

— Je sais. J'ai pu leur présenter Joe. Son sourire est si large qu'il pourrait lui fendre le visage en deux.

Je ne souris pas. L'idée que les parents de Ryn rencontrent Joe me serre le cœur.

— Cool, je réponds, sans laisser paraître que sa mère, pour sa part, ne l'a pas beaucoup apprécié.

Ryn n'a pas besoin d'entendre ça, surtout de ma part. Mais franchement ? Ce n'est pas facile de regarder sa meilleure amie, la femme dont on est amoureux depuis le début de sa vie d'adulte, enchaîner les erreurs avec les mauvais types de mecs.

Mais que puis-je faire ? Lui dire qu'elle a encore choisi un crétin ? Un type qui la traitera mal ?

Même si je le faisais, elle n'écouterait pas.

— Tu as mangé ? je demande.

Elle brandit la barbe à papa.

— Le groupe alimentaire le plus important, juste là. Tu en veux ?

Elle me tend le sachet et j'en prends une touffe, le sucre fondant sur ma langue.

— Tu sais, je ne suis pas sûr que la barbe à papa soit considérée comme un groupe alimentaire, mais je ne dirai rien.

Nous échangeons un sourire et, l'espace d'un instant, j'ai l'impression que tout est revenu à la normale entre nous.

Puis son expression devient sérieuse.

— G, il faut que je te demande quelque chose, et j'ai besoin que tu sois honnête, même si ça peut te paraître être une question qui sort de nulle part. D'accord ?

— Comment veux-tu que je dise « d'accord » à quelque chose alors que je ne sais même pas ce que tu vas me demander ?

— Parce que tu es le meilleur ami que je puisse avoir ?

Et voilà le mot lâché : ami.

Excellent.

J'étire mes lèvres en un sourire.

— Qu'est-ce que tu veux me demander ?

— Eh bien, tu sais que tu es sorti avec Ivy à l'époque.

— Ouais, vers 150 av. J.-C.

Elle pousse un rire bref qui me prend par surprise.

— Ce n'était pas si drôle, je dis.

— C'était drôle. Tu es un mec drôle.

Elle me donne une petite tape sur le haut du bras.

Je lui lance un regard interrogateur. Elle agit bizarrement.

— Tu penses que tu pourrais, un jour, tu sais, raviver la flamme avec elle ?

Je fronce les sourcils.

— Avec qui ?

— Avec Ivy.

Mes yeux s'agrandissent.

— Ivy ?

— Tu sais, ton ex, ma coloc.

— Ça sort complètement de nulle part, Ryn-Ryn. Pourquoi tu me demandes ça ?

— Je sais qu'elle t'a brisé le cœur en 150 av. J.-C. Elle sourit à ma pauvre blague. Mais vous alliez bien ensemble, non ? Et elle est super marrante, comme tu le sais, et si jolie. Qui sait ? Peut-être que tu pourrais avoir une seconde chance en amour.

Elle lève les yeux vers l'enseigne du café au-dessus de nos têtes.

Second Chance Café.

Une seconde chance en amour avec Ivy ?

C'est quoi ce délire ?

— Je sais que je ne suis pas une très bonne entremetteuse, mais promets-moi que tu y réfléchiras. Ça pourrait être vraiment, vraiment génial pour vous deux.

Je me dégonfle complètement. Ryn veut que je sorte avec mon ex ? L'idée que je me remette avec Ivy est... eh bien, c'est quelque chose à quoi je n'ai même pas accordé une pensée fugace depuis notre rupture au lycée. Ce n'est pas comme si j'étais resté suspendu à ses lèvres. Je la vois comme une amie, rien de plus.

La façon dont Ryn me voit, de toute évidence.

— Attends. C'est pour ça qu'elle a agi bizarrement avec moi ce soir ? je demande, en pensant aux regards qu'Ivy m'a lancés.

Ryn fronce le nez.

— Peut-être ?

— Tu dois savoir que mon intérêt... eh bien, il est ailleurs, je dis.

J'observe attentivement sa réponse. Je n'ai pas dit quelque chose d'aussi flagrant que « Je suis amoureux de toi » ou une autre folie du genre. Mais je dois mettre un terme à la question d'Ivy immédiatement. Je ne veux pas lui donner de faux espoirs là où il n'y en a absolument aucun.

— Gabe, je t'ai pris une limonade.

Natalie me tend un gobelet en plastique et je le prends automatiquement.

— Merci, je marmonne.

Le regard de Ryn fait la navette entre Natalie et moi, et je sais exactement la conclusion qu'elle est en train de tirer. Que puis-je faire ? Lui dire ici et maintenant que ce n'est pas Natalie que j'aime mais elle, alors qu'elle vient de me suggérer de me remettre avec mon ex du lycée ? Alors qu'il y a tant d'enjeux pour moi ?

Ce serait un non catégorique.

— Salut. Je suis Natalie.

— Salut. Moi, c'est Ryn. Enchantée de faire ta connaissance, répond-elle.

Les yeux de Natalie s'écarquillent.

— Tu es Ryn ? Wow, c'est vraiment super de te rencontrer. Gabe parle de toi tout le temps.

— Pas *tout* le temps, je marmonne faiblement.

Le regard de Ryn croise le mien.

— Ah oui ? Comme ça doit être ennuyeux pour toi. Comment vous vous connaissez ?

— On a un cours ensemble.

Elle passe son bras sous le mien en répondant, comme si elle marquait son territoire devant ma meilleure amie.

Mon bras se raidit.

Le regard de Ryn passe une fois de plus de Natalie à moi.

Je veux lui expliquer que ce n'est pas ce qu'elle croit, que Natalie n'est pas mon rencard, qu'elle a peut-être rendu ses intentions envers moi aussi claires que le ciel d'été de Washington, mais que je n'ai aucun intérêt pour elle.

Je le voudrais, mais je ne le fais pas.

À quoi bon ?

À rien, voilà tout. Absolument à rien.

Chapitre 16

Ryn

Cette soirée pourrait-elle être encore plus parfaite ? Joe, le festival, passer du temps avec ses amis si intéressants.

Bien sûr, la conversation que j'ai eue avec Gabe à propos d'Ivy était gênante, et elle a été rendue encore plus pénible par le fait que Natalie, son rencard, est arrivée à la toute fin, mais au moins, j'ai fait ce que je devais pour Ivy. Même si Gabe la considère comme un sujet tabou.

Dommage pour Ivy.

Quant à moi, cette soirée est entièrement consacrée à Joe,

et je passe un excellent moment avec lui. Et qui plus est, j'ai réussi à chasser de mon esprit le fait que Gabe ait gardé ces souvenirs de la nuit où nous nous sommes embrassés.

Enfin, presque.

J'aurai le temps d'y réfléchir un autre jour.

Joe et moi, nous nous sommes promenés au milieu des stands et des enclos à animaux, on a grignoté des friandises et on a fait des tours de manège. Il m'a gagné une peluche qui est le plus drôle des croisements entre un ogre et un hippopotame, et étrangement, ça fonctionne. Il m'a acheté des boissons et des en-cas et a répondu à toutes mes questions sur ce que c'est que de travailler pour Leonardo Finch, d'être à Hollywood, et sur ses aspirations d'acteur. Sérieusement, s'il a ne serait-ce qu'une once de talent à ajouter à son physique d'Apollon, je parie qu'on verra son nom en haut de l'affiche avant longtemps.

Il m'a aussi présentée à un tas de gens qui travaillent sur le film. Il y a Hayley, la maquilleuse que j'ai rencontrée quand j'ai visité le plateau, qui a continué à m'encourager à me lancer dans le maquillage artistique, ce qui m'intéresse de plus en plus. Un jour. Peut-être.

Puis il y a un type qui s'appelle Duncan, qui est ingénieur du son sur le film, deux autres gars, Clay et Geoff, qui travaillent avec Duncan, et une femme vraiment magnifique d'environ cinq ans de plus que moi, nommée Jenny, dont je tuerais pour avoir le style, et qui a été si super sympa que j'ai l'impression de m'être fait une nouvelle meilleure amie ce soir.

Vous vous souvenez quand j'ai dit qu'il ne se passait jamais rien à Hunter's Creek ? Ce soir, j'ai l'impression que Hunter's Creek est l'épicentre de l'univers tout entier, avec de nouvelles personnes et un monde de possibilités qui s'ouvrent à moi.

— Dis-moi, Ryn, on sait tous que tu as des goûts épouvantables en matière d'hommes, mais qu'est-ce que tu fais dans la vie ? me demande Jenny, alors qu'avec Ivy et Joe, nous donnons une poignée de maïs à des chèvres dans un enclos sous le regard des amis de Joe.

— Merci beaucoup, rétorque Joe, et Ivy éclate de rire.

— C'est la vérité, dit Jenny.

— Jenny ne fait que dire les choses comme elles sont, mon pote, dit Geoff en lui tapant dans le dos. Tu devrais viser plus haut que ce type. Peut-être essayer un homme d'apparence plus normale avec des cheveux clairsemés peu attrayants et un nez trop grand pour son visage.

J'observe Geoff avec ses cheveux clairsemés et son, diront certains, grand nez, et je souris.

— Merci pour la proposition, mais je crois que je vais m'en tenir à celui-là.

— Ouais, tu as intérêt, répond Joe en riant. Beurk. J'ai la main toute poisseuse de bave de bestiole.

Il fait une grimace et je ris, le chevreau qu'il nourrissait le regardant avec espoir.

— Vous voulez bien laisser la pauvre femme répondre à ma question, s'il vous plaît ? dit Jenny.

— Quelle question ? je lui demande en riant.

— Ce que tu fais dans la vie.

— Je travaille dans l'un des cafés de la ville. Le Second Chance Café. Juste là, derrière le stand aux couleurs de l'arc-en-ciel, je réponds en montrant le café.

Jenny hausse les sourcils.

— Tu es serveuse ?

— Ouais, on peut dire ça. Je travaille pour ma tante. C'est elle la propriétaire. C'est une assez bonne patronne, même si elle peut être autoritaire par moments.

— Il paraît que c'est ce que font les patrons : ils patronnent, commente Hayley. Je sais. On me donne des ordres tout le temps et ça me rend folle.

Joe dit :

— Ryn fait le meilleur café glacé de la ville. Demandez à Leo.

— Ah oui ?

Jenny me parcourt du regard et je choisis de ne pas y voir la moindre once de jugement. Non pas que son regard n'en contienne pas, juste que je choisis de ne pas le voir de cette façon. Je m'amuse trop pour laisser le jugement de ma nouvelle amie sur mon gagne-pain m'atteindre.

— C'est un job d'été avant de retourner à la fac, ou… ?

— C'est un « ou », je lui dis, embarrassée que mon travail à plein temps soit dans un café. Non pas qu'il y ait de quoi avoir honte, bien sûr, mais ce n'est pas aussi glamour que le travail de tous les autres ici, mis à part celui d'Ivy à la comptabilité fournisseurs.

En compagnie de ces gens intéressants qui font des choses intéressantes, j'ai l'impression que je devrais faire plus que de travailler au café de ma tante. Je devrais faire quelque chose de plus excitant, quelque chose qui stimule mon esprit ou qui mène à des endroits nouveaux et intéressants.

Quelque chose comme le maquillage artistique.

Je me note mentalement de faire plus de recherches.

— Alors c'est tout ? Pas de rêves, pas d'aspirations, pas de grands projets pour partir à la conquête du monde ? demande Jenny.

Joe vole à ma défense.

— Certaines personnes sont heureuses de leur situation dans la vie, dit-il. Il me serre les épaules en me souriant, la salive de chèvre dont il s'est plaint il y a quelques instants s'étalant sur ma peau nue. Je trouve ça super cool que Ryn soit heureuse avec ce qu'elle fait. Peu d'entre nous peuvent en dire autant. Prends Duncan.

Duncan lève les yeux au ciel.

— Ça y est, c'est reparti.

Sans se laisser décourager, Joe continue.

— C'est un technicien du son qui veut en fait devenir réalisateur.

Duncan hausse les épaules.

— C'est vrai. Carrément.

— Et Hayley… Hayley fait peut-être ce qu'elle veut faire, mais elle veut être la patronne, continue Joe.

— Je ne peux pas dire le contraire, répond Hayley.

— Clay veut être un ac-*teur*, poursuit Joe, en insistant sur la dernière syllabe du mot.

— Comme toi, rétorque Clay.

— Non. Joe veut être célèbre. N'est-ce pas ? le taquine Jenny.

— C'est complètement faux. Je veux jouer la comédie, répond Joe, vexé.

— Ce qui, si tu es bon et que tu as de la chance, peut te rendre célèbre. Dis-moi que ce n'est pas vrai, rétorque Jenny.

Joe hausse les épaules.

— Si la célébrité doit venir, elle viendra.

Le reste du groupe rit.

— Joe, qu'est-ce que tu peux charrier, dit Duncan.

Joe adresse un grand sourire à ses amis.

— C'est comme ça, les amis.

— Tu as encore réfléchi au métier de maquilleuse ? me demande Hayley.

— Oui. J'ai regardé des vidéos sur YouTube. Ça a l'air cool.

J'ai appris qu'il y avait plusieurs formations que je pourrais suivre, des formations qui ne seraient pas trop longues, basées à Cotown, ce qui signifierait que je devrais quitter Hunter's Creek. Une fois diplômée, je pourrais faire des maquillages de mariage et de bal de promo, aider les gens à se sentir au top pour leur grand jour.

Pour l'instant, c'est une chimère, un fantasme auquel je songe en secret, et surtout quelque chose que je ne peux absolument pas me permettre. Mais c'est la seule chose qui m'ait enthousiasmée depuis longtemps, depuis l'époque où Gabe et moi avions postulé pour un apprentissage de souffleur de verre.

— Je n'étais pas au courant, dit Ivy.

— Ce n'est qu'une idée, je réponds.

— Tu veux devenir une star de YouTube ? me demande Jenny, encore avec cette pointe de jugement dans la voix.

Ou alors, c'est moi qui suis trop susceptible.

Je hausse les épaules.

— Hayley m'a maquillée quand j'ai rendu visite à Joe sur le tournage et elle m'a parlé de ce que c'est que d'être maquilleuse. Je n'avais pas vraiment pensé à YouTube.

— Je pense que Ryn pourrait devenir une star de YouTube si elle le voulait. Regardez-la. Elle est jolie comme un cœur, ce qui n'est jamais un mal, et avec un peu de formation, elle pourrait vraiment tout déchirer, dit Hayley. Plein de gens gagnent leur vie sur YouTube en faisant des tutoriels de maquillage.

Hayley est maintenant officiellement ma nouvelle meilleure amie.

Un groupe commence à jouer et la bande décide de se diriger vers l'un des bars pour prendre un verre et profiter de la musique.

Quand nous arrivons au Black Bear, j'aperçois Marlowe et son cavalier surdimensionné, Mike, assis à l'une des tables. Ils sont blottis l'un contre l'autre, on dirait qu'ils se partagent des secrets, perdus dans leur petit monde à eux.

Je passe à côté et je donne un petit coup dans les côtes à ma sœur.

— Aïe ! se plaint-elle comme si je lui avais vraiment fait mal, ce qui, nous le savons toutes les deux, est faux. Elle adore en faire des tonnes.

Je la taquine en posant les mains sur le dossier d'une chaise libre à leur table :

— Tu sais qu'il y a un festival, non ? Il y a des manèges, des animaux et plein de choses à manger, ainsi que des activités sympas.

Il y a une chose que je sais mieux faire que mes deux

sœurs : les taquiner. Elles mordent facilement à l'hameçon, et j'ai perfectionné ma technique sur elles au fil des ans. Je considère que c'est mon devoir en tant que leur petite sœur moins que parfaite.

Même si ce soir, je me sens moins comme leur petite sœur agaçante et plus comme leur égale, pour une fois dans ma vie. Harper a son petit ami, Christopher, Marlowe a Mike et j'ai Joe. Pour autant que je sache, nous sommes sur un pied d'égalité, du moins en ce qui concerne nos cavaliers pour la soirée.

— Merci, Ryn. Nous sommes au courant, répond Marlowe avec cet air de celle qui supporte sa petite sœur.

— C'est ton premier festival à Hunter's Creek, Mike ? je demande.

— Eh oui. Je me plais bien ici, même s'il y a beaucoup plus de monde que ce que je pensais.

— C'est seulement à cause du festival, mais tu ne l'as peut-être pas remarqué avec toute cette romance que vous vivez en ce moment. Je fais un geste entre eux deux.

Ils échangent un sourire et les joues de Marlowe prennent une jolie teinte rosée. C'est tout Marlowe, ça. Tout ce qu'elle fait est parfait, de sa façon de s'habiller — un style décontracté et sophistiqué avec des sacs fantaisie et des chaussures qui ont l'air chères — jusqu'à la manière dont elle rougit.

Moi ? Quand je rougis, les tomates peuvent aller se rhabiller, et j'ai pratiquement les yeux qui grésillent sous l'effet de la chaleur.

— Tu veux boire quelque chose, Ryn ? demande Mike.

— Je suis avec des amis et je crois qu'ils sont peut-être déjà au bar en train de me prendre un verre.

Je regarde et je vois Joe avec Ivy et ses amis, qui rient et discutent, chacun ayant déjà un verre à la main.

Peut-être qu'ils ont oublié le mien ?

Je me retourne vers Mike.

— Je veux bien un verre. Merci.

Je remarque les verres sur la table.

— Je prendrai la même chose que vous.

J'ai toujours eu envie de dire ça.

— Tu es sûre ? On boit du Long Island Iced Tea, me prévient Marlowe comme si tout ce qui contient du thé était une chose dont il fallait se méfier.

— Ça me paraît parfait.

— Ce n'est pas du thé, au cas où tu le penserais.

— Non, je réponds sur la défensive.

— C'est plus fort que ce dont tu as l'habitude, continue-t-elle, en agissant comme si elle était ma mère et non ma sœur. Il y a plein de trucs dedans.

Je fais un geste dédaigneux de la main.

— À quel point quelque chose qui porte le nom d'un État peut-il être alcoolisé ?

— Très, répond Marlowe.

— Et si je t'en prenais un léger ? Avec un supplément de Coca, propose Mike.

— Mike, on vient à peine de se rencontrer, mais j'ai plus de vingt et un ans et je tiens parfaitement l'alcool, je lui dis.

Marlowe pince les lèvres pour réprimer un sourire. Elle sait aussi bien que moi que j'ai complètement surestimé ma capacité à boire de l'alcool. Le truc, c'est que depuis que j'ai été horriblement malade avec le xérès de cuisine de maman quand j'avais environ seize ans, je ne bois pas beaucoup, et quand je le fais, je m'arrête généralement à une seule bière, peut-être deux si je force un peu.

Mais je me sens d'humeur aventureuse ce soir. Je suis ici avec Joe et ses amis cools et intéressants, avec leur vie glamour et leurs opinions éclairées. Pourquoi ne pas repousser les limites ?

— Je vais chercher nos verres, dit Mike.

— Assieds-toi une seconde ? me demande Marlowe en me désignant une chaise.

— Je peux te donner trois minutes, pas plus, je dis en m'asseyant. Je dois retourner voir mon cavalier.

— Avec qui sors-tu ?

— Joe Turner. C'est l'assistant de Leonardo Finch.

— Vraiment ?

— Oh, oui. C'est le type incroyablement beau là-bas avec le blouson en cuir noir, celui qui ressemble à Anthony dans *Bridgerton*.

— J'adore cette série, s'extasie Marlowe, passant complètement à côté de l'essentiel.

Elle est censée être impressionnée par Joe.

— C'est celui qui est en train de se passer les doigts dans les cheveux.

Elle regarde Joe, et je rayonne de fierté.

— Il n'est pas canon dans ce blouson en cuir ?

Déçue qu'elle ne s'extasie pas, je lance, agacée :

— Bon, il est très bien, j'imagine. De quoi est-ce que tu voulais me parler ?

— Il faut que tu saches quelque chose.

— Que tu sors avec M. Le Grand, là-bas ?

Je demande en désignant Mike du menton. Sa tête pourrait frôler les guirlandes rouge, blanc et bleu qui sont tendues au plafond du bar.

— Sérieusement, il mesure combien ?

— Ça ne concerne pas Mike. Ça te concerne, toi.

— Là, tu m'intéresses.

— Je m'en doutais, répond-elle avec un sourire en coin. Il y a une nouvelle animation au festival cette année. Une qu'ils n'ont jamais faite auparavant.

— Et en quoi ça me concerne ?

— C'est une animation de rencontres.

Je pousse un rire sec.

— Une animation de rencontres ? Genre du speed dating ou un truc tout aussi ringard ?

— En fait, je n'en suis pas sûre à cent pour cent. Tout ce que je sais, c'est que certains habitants se sont mis en tête que tu avais besoin qu'on te trouve quelqu'un.

— Parce que je suis triste et seule et que j'ai l'audace d'avoir plus de dix-huit ans sans être déjà mariée avec sept enfants, ce qui fait de moi une sorte de paria dans cette ville ?

Elle fronce le nez.

— Quelque chose comme ça.

— Eh bien, j'ai un rencard avec un mec super mignon qui est complètement à fond sur moi. Je n'ai pas besoin qu'on me trouve quelqu'un, surtout pas le pauvre type qu'ils m'ont choisi.

— Justement.

— Quoi, justement ?

— C'est avec Gabe qu'ils veulent te caser.

Chapitre 17

Ryn

Évidemment, je ne devrais pas être surprise. Ça n'a rien de nouveau. Le Comité des Dames de Hunter's Creek, alias les Fouineuses de la ville qui n'ont rien de mieux à faire, essaie de nous caser, Gabe et moi, depuis des années.

C'est juste que… oh, je ne sais pas. Le fait qu'elles essaient de le faire aujourd'hui rend la situation particulièrement embarrassante, maintenant que je sais qu'il a gardé nos tickets de cinéma et la bande du photomaton du soir où on s'est embrassés. Ajoutez à cela le fait qu'Ivy veut se remettre avec lui et que lui comme moi sommes ici à un rendez-vous avec quelqu'un d'autre, et ça ne pouvait pas tomber à un moment plus gênant, ou plus déroutant.

Même si j'ai été complètement absorbée par Joe ce soir, ces souvenirs n'arrêtent pas de me trotter dans la tête. Il sait qu'il les a, puisqu'ils sont dans le livre que je lui ai offert il y a à peine deux ans. Pourquoi les garder ? Pourquoi me dire qu'il ne les avait pas ?

À moins que cette soirée ait compté plus pour lui qu'il ne l'a laissé paraître, et qu'il *voulait* bien m'embrasser pour d'autres raisons que pour se remettre de sa rupture avec Ivy, ce qui doit vouloir dire qu'il avait de vrais sentiments pour moi, ce qui pourrait vouloir dire qu'il en a toujours, et si c'est le cas, qu'est-ce que ça signifie, et qu'est-ce que j'en pense et...

Arrête !

Je laisse mon imagination s'emballer. Je ne peux même pas y penser.

Et puis, on parle de Gabe. *Gabe.* C'est mon meilleur ami, mon confident, le type franc et direct qui me traite comme sa petite sœur.

Le fait que je n'aie que trois jours de moins que lui n'a aucune importance.

Je souffle.

Gabe n'éprouve rien d'autre pour moi que l'amour d'un bon ami. Et c'est ce que je suis pour lui : une bonne amie. Une meilleure amie. Et c'est déjà beaucoup.

Je me tourne pour voir Ivy, le visage illuminé comme un sapin de Noël.

— Viens vite, Gabe va se faire tremper, me dit-elle. Salut, Marlowe.

— Salut, Ivy.

— Gabe va se faire quoi ? je demande alors qu'elle m'arrache à Marlowe pour me ramener dans la foule.

— C'est pour une œuvre de charité. Tu t'assois au-dessus

d'une piscine, les gens lancent des trucs sur une cible et si elle est touchée… *splash*, Gabe finit à l'eau.

— Pourquoi il fait ça ? C'est une collecte de fonds pour l'école primaire, non ? Aux dernières nouvelles, il n'est pas instituteur.

Nous nous éloignons du bar pour retourner dans la foule des festivaliers.

— Tu sais comment il est. Toujours content d'aider. Regarde. On arrive juste à temps.

Nous sommes arrivées devant une de ces attractions à plongeoir. Un des professeurs vient de se faire tremper, au grand amusement des enfants dans la foule, et Gabe attend son tour sur le côté. Il porte un short de bain, il a donc dû rentrer chez lui pour se changer.

Je le regarde et croise son regard, et il m'adresse un sourire penaud.

Je lui fais un signe de la main, mal à l'aise, l'esprit obsédé par ces souvenirs.

Il a l'air d'être Gabe. Il parle comme Gabe, mais en cet instant, j'ai l'impression que c'est une personne complètement différente.

— Il est tellement bon joueur. Tu ne trouves pas ? Et je ne vais pas te mentir : il y a pire que de pouvoir le voir après qu'il a été plongé dans l'eau.

— Hein ?

Elle désigne son torse.

— Tous ses muscles luisants.

Me concentrer sur les muscles luisants de Gabe n'est absolument pas ce dont j'ai besoin en cet instant.

— Mouais, je réponds.

— Regarde !

Elle montre Gabe du doigt. Il est perché sur le siège au-dessus de la piscine, un large sourire aux lèvres en attendant le sort qui lui est réservé. J'essaie de ne pas laisser mon regard glisser sur son corps, mais à qui est-ce que je mens ? Il est beau à regarder. Magnifique, en fait. Je le parcours du regard, de ses larges épaules à ses pectoraux dessinés, en passant par ses abdos qui laissent deviner des tablettes de chocolat, jusqu'à ses jambes fortes et musclées.

Bien sûr que j'ai déjà vu Gabe en maillot de bain. Nous sommes amis depuis toujours. Nous nous sommes baignés dans l'étang et à la piscine municipale. Je sais à quoi il ressemble.

Mais ça, c'était avant que je sache ce que je sais, qu'il a gardé des souvenirs du soir où on s'est embrassés. Que peut-être il me voyait comme plus qu'une amie.

Cette pensée me fait un drôle d'effet dans le ventre.

— Regarde-moi ça.

Ivy s'évente, le visage radieux.

— Tout le monde sait qu'il est canon, je lance, et le regrette aussitôt. Non pas qu'il ne soit pas canon, car bien sûr qu'il l'est — larges épaules, pectoraux superbes, et tout le reste, vous vous souvenez ? — mais pour une multitude de raisons qui bourdonnent dans ma tête comme un essaim d'abeilles enragées.

La découverte des souvenirs qu'il m'avait dit avoir jetés.

Cette conversation gênante avec lui sur les sentiments d'Ivy à son égard.

Le fait qu'il est peut-être ici à un rendez-vous.

Et pour couronner le tout, je suis sur le point de me faire caser avec lui dans un quelconque plan que le Comité des Dames a imaginé.

On peut dire sans se tromper qu'il y a une grosse effervescence liée à Gabe dans ma tête.

Pas étonnant que je sois perdue.

— Tu lui as parlé de moi ? demande Ivy.

— Juste à l'instant. Je lui ai dit que vous formeriez un beau couple et qu'il devrait y réfléchir.

Elle m'agrippe les bras et me serre dans les siens.

— Merci, merci !

— Ce n'était rien.

— Non, ça m'a beaucoup touchée, et je t'adore pour ça.

Je la préviens :

— Il n'a pas dit qu'il avait des sentiments pour toi. Je suis désolée.

— Peut-être qu'il garde ça pour quand on sera en tête-à-tête ?

Je dois bien avouer que j'admire son assurance.

— Ivy..., je commence, mais elle me coupe la parole.

— Avec ta bénédiction, il pourrait se souvenir de ce qu'il ressentait pour moi au lycée et réaliser qu'il a laissé filer une occasion en or, et quand je dis en or, je veux dire en *oooor*.

Elle esquisse un petit déhanché et son haut à sequins scintille en captant la lumière.

Attends, quoi ?

— Il a laissé filer une occasion en or ? Genre, c'est *lui* qui a laissé filer l'occasion ? Pas l'inverse ?

Ivy glousse.

— Ma belle, tu fais un AVC ou quoi ?

— Je croyais que c'était *toi* qui avais rompu avec *lui*.

— Écoute, je vais être franche avec toi. J'ai un peu vu le coup venir, alors j'ai rompu. Mais de toi à moi, je savais qu'il allait le faire. Je l'ai juste devancé pour sauver la face. Tu sais ce que c'est, à l'adolescence.

— Il voulait rompre avec toi ?

Elle hoche la tête.

— Mais ça n'a plus d'importance maintenant.

J'avais toujours pensé que Gabe avait eu le cœur brisé quand Ivy l'avait largué. C'est pourquoi, quand il m'a embrassée ce soir-là, j'ai supposé qu'il était sous le coup de la rupture, qu'il ne se remettait pas d'avoir perdu la fille qu'il aimait.

Maintenant, en sachant qu'il ne voulait plus être avec Ivy, je me demande si ça signifiait plus pour lui que ce que j'avais cru, et ça jette une toute nouvelle lumière sur le fait qu'il ait gardé la bande de photos et les talons de tickets de cinéma de cette soirée.

Je me mords la lèvre, perdue dans mes pensées.

— Ryn ? Tu sais qui est cette fille ? demande Ivy.

— Pardon, quoi ?

— Cette fille. Tu sais qui c'est ?

Elle désigne la femme à qui Gabe m'a présentée. Elle le regarde grimper à l'échelle.

— Elle s'appelle Natalie.

— Ils ont un rendez-vous ?

— Je crois, oui.

— Génial, souffle-t-elle. Je n'ai pas besoin de ce genre de compétition dans ma vie. Elle est magnifique.

Je pose mon regard sur Natalie. Elle porte une jupe courte, de jolies baskets et un crop top qui révèle sa taille fine et musclée. Ses longs cheveux bruns tombent dans son dos, et elle a le genre de peau lisse et sans défaut dont je ne peux que rêver avec mon teint de pêche.

— Regarde. Il va finir à l'eau ! déclare Ivy.

Gabe est assis sur le siège, ses pieds se balançant à quelques centimètres au-dessus de l'eau. Il a l'air heureux et nous adresse un large sourire.

C'est le tour de Christopher. Il prend une balle, ajuste son tir et tape dans le mille du premier coup. L'expression sur le visage de Gabe montre qu'il sait exactement ce qui va se passer. Son siège cède et il plonge dans le bassin sous les acclamations de la foule.

Ivy pousse des cris de joie, les yeux brillants.

— Trop bien ! lance-t-elle avant de me donner un coup de coude. Gabe tout mouillé.

Je laisse échapper un rire faible, l'esprit en ébullition.

— Gabe tout mouillé, je répète.

Si ce qu'Ivy dit est vrai, alors Gabe l'avait peut-être déjà oubliée quand nous nous sommes embrassés.

J'y réfléchis une minute, car ça change tout.

Il n'avait pas le cœur brisé d'avoir perdu Ivy.

Le baiser que nous avons partagé n'était pas un baiser-pansement.

Pendant tout ce temps, j'ai cru que ça ne signifiait rien pour lui, qu'il m'avait embrassée à cause de sa rupture. Que ça ne pouvait rien signifier, pas quand son cœur était déjà pris ailleurs.

À l'époque, j'ai réprimé tous mes sentiments pour lui parce que ça me semblait futile. Il n'allait jamais ressentir la même chose pour moi. Je les ai enfouis, tout au fond de moi, et je les ai enfermés à double tour.

Une voix me tire de mes pensées.

— Quel bon joueur ! Gabe Hartmann, mesdames et messieurs. Applaudissons-le bien fort, annonce Meryl, la directrice de l'école primaire, dans le micro.

Nous regardons Gabe sortir de la piscine et saluer tout le monde d'un signe de la main joyeux. Bien sûr, il est trempé et Ivy me donne un coup de coude en le dévorant des yeux.

Je ne vais pas mentir, je me rince l'œil aussi, même si mon regard n'est pas uniquement pour apprécier à quel point il est beau tout mouillé. Ce qui ne veut pas dire qu'il n'est pas beau, parce qu'il l'est, vraiment. Je l'ai peut-être vu après une baignade plus d'une fois, mais je n'ai jamais vraiment remarqué à quel point il est large, musclé, ciselé et *viril*, comme s'il avait été taillé dans le roc, un spécimen de virilité parfaitement sculpté.

Mon cœur martèle ma poitrine tandis qu'un tourbillonnement étrange s'empare de mon ventre.

Suis-je... toujours amoureuse de mon meilleur ami ?

Chapitre 18

Gabe

Je prends une serviette sur la pile à côté du bassin et je m'essuie le visage avant de m'en servir pour me sécher les cheveux. Les dix dernières minutes n'ont été qu'un grand flou. Harper m'a supplié de me porter volontaire parce qu'ils avaient besoin de plus de victimes pour le jeu de la chute à l'eau. Puis elle a dit à Nat que c'était pour la bonne cause et qu'elle me la rendrait un peu amoché en un rien de temps. Sur ce, je me suis précipité chez moi pour enfiler mon maillot de bain avant de revenir ici, où j'ai été immédiatement plongé dans l'eau grâce au premier lancer parfait de Christopher.

Je ne pouvais pas refuser, pas après que Harper m'a dit que ça aiderait à récolter de l'argent pour que les enfants puissent aller voir une exposition itinérante sur les dinosaures à Seattle.

J'adorais les dinosaures quand j'étais petit.

Je vais dans les toilettes, j'enlève mon maillot de bain et j'enfile mon jean et mon t-shirt. Un instant plus tard, je me faufile à nouveau dans la foule. Natalie apparaît aussitôt à mes côtés, riant et commentant mon expérience de plongeon.

— Je pense que tu devrais porter ton maillot de bain en cours la semaine prochaine, dit-elle, les yeux pétillants.

— C'est non, je réponds en riant.

— Tu attirerais l'attention de tout le monde.

— Non, j'attraperais une hypothermie.

— C'est l'été, Gabe. Ça irait très bien.

— Bonjour, Gabe. Tu t'es bien débrouillé, dis donc. Qui avons-nous là ?

C'est la tante de Ryn, Sheila, qui dévisage Natalie de la tête aux pieds.

— Sheila Cole, voici mon amie, Natalie.

— Bonjour, madame Cole, dit poliment Natalie en lui tendant la main.

— Enchantée de faire votre connaissance. C'est un rendez-vous galant ? demande Sheila.

Elle ne passe pas par quatre chemins.

Natalie enroule ses mains autour de mon bras et lève les yeux vers moi.

— On pourrait appeler ça comme ça. N'est-ce pas, chéri ?

Ai-je mentionné que Natalie ne sait pas ce que le mot subtilité veut dire ?

Le sourire de tante Sheila s'efface.

— Elle vous taquine, tante Sheila. Nous sommes juste amis, dis-je pour clarifier les choses.

Le visage de tante Sheila s'illumine aussitôt.

— Dans ce cas, j'ai une activité pour toi, Gabe. Je sais que tu es bon joueur. Je t'ai vu te faire dunker. Christopher avait l'air un peu trop content, tu ne trouves pas ?

— Je n'ai rien vu. J'étais trop occupé à me faire balancer dans l'eau, je lui dis.

— Natalie, ça ne vous dérange pas que je vous l'emprunte un instant, n'est-ce pas ?

— Une des professeures vient de me l'emprunter et il a fini par tomber dans une piscine, alors je ne suis pas sûre de vouloir le laisser à nouveau hors de ma vue, prévient Natalie.

— Je promets de vous le rendre en un seul morceau. Allez donc vous chercher une délicieuse part de tarte aux pommes au stand du Second Chance Café. Dites-leur que c'est Sheila Cole qui vous envoie et ils vous la donneront gratuitement.

Je dois leur accorder ça : les femmes de la famille Cole sont pour le moins déterminées.

Tante Sheila passe sa main autour de mon autre bras et commence littéralement à m'arracher à Natalie.

Mais Natalie ne se laisse pas décourager. Elle s'accroche de toutes ses forces.

Sérieusement, j'ai l'impression d'être la corde dans un jeu de tir à la corde.

— Nat, je l'avertis.

— Je ne peux pas venir avec toi ?

— Non, dit fermement tante Sheila.

Natalie me lâche, juste à temps.

Deux femmes peuvent-elles déboîter les épaules d'un homme ?

— Va chercher la tarte. Elle est bonne, je lui lance par-dessus mon épaule tandis que Sheila m'entraîne d'un pas décidé.

— Allez-vous me dire de quoi il s'agit ? je demande.

— Karaoké, est sa réponse surprenante.

Qu'est-ce que… ?

— Karaoké ? je demande. Ne me dites pas que vous voulez que je chante.

— Bien sûr que je veux que tu chantes. Tu crois que je ne sais pas que tu es un excellent chanteur, Gabe Hartmann ? Je me souviens quand tu as joué un des pères dans la production du lycée de *Mamma Mia!*. Tu étais merveilleux.

Je grimace à ce souvenir.

— Je n'ai eu ce rôle que parce qu'ils manquaient de garçons et que Harper m'a forcé à le faire. De mémoire, je crois que j'ai chanté assez mal.

En fait, je *sais* que j'ai chanté assez mal. Maman a enregistré ma performance. Disons que je l'ai regardée une fois quand elle m'y a obligé, et plus jamais après.

Un type n'a pas besoin qu'on lui rappelle ce genre de choses.

— N'importe quoi. Tu étais merveilleux. Bon, nous y voilà.

Je lève les yeux et vois l'enseigne du Grizzly Bear Bar.

— Vous me faites chanter au karaoké dans un bar qui est en concurrence avec celui où je travaille ? N'est-ce pas remuer le couteau dans la plaie ?

Elle éclate de rire.

— Oh, tu es drôle. Peu importe où tu chantes, Gabe, tant que tu chantes.

Ses lunettes glissent sur son nez. Elle les remonte avec son index.

Je sais quand j'ai perdu d'avance. Ça ne sert à rien d'essayer de résister. Ce soir, il semblerait que me ridiculiser en chantant au karaoké soit au programme.

C'est ma veine.

Nous entrons dans le bar où nous sommes immédiatement accueillis par les autres membres du comité officieux des dames de Hunter's Creek : Sheila Cole bien sûr, Mme Ashbridge, Mme Jacobson et Mme Sommerfeld.

— Regardez tout le monde ! C'est Gabe, dit Mme Ashbridge avec un sourire radieux.

— Gabe Hartmann. Comme c'est gentil à vous d'être venu, dit Mme Jacobson.

Comme si j'avais eu le choix.

— J'ai hâte de vous entendre chanter la chanson que nous avons choisie pour vous, dit Mme Sommerfeld.

— Je n'ai même pas le droit de choisir ?

J'espère que ce n'est pas la chanson que j'ai massacrée dans *Mama Mia*. « Doué pour la musique » n'est pas vraiment l'expression que j'utiliserais pour me décrire. J'ai à peine réussi à chanter juste cette chanson-là, et seulement parce qu'elle était composée d'à peine trois notes.

Tante Sheila et le reste du Comité des Dames rient comme si j'avais dit quelque chose d'hilarant.

— Oh, Gabe. Vous êtes si drôle, dit Mme Jacobson. N'est-il pas drôle ?

Elle pose la question aux autres commères de la ville, et elles sont toutes d'accord pour dire que je suis un type très drôle.

— Alors, vous voulez que je chante juste une chanson, c'est ça ? Parce que j'ai une amie ici, je ne suis pas sûr qu'elle connaisse qui que ce soit d'autre, et je me suis un peu fait embarquer là-dedans.

— Dans ce cas, il vaut mieux s'y mettre. Voulez-vous savoir ce que vous allez chanter ? Parce que vous êtes le premier à passer, dit tante Sheila.

Je jette un coup d'œil à la scène de fortune installée dans le coin. Il y a un grand écran qui affichera vraisemblablement les paroles pour les participants involontaires comme moi, ainsi qu'un micro.

J'avale ma salive. C'était déjà assez terrible de chanter sur la scène du lycée, observé par les élèves et les parents de tous les adolescents de la ville, mais monter sur une scène dans un bar bondé et chanter en solo, c'est un tout autre niveau d'humiliation.

— Y aurait-il un moyen pour que vous envisagiez de me laisser m'en tirer ?

C'est ma dernière tentative désespérée pour sauver la face devant la foule.

— Absolument pas, répond Mme Jacobson. Vous allez chanter une chanson super sympa qui n'est pas difficile.

— D'ailleurs, tout le monde dans la salle tapera des mains et chantera en chœur avec vous, ajoute Mme Sommerfeld.

— D'accooooord. C'est quoi, la chanson ?

— *Islands in the Stream*, annonce tante Sheila avec satisfaction, comme si je devais être ravi de leur choix de chanson pour moi, alors que ce n'était même pas mon choix de chanter tout court.

J'aurais dû m'en douter. *Islands in the Stream* est un classique de la country de Dolly Parton et Kenny Rogers, adoré par, semble-t-il, toutes les femmes d'un certain âge — à Hunter's Creek, Washington, en tout cas.

— Je le vois déjà. Vous allez faire un si bon travail, mon chéri, dit Mme Ashbridge.

— Mince alors. On aurait dû lui trouver un chapeau de cow-boy, déclare tante Sheila.

— Et une barbe. Kenny avait toujours une belle barbe, ajoute Mme Jacobson.

Avant qu'elles ne se précipitent pour m'aller chercher un chapeau et une fausse barbe, j'interviens.

— Je la chanterai, mais seulement si je peux garder ma tenue actuelle, sans accessoires.

— Même pas un chapeau ? Je suis sûre que j'en ai un à la maison, dit tante Sheila.

— Pas de chapeau, dis-je fermement.

Elle me sourit.

— Ce n'est pas grave. Vous serez formidable quand même.

— Cette chanson est un duo, n'est-ce pas ? je demande.

— Qu'est-ce que je vous disais ? Il est intelligent *et* beau, minaude Mme Jacobson.

— C'est bien un duo, Gabe, et nous avons la partenaire de chant idéale pour vous. Votre bonne amie, Ryn Cole, déclare Mme Jacobson.

— Ryn ? je m'étonne.

Oh, elle va adorer ça.

D'un geste ample de la main, Mme Jacobson recule et me présente Ryn, comme si elle avait attendu en coulisses tout ce temps pour ce moment précis — alors que, la connaissant comme je la connais, je suis sûr qu'elle s'est fait embarquer tout comme moi.

Elle sourit, haussant les épaules. Je lui souris en retour jusqu'à ce que je remarque qu'elle est flanquée de son cavalier, Joe.

Génial.

— Elles t'ont eue aussi, hein ? demande Ryn, son expression me disant tout ce que j'ai besoin de savoir.

— Ouais, c'est comme s'il y avait une pénurie de talents dans cette ville ou quelque chose du genre, parce que je sais par expérience personnelle qu'aucun de nous deux n'est vraiment un bon chanteur.

— Parle pour toi. Je suis Adele, répond Ryn, les yeux pétillant de malice.

Je laisse échapper un rire bref. Nous savons tous les deux qu'elle n'est pas Adele.

— Le karaoké, c'est un truc que vous aimez tous dans cette ville ? demande Joe, et il y a plus qu'une simple pointe de jugement dans sa voix. En fait, je dirais que c'est toute une symphonie.

— Ouais, on adore ça ici, je réponds d'un ton neutre.

Je n'aime pas cet homme, et ce n'est pas seulement parce qu'il sort avec Ryn. Il a un air arrogant qui me hérisse le poil, une sorte de dédain pour nous et notre ville, comme si nous n'étions en quelque sorte pas assez bien pour des gens comme lui.

— Ah oui ? demande Ryn en riant.

— Tu te souviens de la fois où on est tous allés à Cotown et où on a chanté ces chansons ringardes des années 90 ? je la relance.

— C'est vrai. Toi et quelques-uns des gars, vous étiez les Backstreet Boys, si je me souviens bien.

— Et comment.

On venait de finir le lycée et une bande d'entre nous était allée à Cotown pour fêter ça, pour finir dans un bar karaoké. Pour une raison quelconque, les filles avaient pensé que ce serait drôle de nous voir, nous les gars, chanter et danser comme si nous étions dans un boys band des années 90. Étant jeunes et excités d'avoir obtenu notre diplôme, nous lançant dans de nouvelles aventures, on s'est pris au jeu, dansant, chantant et lançant ces regards pour lesquels les membres de boys bands sont célèbres. Ryn et ses amies avaient crié de joie.

— Les Backstreet Boys ? ricane Joe.

À ma grande surprise, Ryn prend ma défense.

— En fait, c'était super amusant et Gabe était incroyable. Il maîtrisait parfaitement les pas de danse ringards.

Je pince les lèvres pour réprimer le sourire qui menace d'éclater sur mon visage.

— Eh bien, j'ai hâte de voir certains de ces pas sur scène, répond Joe, et je suis sûr qu'il bombe le torse en passant un bras possessif autour des épaules de Ryn.

Il dépose un baiser sur sa joue et lui dit :

— Je vais prendre un autre verre. Chante bien.

Son départ ne me déplaît pas.

Ryn semble sur le point de me dire quelque chose, mais elle se ravise, referme la bouche et détourne le regard.

Je parie qu'elle veut s'excuser pour le comportement de Joe, mais ce n'est pas comme si c'était de sa faute. C'est un crétin, et plus vite elle s'en rendra compte par elle-même, mieux ce sera.

— Que le spectacle commence, n'est-ce pas ? nous lance joyeusement Mme Jacobson.

— Nous nous sommes dit que puisque vous êtes de si proches *amis*, commence tante Sheila, en insistant sur le mot avec sa manière habituelle, peu subtile, vous feriez honneur à cette chanson. Alors, vous deux, il est temps de monter sur scène et de nous éblouir.

— On est obligés ? gémit Ryn, comme une enfant qu'on force à faire toute la vaisselle.

— Vous allez vous amuser, insiste Mme Jacobson.

— C'est une promesse ou une menace ? demande Ryn en riant alors que les membres du Comité des Dames nous poussent sur la petite scène vivement éclairée.

Je lance un regard à Ryn et elle lève les yeux au ciel en réponse.

— Tu chantes la partie de Dolly, Ryn, et Gabe, tu chanteras celle de Kenny. Compris ? nous dit tante Sheila, juste au cas où il y aurait la moindre confusion.

— Ouais, je pense qu'on a compris, répond Ryn.

— Épatez-nous, les enfants, dit tante Sheila avant qu'elle et les autres ne se fondent dans la foule.

Je jette un coup d'œil à Ryn. Elle a un drôle de regard, une expression indéchiffrable qui me dit que quelque chose ne va pas, mais je ne sais pas quoi.

— On n'est vraiment pas obligés de faire ça si tu n'en as pas envie, lui dis-je tout bas.

— Et s'attirer les foudres du comité des dames de Hunter's Creek ?

— Bien vu.

— Tu sais qu'elles essaient de nous caser, pas vrai ? dit-elle dans un souffle.

Mon estomac se noue.

— Qui ? Quoi ?

— Le comité des dames. Elles pensent que nous faire chanter en duo nous fera prendre conscience de notre amour éternel l'un pour l'autre.

Si seulement elle savait ce que je ressentirais si elles réussissaient.

Je ne suis pas le moins du monde surpris. C'est tout à fait leur genre.

— On leur fait une petite démonstration ?

Je m'attends à ce qu'elle rie, à ce qu'elle me dise qu'on devrait en faire des tonnes pour exciter ces dames. Au lieu de ça, elle a l'air mal à l'aise, comme si je lui avais suggéré quelque chose qu'elle ne voulait pas faire, plutôt que de s'amuser à faire jaser les gens sur notre compte.

Je fronce les sourcils.

— Ça va ?

Les premiers accords familiers de la chanson commencent à résonner.

— J'ai l'impression qu'il me faudrait une coiffure volumineuse pour ça, dit-elle, évitant totalement ma question.

Qu'est-ce qui lui prend ?

— Une coiffure volumineuse et une grosse… ?

Elle lève son index.

— Ne finis pas cette phrase, m'avertit-elle.

— Promis, je réponds.

Alors que la première phrase de la chanson s'affiche à l'écran, je saisis le micro et me dépêche de rattraper le rythme, chantant les paroles du mieux que je peux, en canalisant le grand Kenny Rogers, et profondément, profondément reconnaissant que la chanson ne soit pas trop compliquée.

La partie de Kenny se termine et c'est à nous de chanter les lignes suivantes en duo. Ryn s'approche du micro et m'adresse un sourire nerveux avant d'ouvrir la bouche pour chanter. Sa voix est au mieux grinçante, la partie de Dolly étant plus difficile que celle de Kenny.

C'est étrange, parce que d'habitude, Ryn est si confiante dans tout ce qu'elle fait, toujours avec son esprit vif et sa capacité à rire. Pourquoi faire l'idiote en chantant une chanson country sur l'amour la rendrait-elle nerveuse ?

Et puis, le déclic se fait. Elle a peur de passer pour une idiote devant son cavalier. Ce Joe trop cool pour se décoincer.

Même si ça m'énerve de savoir que c'est ce qui lui passe par la tête, je tends la main, prends la sienne dans la mienne et la serre pour la rassurer.

Elle me regarde, surprise, et j'articule en silence : « Tu vas assurer ». Je suis récompensé par son sourire et, alors que nous arrivons ensemble au célèbre refrain, nous chantons les paroles avec assurance et plus qu'une touche de joie.

C'est étonnamment amusant, et le faire avec Ryn ne rend l'instant que plus spécial.

Les gens se mettent à applaudir et à chanter en chœur, quelques-uns à l'avant, près de la scène, se mettent à danser. J'aperçois les parents de Ryn. Son père fait tourner sa mère, et ils ont l'air de passer le meilleur moment qui soit.

Nous chantons le couplet suivant, en nous souriant, tous les deux à quelques centimètres du micro, nos lèvres si proches qu'elles pourraient se toucher.

Mon cœur se serre pour cette femme dont le visage s'illumine en chantant des mots d'amour, des mots que je donnerais n'importe quoi pour qu'elle me les chante à moi. Alors que nous arrivons à la phrase qui dit que ça pourrait être pour de vrai, nos regards se croisent et je m'accorde un bref instant pour imaginer que ce *soit* pour de vrai entre nous. Il n'y a pas de Joe, pas de distractions, pas besoin de prétendre que je n'ai pas de sentiments pour elle, qu'elle n'est que mon amie. Nous aussi, nous pourrions être des îles dans le courant, sans que personne ne se mette jamais entre nous. Heureux d'être ensemble, engagés l'un envers l'autre de tout cœur et pour l'éternité. Exactement comme dans la chanson.

C'est un moment merveilleux dans lequel se laisser emporter, un moment dans lequel je pourrais si facilement me perdre.

Alors que la chanson se termine, la réalité fait une entrée fracassante et je sais que ce n'était qu'un instant, un instant qui ne deviendra jamais réalité, pas tant que ma meilleure amie choisira des hommes comme Joe.

Pas tant qu'elle ne saura pas à quel point je l'aime.

Les dernières notes de la chanson retentissent et le public explose en acclamations et en applaudissements. Je tiens toujours la main de Ryn et elle se détourne de l'écran pour me regarder. Quand son regard croise le mien, je pense un instant qu'elle ressent quelque chose de plus pour moi, quelque chose que je n'ai jamais osé espérer.

Mais la voilà, debout à quelques pas de moi, sa main dans la mienne, avec dans les yeux un regard que je n'ai jamais vu auparavant.

Un regard qui me donne de l'espoir.

— Ryn ? je demande alors que mon cœur s'emballe, ma respiration courte.

Pourrait-il y avoir quelque chose entre nous ? Quelque chose que ni l'un ni l'autre n'avons jamais reconnu ?

Pourrait-elle être… amoureuse de moi ?

— On peut parler ? demande-t-elle, la voix hésitante, incertaine, loin de celle de la meilleure amie que je connais si bien.

— Bien sûr. Maintenant ?

Elle hoche la tête et je la vois déglutir, comme si elle était nerveuse.

La graine d'espoir dans mon ventre commence à germer et à grandir. Peut-être que ce soir est la nuit où elle m'ouvrira la porte et où je pourrai lui dire ce que je ressens pour elle depuis toutes ces années.

Sa main serrée dans la mienne, je la guide hors de la scène. En passant devant le comité des dames, elles nous lancent des sourires entendus et satisfaits.

— Bravo, vous deux. Superbe chanson, dit Mme Jacobson.

— Et n'avez-vous pas l'air d'être faits l'un pour l'autre ? ajoute ma tante Sheila.

Qui aurait cru que les commères de cette ville pouvaient réussir ce qui a toujours semblé impossible ?

Nous atteignons un coin tranquille du bar et je tire une chaise pour Ryn.

— Est-ce que tout va bien ? je demande.

— Il faut que je te dise quelque chose. J'ai trouvé quelque chose et je…

Elle s'arrête brusquement, regardant quelque chose par-dessus mon épaule.

— Mais qu'est-ce que… ?

— Qu'est-ce qu'il y a ?

Je me retourne pour voir deux personnes en train de s'embrasser passionnément, le genre de baiser que la plupart des gens réservent à leur intimité. Pas eux. Ils s'embrassent comme un couple d'amoureux, réunis après avoir été séparés par la Seconde Guerre mondiale.

Après un instant, l'homme reprend son souffle. C'est alors, avec un choc, que je le reconnais.

Joe, le cavalier de Ryn.

Chapitre 19

Ryn

Je m'arrête, interdite, essayant de comprendre la scène qui se déroule sous mes yeux. Je sais que c'est Joe. Je reconnais sa tignasse et son blouson de cuir. Lui et sa *compagne* sont appuyés contre le mur du fond, enveloppés dans l'ombre, collés l'un à l'autre comme si leur vie en dépendait. Il la serre contre lui, ses mains se baladent sur son dos, descendant de plus en plus bas.

Inutile de dire qu'ils ignorent béatement notre présence.

Si seulement je pouvais ignorer la leur, moi aussi.

Joe est avec une autre femme.

Joe *embrasse* une autre femme.

Mon cerveau tente de donner un sens à ce que mes yeux lui montrent. Il me dit que ça ne peut pas être Joe. On est à un rencard. On n'embrasse pas d'autres femmes quand on est à un rencard.

J'ai l'impression que je vais vomir.

En plus de tout ce qui bouillonne en moi ce soir — Gabe, les souvenirs, Ivy —, c'est la cerise cruelle sur un gâteau déjà rance.

Je sens la main de Gabe sur mon épaule.

— Ryn, allons-y, dit-il d'une voix basse et insistante.

Je ne bouge pas. Je ne dis pas un mot. Je me contente de les dévisager, Joe et la femme, comme s'ils donnaient une représentation pour un public au lieu de faire ce qu'ils font vraiment : essayer de disparaître dans l'ombre.

Puis, avec un choc écœurant, je reconnais la femme.

Jenny, l'amie de Joe, la femme que j'ai rencontrée plus tôt ce soir. Celle qui était amicale, mais condescendante, qui trouvait que mon travail n'était pas à la hauteur.

Eh bien, elle fait bien plus que me critiquer, en ce moment.

— Ryn.

La voix de Gabe est insistante.

— Gabe, juste… arrête.

— Qu'est-ce que je peux faire ? Comment est-ce que je peux arranger ça pour toi ? Tu veux partir ? Je peux te ramener chez toi et tu pourras oublier que tu as rencontré ce type.

Je me tourne pour le foudroyer du regard.

— Arrête, Gabe. Je ne veux rien entendre.

— Tu ne veux rien entendre sur quoi ? Sur le fait que ce type ne réalise pas une seule seconde la chance qu'il a de t'avoir ? Que c'est le connard que je m'attendais à ce qu'il soit ?

— Je suis tellement contente que tu aies ton moment « je te l'avais bien dit ». La stupide Ryn choisit toujours le mauvais mec, celui qui la trompe ou la traite comme une merde. Eh bien, félicitations, Gabe, tu as eu ton moment.

Il baisse la tête.

— Ce n'est pas ce que je dis. Je veux être là pour toi.

— Pour assister à ça ?

Ma voix monte et le son dérange les deux qui s'embrassent. À contrecœur, ils arrêtent leur concours de roulage de pelles et nous regardent.

Joe, en mec génial qu'il est, a la décence de s'écarter de Jenny, l'air penaud.

— Salut, Ryn, salut l'ami de karaoké de Ryn, dit-il d'un ton enjoué, comme s'il ne venait pas d'être complètement grillé en pleine étreinte passionnée avec quelqu'un qui n'est très certainement pas sa cavalière — et comme s'il avait oublié le nom de Gabe.

Je cligne des yeux, incrédule.

— C'est tout ce que tu as à dire ? Tu es sérieux, là ? craché-je.

Il fait un pas vers moi.

— Allons. C'est juste un baiser. Ce n'est rien, répond-il en passant ses doigts dans ses cheveux.

Je n'arrive pas à croire que j'aie pu trouver ce geste sexy, parce qu'en ce moment, il me donne envie de lui prendre une grosse poignée de cheveux et de tout couper.

Je voulais ramener Gabe ici, dans la partie calme du bar, pour lui demander pourquoi il avait gardé la bande de photos du photomaton et les talons de tickets de cinéma de cette soirée. Je voulais lui demander ce que ce baiser que nous avions partagé cette nuit-là avait signifié pour lui, si tant est qu'il ait signifié quelque chose. S'il n'avait pas eu le cœur aussi brisé que je le pensais, est-ce que ça voulait dire qu'il attendait plus de moi à l'époque ? Mais tout ça s'efface de mon esprit alors que je regarde Joe et Jenny remettre leurs vêtements en ordre et essuyer le rouge à lèvres de leurs visages.

— Appelle-moi vieux jeu, Joe, mais je pensais que quand on invite quelqu'un à un rencard, on est censé embrasser *cette personne*, pas quelqu'un d'autre, dis-je, d'un ton mesuré qui dément les tremblements de mon corps. Au fait, salut, Jenny.

— Écoute, ce n'était pas prévu, dit Jenny, comme si le fait de le prévoir était le problème ici et non le roulage de pelles.

— Elle a raison. Toi et moi ? On ne s'est rien promis.

Joe a ce que je prenais autrefois pour de l'assurance, mais que je vois maintenant comme de la pure arrogance. De l'arrogance égoïste et minable.

Gabe croise les bras et le foudroie du regard.

— C'est ton rencard, Joe. Tu es une vraie ordure, tu sais ça ?

Ça fait du bien d'avoir Gabe de mon côté.

— Je vois que ton toutou s'en mêle, maintenant, se moque Joe.

J'écarquille les yeux.

— Tu traites Gabe de toutou ?

Gabe fait un pas de plus vers Joe et je remarque à quel point Gabe est plus grand et plus costaud.

Joe lève immédiatement les mains en l'air. J'imagine qu'il l'a remarqué aussi.

— Qu'est-ce que tu vas faire ? Me frapper ? C'est un tel cliché de bar de petite ville.

Gabe plisse les yeux en le regardant.

— Ne me tente pas.

Même si l'expression de Gabe suggère qu'il pourrait affronter une armée d'hommes, il n'est pas du genre violent. Je ne l'ai jamais vu frapper qui que ce soit.

Mais ça, Joe ne le sait pas.

— Écoute, je ne pensais pas ce que j'ai dit sur le toutou, d'accord ? Vous nous avez pris au dépourvu et j'ai dérapé. On est cools, mec.

Gabe le fusille du regard.

— C'est *ta* cavalière, *mec*.

Si je n'étais pas si bouleversée en ce moment, je me jetterais dans les bras de Gabe.

— C'était un accident, dit Jenny.

J'écarquille les yeux en la regardant.

— C'était un accident que tu sois venue à l'arrière du bar pour embrasser un type que tu savais en rendez-vous avec une autre femme ?

Elle se balance d'un pied sur l'autre, mal à l'aise.

— D'accord, ce que je voulais dire, c'est que c'était une erreur.

Ma voix est glaciale quand je réponds :

— Ça, tu l'as dit.

Je me tourne vers Joe et lui annonce :

— C'est fini entre nous.

— On n'avait rien d'exclusif. Tu fais tellement provinciale, répond-il.

— C'est le cas. Et tu sais quoi ? Je suis bien contente d'être une provinciale, parce que si être de la grande ville, ça veut dire être comme toi...

Je fais un geste dans sa direction.

— Alors, ce sera sans moi.

— On s'en va, dit Gabe.

Ensemble, nous tournons le dos à Joe et Jenny et à leur sourire narquois, et nous partons.

Chapitre 20

Ryn

Je ne sais pas exactement combien de temps s'est écoulé, mais une chose est sûre : la pièce refuse de rester tranquille. Ça devient super agaçant. Pourquoi est-ce qu'elle ne peut pas être plus… eh bien, comme une pièce ? Statique. Solide. Et surtout, *sans* bouger.

Je ferme les yeux et je les rouvre, en espérant que la pièce arrêtera son tourbillon incessant.

Ça ne marche pas.

En fait, c'est encore pire.

Il faut que je m'assoie avant que le sol ne s'y mette aussi, parce que ça pourrait finir en catastrophe totale.

J'aperçois une place libre sur l'un des canapés en cuir devant la cheminée éteinte. Il y a une femme assise à une extrémité et, même si son visage me dit quelque chose, comme si je l'avais déjà rencontrée ce soir, je serais incapable de donner son nom, même si on me mettait un pistolet sur la tempe. Ou si on me faisait boire une tonne d'alcool.

Attends. C'est déjà ce que j'ai fait. Enfin, si on peut considérer qu'environ deux Long Island Iced Teas et demi, c'est une tonne d'alcool.

Pour une petite nature comme moi, je suppose que oui.

Bien sûr, Gabe, fidèle à lui-même, m'a fait son numéro de grand frère protecteur, en me disant qu'il devrait me ramener à la maison et que je ne devrais pas boire plus d'un Long Island Iced Tea. Je n'écoutais pas. Je savais que je devais lui parler de la découverte du photobooth et des talons de tickets de cinéma, mais voir Joe avec Jenny avait mis mes choix en pleine lumière, et de façon impitoyable.

Je n'étais pas en état d'avoir *cette* conversation avec Gabe.

Alors, évidemment, je lui ai dit que j'avais vingt-trois ans et que j'étais parfaitement capable de décider de ce que je mettais dans mon corps, y compris de boire ou non ce soir, et finalement, après m'avoir lancé des regards inquiets à n'en plus finir, il m'a dit qu'il serait là pour moi si j'avais besoin de lui.

Ce qui n'a pas été nécessaire, car je suis une femme adulte qui se prend en main.

Et toc.

Je m'affale sur le canapé en face de Gabe et à côté de la femme au visage vaguement familier, renversant le contenu de mon verre sur ma main et ma robe.

Tant pis. Ce n'est que… qu'est-ce que je bois, déjà ?

— Salut, me lance la femme, et je me concentre sur son visage pendant que cette satanée pièce continue de bouger.

— Salut, je fais écho.

— Ça va, Ryn-Ryn ?, demande Gabe.

Comme si je pouvais aller bien après tout ce qui s'est passé ce soir, et mon dieu, il s'en est passé, des choses.

Certaines déroutantes, d'autres carrément horribles.

Pourquoi ne suis-je pas restée à la maison ? Rien de tout ça ne serait arrivé si je l'avais fait, et j'aurais pu continuer ma vie dans une douce ignorance, sans remettre en question ma relation avec mon meilleur ami ni perdre le garçon mignon avec qui j'avais commencé à sortir.

— Tu l'appelles Ryn-Ryn ?, demande la femme.

Il hausse les épaules. — Bien sûr. — Il se retourne vers moi. — Tu as eu un choc. Je devrais te ramener à la maison, répète-t-il pour la centième fois ce soir.

— Je vais trèèès bien. T. R. E. S., je lui dis. Ou j'irai bien si cette pièce voulait bien *rester tranquille*.

— Tu as bu combien ?, demande-t-il.

— Je dirais beaucoup, dit la femme à côté de moi.

Je fronce les sourcils en la regardant. Je sais que je l'ai rencontrée, et elle est super jolie, du genre totalement apprêtée, de celles qui ne sont pas d'ici.

— Un peu, je réponds avant de laisser échapper un hoquet sonore. — Oups.

Le hoquet est le cliché total de la personne saoule, et je viens de le faire, alors, Mesdames et Messieurs les jurés, s'il subsistait le moindre doute sur le fait que je suis bel et bien ivre, ce doute vient d'être dissipé.

Merci, les hoquets.

— Il te faut un café, dit Gabe en se levant. — Veille sur elle, d'accord, Nat ? Ne la laisse aller nulle part, et assure-toi qu'elle ne boive plus d'alcool. Ryn n'est pas une buveuse très expérimentée.

La femme à côté de moi répond : — Tu peux compter sur moi, Capitaine.

Gabe disparaît.

— Pourquoi est-ce que tu l'as appelé Capitaine ? Il est capitaine de quoi ? Du soufflage de verre ? — Un reniflement m'échappe à ma propre blague.

— Je m'amusais, c'est tout.

Je laisse échapper un lourd soupir. — Tu sais quoi ? Je suis nulle pour choisir les hommes. La pire. — Malgré l'humidité de mon verre renversé, je laisse tomber ma tête dans mes mains et j'ai un autre hoquet.

— Je te comprends tellement. J'ai fréquenté ma part de salauds, moi aussi.

Elle pige. Elle sait.

Qui qu'elle soit.

Je relève la tête et me concentre sur elle. Gabe l'a appelée Nat. Je sais ! C'est Natalie, la cavalière de Gabe. Elle n'a pas l'air le moins du monde ivre, soit tout mon contraire.

— Ils ont toujours l'air d'être des mecs super, poursuit-elle, mais au final, ils te brisent le cœur avant de passer à la fille suivante.

— Exactement, non ? Ils t'appâtent avec leur charme et leur côté sexy et puis *bam* ! — Je plaque ma main sur ma cuisse. Ça fait plus mal que prévu, et je la saisis dans mon autre main, la serrant fort contre ma poitrine. — Ça a fait mal.

— Est-ce que ça va ? demande Natalie.

— J'ai mal à la main. Et à la cuisse.

— Tu veux que je t'apporte de la glace ? propose-t-elle.

Je secoue la tête. Ça fait mal aussi. — Et si tu m'apportais plutôt un meilleur détecteur d'hommes ?

Ses lèvres se retroussent en un sourire. — Un meilleur détecteur d'hommes ?

— C'est un, *hic*, truc.

Encore ce hoquet.

Je me tapote la poitrine et ça a l'air de le guérir.

Ryn : 1. Hoquet : 0.

— Ma belle, si je pouvais en avoir un, je l'utiliserais moi-même. — Elle observe Gabe pendant qu'il s'affaire pour me préparer un café. Elle a cette expression mielleuse et éprise que j'ai déjà vue. Les femmes qui sortent avec Gabe tombent éperdument amoureuses de lui en un claquement de doigts. Elles doivent penser qu'il est un bon parti ou quelque chose comme ça.

Pour moi, c'est juste Gabe.

Sauf qu'en ce moment, il est plus que ça. Il est… qu'est-ce qu'il est pour moi ?

Un souvenir me traverse l'esprit. Un souvenir qui me trotte dans la tête depuis le début de la soirée, depuis que je l'ai appris.

Il a gardé les talons des tickets de cinéma. Il a gardé nos photos.

Il nous regarde et sourit.

— Dis-moi, Ryn, est-ce que vous êtes déjà sortis ensemble ? Toi et Gabe ?

— Non.

— Tu te vois avoir une relation amoureuse avec lui à l'avenir ?

Je plisse les yeux en la regardant.

— J'ai l'impression de passer un entretien d'embauche.

Elle a un joli rire.

— J'essaie juste d'apprendre à te connaître, c'est tout. Beaucoup de gens disent qu'un homme et une femme ne peuvent pas être de simples amis s'ils sont proches, et il me semble que vous êtes super proches, vous deux.

— Oh, on l'est. On est comme ça.

Je lève mes doigts croisés devant son visage.

Un hoquet me prend par surprise, soulevant tout mon diaphragme au point que je suis presque éjectée de mon siège.

Trop, c'est trop.

— Hé, comment on arrête le hoquet ? Parce que là, il faut vraiment que ça s'arrête.

— Remonter le temps et ne pas boire tout l'alcool du bar ? suggère-t-elle.

Mais elle me sourit, alors ça doit être une blague.

— Non, sérieusement. Comment ?

— Je ne sais pas. Boire quelque chose la tête en bas. N'est-ce pas ce qu'on dit ?

Je fronce les sourcils.

— Genre, en équilibre sur la tête ? *Hic.*

Elle rit.

— Non, à l'envers. Tu tiens le verre comme ça.

Elle me montre, portant son propre verre à ses lèvres et buvant une gorgée par le côté opposé, le bord posé sous son menton.

Je prends mon verre d'alcool à moitié vide et je me mets en position.

Natalie pose sa main sur la mienne.

— Fais-le plutôt avec de l'eau. Tiens.

Elle me verse un verre d'une carafe que je n'avais pas remarquée sur la table.

Je positionne le verre, mon menton trempant dans l'eau, avant de boire une gorgée. Le liquide coule aux coins de ma bouche.

— Ryn, hé, dit une voix à côté de moi.

Je lève la main pour indiquer que je suis occupée.

— Elle se débarrasse de son hoquet, explique Natalie.

— Le hoquet, hein ? répond-il en riant.

— Il n'y a pas de quoi rire, je proteste en me redressant.

— Hé, je crois que ça a marché.

Natalie me sourit.

— Je te l'avais dit.

— Salut, je suis Theo, dit-il à Natalie.

— Natalie, répond-elle. Ne me dites pas, vous êtes de la famille de Ryn ?

Theo rit.

— Non, je connais Ryn grâce au soufflage de verre.

— Je ne savais pas que le soufflage de verre t'intéressait aussi, me dit-elle.

— J'ai suivi le cours avec Gabe, je réponds.

— Tu as *assuré* pendant le cours, me corrige Theo. Tu avais le meilleur talent naturel que j'aie vu depuis longtemps.

— Oh, arrête un peu, je réponds, sans vraiment vouloir qu'il s'arrête.

— Mais tu n'as pas voulu être apprentie souffleuse de verre ? me demande Natalie.

— Ryn serait mon apprentie si elle ne m'avait pas opposé un refus.

Mon regard croise celui de Theo, et je le vois réaliser sa gaffe. Quand j'avais refusé l'apprentissage en faveur de Gabe, j'avais demandé à Theo de n'en parler à personne, de peur que ça ne lui revienne aux oreilles.

Natalie réagit au quart de tour.

— Attends. On t'a proposé l'apprentissage de Gabe ?

Merci beaucoup, Theo.

Il fait la grimace.

— Gabe a un immense talent, lui aussi, dit-il.

Je minimise la chose du mieux que je peux.

— Tout ça, c'est du passé. Dis, Theo, tu viens à la projection de *Serious Bite* la semaine prochaine ?

— Bien sûr. Je ne manquerais ça pour rien au monde.

— Oh, j'en ai entendu parler. C'est à la mairie, c'est bien ça ? demande Natalie.

Je suis soulagée que la conversation ait dévié.

Je n'ai pas besoin qu'elle, ou qui que ce soit d'autre, soit au courant pour l'apprentissage, parce que même dans mon état imbibé d'alcool, je sais qu'absolument rien de bon ne peut en découler.

Chapitre 21

Gabe

La soirée au festival d'été a été chargée. Ryn qui me dit de sortir avec Ivy, le fait de me retrouver trempé dans un bassin d'eau, le karaoké, surprendre le cavalier de ma meilleure amie avec une autre femme, ramener une Ryn ivre à la maison et la border en toute sécurité dans son lit.

Très chargée.

C'était difficile de ne pas avoir de la peine pour elle. Bien sûr, je ne peux pas blairer ce type, et je n'étais pas exactement triste qu'elle ait pu voir son vrai visage. Mais ça me faisait mal de la voir souffrir. Je voulais la prendre dans mes bras pour la protéger, la serrer fort contre moi et lui dire qu'elle méritait tellement mieux qu'un type comme lui.

Au lieu de ça, j'ai joué les gardes-malades après qu'elle a bu quelques verres de trop.

Le spectacle n'était pas beau à voir. J'ai préparé une cafetière au bar et j'ai essayé de lui faire boire au moins une tasse. Ryn étant Ryn, elle a refusé d'en prendre ne serait-ce qu'une gorgée, disant qu'elle avait bien trop de choses en tête pour faire quelque chose d'aussi banal que de boire du café — je n'ai pas mentionné le fait qu'elle avait bu deux verres et demi de Long Island Iced Tea, car ça ne m'a pas semblé pertinent sur le moment. Alors, Nat et moi l'avons ramenée à la maison, où j'ai réussi à lui enlever ses chaussures, avec toutes leurs lanières inutiles et compliquées, avant qu'elle ne s'effondre complètement sur son lit en ronflant comme un carlin.

Je referme doucement la porte de sa chambre et me glisse dans le couloir. Natalie est en train de regarder les photos posées sur la bibliothèque. Il y en a une de Ryn, Ivy, moi et quelques autres amis le jour de la remise des diplômes du lycée, une d'Ivy avec son petit frère à la pêche, et ma préférée, une photo de Ryn et moi allongés côte à côte comme des sardines sur le capot de ma voiture, souriants à l'objectif.

— Elle est bien installée et dort comme un bébé, lui dis-je.

Elle se tourne vers moi, tenant à la main la photo de Ryn et moi.

— Tu es amoureux d'elle, déclare-t-elle sans préambule. Ryn est celle dont tu parlais. Tu es amoureux d'elle, n'est-ce pas ?

C'est peut-être une question assez simple, qui ne fait que quelques mots, mais elle m'aspire l'air des poumons comme un aspirateur.

Je laisse échapper un rire surpris.

— Tu as déduit ça en regardant sa collection de photos ?

Je sais que je dois esquiver. Je n'ai jamais dit à personne ce que je ressens pour Ryn. Je tourne toujours autour du pot, ne mentant jamais, mais n'avouant jamais rien non plus. C'est comme ça que j'ai survécu sous le regard indiscret des habitants de la ville. C'est comme ça que je me suis contenu et que je suis resté dans la vie de Ryn.

Elle croise les bras.

— Inutile de faire semblant. Ça crève les yeux.

— On se connaît depuis toujours et on est très proches. Bien sûr que je l'aime, mais nous ne sommes que des amis.

C'est la vérité. Nous ne sommes que des amis, même si je veux être plus qu'un simple ami pour elle.

— Tu te moques de moi, Gabe. Je vous ai vus chanter cette chanson de Dolly Parton. J'ai vu comment tu la regardais. J'ai vu comment elle *te* regardait.

Mon cœur se serre au souvenir du moment que nous avons partagé. Parce que j'*avais* vraiment eu l'impression que c'était un vrai moment, un moment où je me suis autorisé à penser que Ryn me voyait peut-être comme plus que son ami. Le fait est que je suis amoureux de Ryn. Je l'ai toujours été.

Peut-être que le moment est venu d'arrêter de nier ces sentiments aux autres, ainsi qu'à moi-même ?

Je ne suis peut-être pas particulièrement proche de Natalie, mais elle m'a posé une question directe. Plus que ça, ce soir, j'ai l'impression que quelque chose a changé entre Ryn et moi. Je ne peux pas l'expliquer. C'est juste une impression.

Mais ça me donne de l'espoir.

Je laisse échapper une lourde inspiration.

— C'est si évident que ça ?

— Peut-être pas pour tout le monde, mais ça l'est pour moi.

J'acquiesce, les lèvres pincées, le ventre noué.

— Tu lui as déjà dit quelque chose ?

— Que je suis amoureux d'elle ?

Je secoue la tête, la simple idée me tordant les entrailles.

— Qu'as-tu à perdre ?

— Tout.

Elle laisse échapper un rire qui perce l'air calme de la nuit.

— C'est un peu mélodramatique, non ? Tu perdrais « tout » si tu lui disais ce que tu ressens pour elle ?

Je tire une chaise et m'assois, et Natalie fait de même. Je pose mes bras croisés sur la table en bois tandis que je cherche les mots pour expliquer ce qui est en jeu pour moi. Je commence par le début.

— Je t'ai dit que ma mère n'est plus là et que je n'ai plus de contact avec mon père.

— Oui.

— Bien que j'aie déjà été adulte quand c'est arrivé, la mère et le père de Ryn m'ont pris sous leur aile quand elle est décédée, et je suis en quelque sorte devenu un membre de leur famille. Je me sens plus proche des Cole que de ma propre tante et de mon propre oncle. Au fil des ans, ils m'ont traité comme si j'étais leur fils. Je sais que ce ne sont pas mes parents, et que personne ne pourra jamais remplacer ma mère, mais je les aime comme s'ils l'étaient. Ils sont importants pour moi, plus importants que je ne peux le dire. Si je dis à Ryn ce que je ressens pour elle, ça pourrait mettre tout ça en péril.

— Parce que si elle te rejette, tu perds non seulement elle, mais aussi ta famille de cœur.

Je souris à l'expression. Famille de cœur.

— Ouais.

— Tu ne penses pas qu'ils continueront à te traiter comme leur fils si elle te rejette ?

— Ce sera bizarre pour tout le monde, de savoir que je me suis déclaré et qu'elle ne me voit que comme un ami. Même si ce n'est pas le cas, même s'ils sont totalement cools avec ça et que ça ne change rien avec eux, je me sentirai mal à l'aise. Pire que mal à l'aise.

Elle se penche en arrière sur sa chaise, les bras croisés sur sa poitrine, et m'étudie un instant.

— Tu as pris la bonne décision.

Je fronce les sourcils. Ce n'est pas la conclusion à laquelle je m'attendais de sa part après ma confession. Je ne sais pas trop à quoi je m'attendais, mais c'était probablement plus du genre « tu devrais foncer avec elle ».

Elle se penche vers moi et pose ses mains sur les miennes. Elles sont chaudes et réconfortantes, et sa voix est douce et apaisante quand elle parle.

— Je pourrais te dire d'oublier cette famille de cœur qui compte tant pour toi et de tout envoyer balader, en lui avouant ce que tu ressens.

— Tu ne vas pas faire ça, si ?

J'ai l'impression que mon cœur est dans un ascenseur en chute libre depuis le dernier étage d'un gratte-ciel.

— Pas seulement un joli minois, dit-elle avec un sourire. Gabe, tu as traversé beaucoup d'épreuves dans ta vie. Plus que la plupart des gens, et certainement plus jeune que la plupart. La mère que tu aimais n'est plus là et, dans la famille de Ryn, tu as trouvé cette chose précieuse qui représente tout pour toi. Tu ne peux pas risquer de la perdre, juste parce que tu penses être amoureux de ton amie. Peu d'entre nous peuvent se vanter d'avoir une seconde famille, une famille de remplacement qui compte presque autant que l'originale. Moi, par exemple, je sais que je serais trop nerveuse pour mettre une chose pareille en péril.

C'est comme si elle mettait des mots sur mes craintes les plus profondes. Personne ne me l'avait jamais dit, parce que je n'ai jamais avoué à quiconque mes vrais sentiments pour Ryn. Mais Natalie a tapé dans le mille.

L'ascenseur qui transportait mon cœur vient de s'écraser au sol dans un bruit sourd et douloureux.

Je lève mon regard vers le sien et je vois de la tendresse dans ses yeux.

— Tu as raison, je croasse. C'est pour ça que je ne lui ai jamais rien dit. Ça, et le fait qu'elle ne m'ait jamais montré le moindre signe qu'elle attendait plus de moi.

Mon esprit revient immédiatement à l'instant que nous avons partagé ce soir. Était-ce même un instant particulier ? Je ne sais plus.

— J'aimerais pouvoir te dire le contraire, mais c'est mon opinion, pour ce qu'elle vaut. Et au cas où tu te poserais la question, je ne dis pas ça avec une arrière-pensée.

J'esquisse un petit sourire.

— Tu en es sûre ?

Elle pose la paume de sa main contre ma joue.

— Ce n'est un secret pour personne que je te trouve très séduisant, et rien ne me ferait plus plaisir que d'avoir la chance d'explorer cette connexion qu'il y a entre nous. Je pense que ça peut mener quelque part. Quelque part de vraiment, vraiment génial.

Natalie a été très claire sur ce qu'elle ressent pour moi. Pas de doutes. Pas de *m'aime-t-elle ou non*. Être avec elle serait simple, facile. Ça ne mettrait rien en danger, aucune famille essentielle ne serait menacée.

Elle se lève de son siège et se penche si près de moi que je peux sentir son parfum. Plaçant un doigt sous mon menton, elle lève mon visage et effleure doucement mes lèvres des siennes.

— Tu me diras quand tu seras prêt, murmure-t-elle.

Elle attrape son sac à main et m'adresse un sourire avant de partir.

Alors que j'entends sa voiture s'éloigner, son baiser encore présent sur mes lèvres, je m'affale sur mon siège en poussant un long soupir.

Même s'il serait facile d'être avec elle, je sais que mon cœur est ailleurs. Ce ne sería pas juste. Même si je le lui ai déjà dit, je dois le lui répéter. Et maintenant, elle sait pourquoi. La *personne* en est la raison.

Je reviens au dilemme qui me tourmente depuis des années. Ryn ne m'a jamais donné la moindre raison de penser qu'elle ressentait autre chose que de l'amitié pour moi. Je ne peux pas risquer cette amitié. Je ne peux pas risquer ce que j'ai avec la famille Cole.

Pour moi, l'enjeu est tout simplement trop grand.

Chapitre 22

Ryn

J'ouvre un œil et je jette un regard furtif autour de ma chambre. Les rideaux sont ouverts, laissant entrer bien trop de lumière, et je n'ai vraiment aucune envie d'être réveillée. Alors, je prends la décision de refermer l'œil et de me blottir à nouveau contre mon oreiller.

Je me demande quelle heure il est.

Je me retourne et j'ai aussitôt l'impression que non seulement des batteurs survoltés ont élu domicile dans ma tête, mais que ma bouche est aussi pâteuse que si j'avais léché chaque grain de sable d'une plage, et je suis presque certaine que tout ce que j'ai ingéré hier soir est en train d'organiser une manifestation anti-Ryn dans mon ventre.

Il me faut un instant pour comprendre pourquoi, puis tout me revient d'un coup, en une immense vague nauséeuse.

Le festival d'été.

Le baiser.

L'alcool.

Je gémis. *L'alcool.* Ce qui avait commencé comme une tentative de paraître sophistiquée et de m'intégrer avec Joe et ses amis s'est transformé en noyade de mon chagrin après l'avoir vu avec Jenny, enlacés dans ce baiser.

À quoi est-ce que je pensais ? Je ne tiens pas l'alcool. Plus de deux verres et non seulement je suis saoule comme une grive, mais en plus je me sens horriblement mal le lendemain.

Malheureusement pour moi, je dois aller travailler aujourd'hui pour servir le café et les en-cas aux braves gens de Hunter's Creek.

Mon esprit tourne comme un kaléidoscope jusqu'à ce qu'il se stabilise, les motifs et les couleurs devenant d'une clarté totale avec les paroles d'une chanson qui se répètent dans ma tête.

Gabe.

Le karaoké.

La façon dont il me regardait.

Il m'a apporté un café, il m'a ramenée à la maison, il a fait ce qu'il fait toujours pour moi : il a veillé sur moi comme s'il était mon grand frère protecteur.

Sauf qu'il n'est pas mon grand frère. En fait, même si j'ai vraiment l'impression qu'il fait partie de ma famille, nous n'avons aucun lien de parenté.

Il est… quoi ? Qu'est-ce qu'il est pour moi ? À part mon meilleur ami, mon protecteur et le type qui dit à Joe à quel point c'est un crétin ?

Il est plus que tout ça. Tellement plus.

Il a gardé des souvenirs de la nuit où nous nous sommes embrassés.

Il m'avait dit qu'il les avait jetés. Pourquoi aurait-il fait ça ? Pourquoi me mentir sur une chose aussi insignifiante ?

Mais aujourd'hui, alors que je suis allongée dans mon lit, la tête battante, ça ne me semble pas du tout insignifiant.

Ça me semble important.

Énorme.

Je souffle, ma migraine étant encore aggravée par la confusion que m'inspire mon meilleur ami. La personne à qui je dis tout. La personne à qui je confierais ma vie.

C'est trop. Je ne peux pas gérer ça maintenant, pas alors que j'ai envie de me rouler en boule comme un porc-épic et de mourir.

Je tâtonne sur ma table de nuit pour trouver mon téléphone. Je tire la couette par-dessus ma tête et j'allume l'écran pour vérifier l'heure. Il est tard, genre dix minutes après le début de mon service au Second Chance. Tante Sheila ne va pas être contente du tout.

Penser à tante Sheila me fait penser à la chanson du karaoké, ce qui me ramène directement à Gabe.

Je ne peux juste pas, là, maintenant.

Je rangerai tout ce qui concerne Gabe dans une petite boîte et je la ressortirai une autre fois, quand je ne me sentirai pas comme une loque et que je ne serai pas en retard au travail.

Malgré le fait que chaque cellule de mon corps hurle d'hiberner jusqu'à ce que le brouillard se dissipe, je me force à repousser la couette, j'oblige mes yeux à s'ouvrir et je me convaincs de poser mes pieds sur le parquet. Ma tête proteste. Mon ventre grogne. Mes pieds menacent de me renvoyer dans mon cocon douillet. Mais, comme on dit, il faut bien faire ce qu'il faut, et cette fille-là doit aller travailler avant de perdre son emploi.

Je titube jusqu'à la salle de bains pour me doucher et enlever les vestiges du désastre d'hier soir. Bien sûr, ça ne marche pas, mais au moins je suis propre au moment où je quitte la maison silencieuse, les cheveux encore humides.

Je m'arrête dans un crissement de pneus dans la ruelle derrière le Second Chance et je franchis la porte de la cuisine. Mes narines sont immédiatement envahies par l'arôme du bacon grésillant, des pancakes chauds et des œufs au plat, et une vague de nausée me submerge.

Comme d'habitude, tante Lisa fredonne un air en travaillant, son tablier couleur citron qui dit aux gens *Offrez-vous une Seconde Chance au Second Chance Café* soigneusement noué. Elle lève les yeux vers moi, surprise.

— Tu es en vie. On avait parié que tu t'étais fait enlever par un ours en colère dans les bois.

— Et tu avais misé sur quoi ?

— L'ours.

Génial.

Je noue le tablier autour de ma taille et je le lisse sur mon jean et mon t-shirt. Mes cheveux mouillés ont commencé à sécher et je sais qu'ils partent dans tous les sens, mais c'est loin d'être ma priorité en ce moment.

— Soirée tardive ? me demande tante Lisa avec un sourire malicieux qui me fait me demander si elle m'a vue dans mon état d'ivresse hier soir ou, bien pire, si je lui ai parlé.

— C'était… horrible ? Choquant ? Déchirant ? … riche en événements.

Son sourire s'élargit.

— Tu as quelque chose à me raconter ?

Je fronce le nez. Elle sait vraiment quelque chose.

— Est-ce que je t'ai parlé ?

Elle secoue la tête.

— Non, mais tu peux le faire aujourd'hui, si tu veux.

— Je préférerais ne pas, si ça ne te dérange pas.

Elle tapote le côté de son nez tout en continuant à me sourire, comme si je venais de lui confier un secret qu'elle allait garder pour elle.

— C'est parfait, ma petite.

— O*kaaaay*. Je vais au café, maintenant.

— Tes secrets sont bien gardés avec moi.

Son sourire en coin ne faiblit pas.

Mes secrets ? Je pousse un grognement.

J'ai toujours la bouche complètement sèche, alors je remplis un verre d'eau au robinet et je bois une grande gorgée avant de sortir dans le café.

Tante Sheila sert des clients et me jette à peine un coup d'œil. Je m'occupe en vérifiant les commandes de café et je commence à les préparer. J'en prends une et lis « deux cafés glacés à emporter ». Mes yeux parcourent la pièce. Est-ce que Joe est là ? Mais bon, des tonnes de gens commandent des cafés glacés en été, n'est-ce pas ?

— Salut, ma chérie, me lance tante Sheila quand elle a fini avec les clients.

Je m'attends à me faire gronder. Comme rien ne vient, je réponds :

— Je suis vraiment désolée d'être en retard. Je rattraperai mes heures après mon service aujourd'hui.

— C'est bon, Ryn. Vraiment, répond-elle.

Elle a une manière qui ne lui ressemble pas du tout, le visage radieux.

Tante Sheila n'est pas fâchée que je sois en retard au travail ?

— C'était une sacrée performance de chant que tu nous as offerte hier soir, dit-elle.

Instantanément, mon esprit se tourne vers la petite scène de karaoké du bar au bout de la rue.

— Vous et Gabe étiez merveilleux. Tels Kenny et Dolly.

Son sourire s'affaisse un peu. Nous savons toutes les deux qu'elle enjolive la réalité. Enfin, presque.

— En tout cas, vous alliez très bien ensemble.

Je résiste à l'envie de lui dire que je savais exactement ce qu'elle essayait de faire en nous faisant chanter cette chanson. Ça ne sert à rien. Alors, à la place, je réponds :

— Merci. C'était amusant.

— Toi et Gabe, vous êtes parfaits ensemble, tu sais ça ?

— Hum.

— Est-ce que je t'ai déjà dit que j'adore t'avoir ici au café ? Parce que c'est vraiment le cas.

— C'est... super, je réponds, incertaine.

Ai-je accidentellement atterri dans un univers parallèle ? Parce que si c'est le cas, je ne bouge plus d'ici.

— Continue ton bon travail.

Elle se penche vers moi et ajoute :

— Et surtout, tiens-moi au courant de la suite des événements.

— Pas de problème, tante Sheila. Je vais juste aller finir cette commande.

Je brandis le ticket pour les cafés glacés.

— C'est pour Leonardo Finch, mais je parie que tu l'avais déjà deviné, n'est-ce pas ?

Mon estomac se noue. Joe doit être ici quelque part. Je regarde autour de moi et l'aperçois adossé au mur du fond dans son habituel blouson de cuir, une jambe croisée sur l'autre, en train d'étudier son téléphone, ne s'interrompant que pour passer ses doigts dans ses cheveux. Il a l'air plus cool que cool, comme s'il n'avait absolument rien à faire ici, dans cette petite ville au bout du monde.

Comme s'il sentait mon regard sur lui, il lève les yeux et, à mon grand choc, son visage se fend d'un sourire.

C'est quoi ce d... ? Il me *sourit* ?

Il se décolle du mur et s'avance nonchalamment vers moi, toujours avec ce sourire désinvolte sur son visage agaçant de beauté.

Et maintenant, il se *dirige vers moi* ?

Je le regarde, incrédule, s'arrêter de l'autre côté du comptoir.

— Salut, Kathryn avec un « y ».

Il désigne ma crinière en désordre.

— C'est un nouveau look pour toi.

Gênée, j'essaie de lisser mes boucles indisciplinées. C'est inutile. Si je ne me fais pas de brushing, on dirait que j'ai passé la tête dans un aspirateur après une journée à la plage, ce qui est, soit dit en passant, la raison principale pour laquelle je me fais des brushings.

À ma grande surprise, il tend le bras par-dessus le comptoir, enroule ses doigts autour de mon poignet, et je me fige.

— Ne fais pas ça. On dirait Shakira. Ébouriffée et sexy.

Il agit comme si la nuit dernière n'avait jamais eu lieu.

Je fusille sa main du regard et il me lance un air perplexe, comme s'il n'avait aucune idée de la raison pour laquelle je réagis ainsi avec lui.

Est-il vraiment stupide à ce point ? Ou peut-être pense-t-il que j'ai une si piètre opinion de moi-même que j'accepterai ce genre de comportement de sa part.

Et vous savez quoi ? Il n'y a pas si longtemps, je l'aurais probablement fait.

Des mecs m'ont déjà trompée, et ne m'ont pas traitée aussi bien qu'ils auraient dû, et parfois, j'ai accepté ce traitement. Il y avait toujours des circonstances atténuantes, toujours d'excellentes raisons pour lesquelles ceci était arrivé ou cela n'était pas arrivé, ou je ne sais quoi. Les mecs peuvent être si convaincants quand ils le veulent. Je ne peux pas les blâmer. Je les croyais parce que je voulais les croire et je leur pardonnais parce que je ne voulais pas de l'alternative, qui était de ne plus être avec eux.

Voir Joe embrasser une autre femme lors de notre rendez-vous a été la goutte d'eau qui a fait déborder le vase, un poids qui me tirait déjà vers le bas depuis trop longtemps.

Et j'ai réalisé autre chose, quelque chose que j'avais été trop aveugle pour voir. J'ai eu l'exemple parfait de la façon dont un homme devrait être, juste sous mes yeux pendant tout ce temps. Gabe me traite comme je devrais être traitée. C'est un homme bien. Le meilleur. Et il représente tout pour moi. Il a toujours été là, pendant tout ce temps, seulement j'ai été trop bête pour le voir, pour vraiment, *vraiment* le voir. Trop occupée à chercher un nouveau mec mignon pour rendre ma vie plus excitante. Un nouveau mec mignon qui peut me traiter comme bon lui semble parce que je n'avais pas assez d'estime pour moi-même pour l'obliger à me traiter autrement.

Gabe m'a toujours offert le plus grand amour, la plus grande gentillesse, la plus grande attention et le plus grand respect. C'est mon meilleur ami, la personne avec qui j'aime le plus être au monde, la personne avec qui je peux rire, pleurer, et tout ce qu'il y a entre les deux.

Nous n'avons pas de relation amoureuse. Il n'y a eu aucune déclaration d'amour de part et d'autre. Bien sûr, nous avons partagé un baiser incroyable ce soir-là au lycée, et j'ai dû faire de gros efforts pour refouler les sentiments que j'avais. Et qu'est-ce que j'y ai gagné ? J'ai gagné le meilleur ami que je pouvais imaginer.

J'aimerais seulement avoir appris cette leçon il y a bien longtemps. Je me serais épargné beaucoup de chagrin et j'aurais évité de nombreuses mauvaises décisions.

Je ne peux m'en prendre qu'à moi-même.

Gabe a été là pendant tout ce temps.

Maintenant, alors que je plonge mon regard dans les yeux de Joe, sa certitude que je vais lui pardonner rayonnant autour de lui comme une auréole, je ne suis plus prête à supporter ça.

Je n'accepterai rien de moins que le meilleur.

Et Joe m'offre clairement bien moins que le meilleur.

— Qu'est-ce qui se passe ? On ne se parle plus ou quoi ? demande-t-il.

Son sourire est toujours en place. Après tout, pourquoi ne le serait-il pas ? Il traite probablement les femmes comme ça tout le temps et s'en tire à bon compte.

— Je vais te préparer ton café.

Je lui tourne le dos. Je suis ici pour faire un travail, servir le café et la nourriture aux clients, alors c'est ce que je vais faire.

Il attend. Alors que je lui rends sa monnaie, il demande :

— C'est tout ?

Je sais où il veut en venir, mais ça ne m'intéresse pas de le suivre sur ce terrain.

— Oh, je suis désolée. Tu avais commandé un en-cas, aussi ?

J'écarquille les yeux comme si j'étais la plus innocente des créatures.

— Tu sais très bien ce que je veux dire.

— Écoute, on est sortis ensemble quelques fois et c'était sympa, mais c'est fini entre nous.

— Pourquoi ?

— Tu es un grand garçon. Je te laisse trouver la réponse tout seul.

— Oh, c'est parce que j'ai embrassé Jenny.

C'est officiel : c'est un génie.

— C'est ça qui te dérange.

Il fait claquer sa langue comme si j'étais une vilaine petite fille.

— Écoute, je connais Jenny depuis des années et on est retombés dans nos vieilles habitudes. On est ce genre de couple qui n'arrête pas de se séparer et de se remettre ensemble et, franchement, ça me prend la tête et ça me rend dingue.

— C'est ton ex ?

Il hoche la tête.

— Je veux briser ce cercle vicieux entre elle et moi. Je pense qu'avec ton aide, j'y arriverai, si tu me pardonnes ma petite erreur stupide.

— Je te pardonne.

— Bien, ma grande, me répond-il comme si j'étais un chien bien dressé.

Il soulève les cafés glacés, prêt à partir.

231

— Tu veux venir traîner à mon motel ce soir ?

— Moi ? je demande.

Il m'adresse un de ses sourires arrogants.

— Bien sûr, toi.

— Tu sais quoi, Joe ? je réponds en lui faisant signe de se pencher vers moi.

— Quoi ?

Je plisse le nez.

— Je crois que tu me confonds avec quelqu'un d'autre.

— Je ne comprends pas où tu veux en venir. Tu m'as pardonné.

— Ça ne veut pas dire que j'ai envie de traîner avec toi dans ta chambre de motel, ni nulle part ailleurs, d'ailleurs.

Il plisse les yeux en me regardant.

— Tu es incohérente. Tu as tes règles ou quoi ?

J'éclate de rire. Ce type pourrait-il être encore plus con et suffisant ? En le regardant, j'ai ma réponse, et cette réponse est *oui*. C'est le plus gros, le plus grand con qui soit et je n'arrive pas à croire que j'aie pu envisager de sortir avec lui, surtout quand j'ai l'exemple parfait de ce que devrait être un homme, en la personne de mon meilleur ami.

Tante Sheila s'approche.

— Cet homme t'ennuie, Ryn ?

— Il est sur le point de partir. N'est-ce pas, Joe ?

Je lui offre mon plus doux sourire.

Son regard glisse de moi à ma tante, puis revient sur moi avant qu'il ne réponde :

— Ouais, je m'en vais.

— À un de ces quatre, je lui lance avec le sourire le plus mielleux que je puisse trouver.

Je sais, ce n'est pas très mature de ma part, mais à cet instant, je m'en fiche complètement.

Il me jette un regard méprisant et je le regarde quitter le café, la porte se refermant derrière lui. Je me tourne vers tante

Sheila. Si je devais mettre un nom sur l'expression de son visage, je la décrirais comme triomphante.

— On doit toutes embrasser quelques crapauds avant de trouver notre prince, dit-elle.

— Oh, je peux te l'assurer, Joe Turner n'est absolument pas mon prince.

— Tu sais qui il est, n'est-ce pas ?

— Tante Sheila, je ne crois pas à ces histoires de contes de fées.

Elle m'adresse un grand sourire.

— Bien sûr que si, ma chérie.

Oui, je change de sujet. Le problème, c'est qu'il y a un pas de géant entre savoir que Gabe est le genre d'homme que je devrais attendre et savoir qu'il est l'*homme* que j'attends.

On a eu notre chance au lycée, une chance d'être ensemble, d'être heureux, et peut-être même d'être amoureux. On ne l'a pas saisie. J'étais trop stupide, trop empêtrée dans le Code des Filles, ne voulant pas marcher sur les plates-bandes d'Ivy. Lui, eh bien, il était à fond sur mon amie et il a eu le cœur brisé quand elle l'a largué, du moins c'est ce que je croyais. J'aurais peut-être voulu la lune et les étoiles avec lui, mais je ne pensais pas qu'il voulait quoi que ce soit de tout ça avec moi.

Retrouver ces souvenirs hier a tout changé. Ça a réveillé des sentiments que j'avais enterrés depuis longtemps, des sentiments dont je n'avais jamais cru qu'ils étaient réciproques, même si je le désirais de toutes mes forces. Je vois bien maintenant, savoir qu'il a gardé ces choses a provoqué un déclic dans ma tête, me sortant de la très confortable « friend zone » pour me catapulter dans une tout autre zone, me faisant faire ce pas de géant jusqu'à une zone où je suis follement amoureuse de Gabe.

Et cette pensée me fiche une trouille bleue.

Chapitre 23

Ryn

Je suis en train d'essuyer les tables après le coup de feu du midi quand Harper et Marlowe arrivent au café et m'invitent à me joindre à elles.

— Vas-y, passe un peu de temps avec tes sœurs, Ryn. Tu as bien travaillé aujourd'hui et tu le mérites, me dit ma tante Sheila.

Ça fait toute la journée que je suis dans cet univers parallèle et je ne peux pas dire que je déteste ça.

J'apporte la commande de mes sœurs. En m'asseyant à leur table, je pousse un soupir de soulagement.

— Journée difficile ? demande Harper.

— Nuit difficile, je réponds.

Marlowe me lance un regard entendu.

— Je t'avais dit de ne pas boire le Long Island Iced Tea.

— Je ne t'ai pas écoutée, et mon Dieu, comme je regrette.

— Bois ton café. La caféine va t'aider. Et ajoute aussi du sucre, dit Harper.

Je verse une cuillerée de sucre dans mon café et j'en prends une gorgée, comme la petite sœur sage que je ne suis pas. Mais aujourd'hui, j'accepterais n'importe quel conseil.

— Je ne boirai plus jamais, j'annonce.

— C'est probablement une bonne idée, ma chérie, répond Marlowe. C'est tout ce qui se passe ? Tu as l'air, je ne sais pas, éteinte.

— C'est le mot que j'allais utiliser, ajoute Harper.

Elles me regardent, attendant ma réponse.

— Ça va, je leur dis.

— Tu en es sûre ? demande Harper.

— Absolument sûre, je réponds en hochant fermement la tête.

Il est peu probable que j'avoue à mes deux sœurs parfaites que leur sœur, le cas désespéré de la famille, a non seulement encore choisi le mauvais type, mais qu'elle a aussi trouvé un tas de photos et des tickets de cinéma qui l'ont fait douter des sentiments de son meilleur ami pour elle et qu'elle en est maintenant arrivée à la conclusion qu'elle est amoureuse de lui.

Ce n'est pas vraiment le processus de pensée d'une adulte rationnelle, n'est-ce pas ?

Marlowe scrute mon visage, ce qui me met mal à l'aise.

— Comment dit-on déjà ? « Qui veut trop prouver ne prouve rien » ?

Je hausse les sourcils.

— Tu te mets à citer Shakespeare, maintenant ?

Elle hausse les épaules.

— Ça semble approprié. Alors, qu'est-ce qui ne va pas, pour de vrai ?

— Oui, Ryn. Belle façon d'esquiver la question, Madame qui-veut-trop-prouver.

— Comment ça, tu ne connais pas l'expression ? Tu es institutrice, non ? demande Marlowe à Harper avec un sourire taquin.

— On n'enseigne pas beaucoup Shakespeare en CE1 de nos jours. Je ne sais pas comment c'était à la préhistoire, quand tu avais sept ans.

— Hé ! Je n'ai pas beaucoup plus d'années que toi, réplique Marlowe en riant. Et de toute façon, on se concentre sur notre sœur, là. Elle me balaie du regard une fois de plus. Qu'est-ce qui se passe, Ryn ?

Je laisse échapper un souffle, les épaules affaissées.

— Rien. Tout. Je ne sais pas.

Mes sœurs échangent un regard et je sais qu'elles me jugent. Mais quand on vous rappelle toute votre vie que vous êtes la plus jeune, que vous êtes le bébé de la famille, que personne ne s'attend jamais à ce que vous fassiez quoi que ce soit d'important, ça vous reste dans la tête. On finit par y croire. On devient la personne qu'elles s'attendent à ce qu'on soit et, je l'admets, il est facile de se glisser dans ce rôle.

Harper me frotte le bras.

— Tu sais que tu peux nous parler, pas vrai ? Nous sommes tes sœurs et nous t'aimons. Nous voulons ce qu'il y a de mieux pour toi.

— Elle a raison, Ryn. C'est vrai.

Je me concentre sur l'ourlet de mon t-shirt, tirant sur un fil qui dépasse et l'arrachant avec mes doigts.

— Vous ne comprendriez pas. Vous avez toujours été si parfaites. Toutes les deux. Papa et maman me traitent comme une gamine parce qu'en comparaison de vous deux, c'est ce que je suis. Je suis un vrai cas désespéré.

— Tu penses qu'on est parfaites ? s'esclaffe Harper.

— Regardez-vous. Je fais un geste vers elles deux. Vous êtes tirées à quatre épingles, chacune avec votre propre style, et vous avez toutes les deux rencontré des hommes incroyables qui sont tombés amoureux de vous à la minute où ils vous ont vues.

— À ce propos…, commence Marlowe.

— Quoi ? je demande.

— Laisse-moi te dire à quel point je suis loin d'être parfaite, pour commencer. Mike, le type que tu as rencontré ? C'est plus que le mec avec qui je sors. C'est aussi mon patron.

Voilà qui est dit. Sans jeu de mots.

Mon regard glisse de Marlowe à Harper.

— Tu savais ?

— Oui, et Marlowe sait que ça ne m'enchante pas, répond-elle.

— C'est malin de sortir avec son patron ? je demande.

— Bien sûr que ce n'est pas malin, mais je le fais quand même à cause de ce que je ressens pour lui. Je te dis ça parce que tu dois savoir que je ne suis pas parfaite. Et tu ne peux pas non plus en parler à papa et maman.

— Hein. Je retourne cette nouvelle information dans ma tête. Tu sors avec ton patron même si tu sais que c'est une idée stupide.

— Ouais, confirme Marlowe.

Harper s'éclaircit la gorge.

— À mon tour.

— Ne me dis pas que tu sors aussi avec ton patron.

Elle rit.

— Meryl ?

— Tant mieux, parce que tu sors avec Christopher. C'est bien ça ? je demande, car soudain, je vois au moins une de mes sœurs sous un nouveau jour. Tout semble possible maintenant.

— Bien sûr que je sors avec Christopher, mais au début, tout était faux, dit Harper en haussant les épaules.

— Qu'est-ce qui était faux ? Toi et Christopher ?

Les yeux de Harper croisent ceux de Marlowe et je sais que mes deux sœurs ont déjà discuté de ce qu'elle s'apprête à dire.

— Ouais.

Je plisse les yeux en la regardant.

— Attends, quoi ? Toi et Christopher, c'était faux ? C'*est* faux ?

Elle s'agite sur son siège, clairement mal à l'aise avec cette conversation, même si c'est elle qui l'a commencée.

— J'ai été complètement humiliée par Dex et rentrer à la maison... eh bien, ce n'était pas facile pour moi. Christopher était le nouveau en ville, celui que personne ne connaissait, alors je lui ai en quelque sorte demandé si nous pouvions faire semblant de sortir ensemble. En fait, j'ai dit à tout le monde que nous sortions ensemble avant même de lui avoir adressé une phrase complète.

Mes yeux s'écarquillent tandis que j'assimile l'information.

— Mais tu es Harper. Tu es... *toi*.

Elle sourit.

— Où veux-tu en venir ?

— Pourquoi aurais-tu eu besoin de faire une chose pareille ?

Comme elle ne répond pas, je me tourne vers Marlowe.

— Pourquoi aurait-elle eu besoin de faire ça ?

— Elle avait ses raisons, répond Marlowe d'un air évasif.

Ça ne me suffit pas. Plus maintenant. Je veux savoir. Je veux comprendre.

— Harps ? Dis-moi.

Harper baisse les yeux sur ses mains.

— Je pensais que Dex allait me demander en mariage ce soir-là, et au lieu de ça, il a rompu avec moi. J'étais humiliée.

— Mais tu avais l'air si cool. La vidéo. Tu lui as versé ton soda sur la tête.

— Cette vidéo est devenue virale, ajoute Marlowe sans que ce soit nécessaire, parce que nous savons toutes que la vidéo a fait un carton.

— Ce n'est pas quelque chose dont je suis fière.

— Tu devrais. C'était absolument génial !

Je réponds, ce qui la fait sourire.

— Je me souviens à peine de l'avoir fait, j'étais tellement secouée par ce qu'il m'avait dit. Puis, après, rentrer à la maison a été super difficile.

— Mais tu as toujours voulu revenir ici.

Je la pousse.

— Ton rêve était d'enseigner à l'école primaire de Hunter's Creek et regarde ce que tu fais. Tu enseignes à l'école primaire de Hunter's Creek. Objectif atteint.

— J'adore mon travail. Tu as raison. C'est ce que j'ai toujours voulu faire, mais j'ai dû revenir la queue entre les jambes après une rupture très médiatisée avec le type que toute la ville adore.

— Pas facile pour toi, lui dit Marlowe.

— Tu ne peux dire à personne que Topher et moi, c'était pour de faux au début, Ryn, m'avertit Harper.

— Promets-moi que ce n'est plus pour de faux mainte-nant, je réponds.

— Bien sûr que non, répond Harper.

Son visage se transforme en le sourire le plus amoureux que j'aie vu depuis, eh bien, depuis la dernière fois qu'elle a regardé Christopher.

— C'est du sérieux, confirme Marlowe. C'est juste la façon dont ça a commencé, c'est tout.

Bien sûr que Marlowe était au courant de tout. Les deux sœurs parfaites se serrent les coudes. Sauf que maintenant j'apprends qu'elles ne sont peut-être pas aussi parfaites que je l'ai toujours pensé.

C'est étrangement réconfortant.

— Alors, tu vois ? Nous sommes toutes des humaines imparfaites, dit Harper.

Je souris à mes sœurs.

— Vous êtes toutes les deux autant à la ramasse que moi.

— Je n'irais pas jusque-là, dit Marlowe, impassible.

— Et maintenant, qu'est-ce qui se passe avec toi ? demande Harper.

Je crois que je sais.

— C'est Gabe, n'est-ce pas ? demande Marlowe, la voix douce. Tu as réalisé que tu l'aimes, n'est-ce pas ?

Ma mâchoire s'en décroche.

— Comment as-tu... ?

— Il ne faut pas être un génie pour comprendre que deux personnes qui ont tant en commun, qui passent tant de temps ensemble et qui partagent des passions, finiraient un jour par tomber amoureuses.

Je cligne des yeux plusieurs fois, en essayant de comprendre comment elle est arrivée à cette conclusion.

Elle interprète correctement mon regard.

— J'ai toujours espéré que vous deux, vous finiriez par vous trouver et par réaliser ce que vous représentez l'un pour l'autre.

— Moi aussi, ajoute Harper.

— Vous vous prenez pour qui, tout d'un coup ? Mes sœurs-slash-bonnes fées ? Ne me dites pas que vous avez une bande de souris et une citrouille dans l'allée et que vous allez me concocter une robe à paillettes.

Harper rit.

— Non, mais ça a l'air amusant.

— Mais je viens à peine de le comprendre. Comment tu savais avant moi ? j'insiste.

— C'est évident. Vous êtes toujours ensemble, vous vous

donnez la priorité l'un à l'autre, tu as fait ce truc avec le tu-sais-quoi, dit Harper.

— Quel truc avec le tu-sais-quoi ? demande Marlowe.

— Ryn ? dit Harper. C'est à toi de décider si tu veux le lui dire.

Harper est la seule personne sur la surface de la planète qui sache ce qui s'est passé avec l'apprentissage de souffleur de verre, à part moi et Theo, et je ne le lui ai dit que parce qu'elle était là quand j'ai reçu l'appel de Theo. Elle m'a demandé à plusieurs reprises pourquoi je l'avais refusé. Finalement, j'ai cédé et je le lui ai dit, en lui faisant jurer de garder le secret sous peine de mort.

— On m'a offert l'apprentissage de souffleur de verre et je l'ai refusé pour que Gabe l'ait.

Les yeux de Marlowe s'écarquillent.

— C'est vrai ?

— La mère de Gabe venait de mourir et j'ai eu l'impression que c'était la bonne chose à faire. Il en avait plus besoin que moi.

— Mais tu adores le soufflage de verre, répond-elle.

Marlowe secoue la tête.

— Pas autant qu'elle aime Gabe.

Ses mots résonnent dans mon cerveau.

Pas autant que j'aime Gabe.

Marlowe me lance un regard qui ressemble beaucoup à celui qu'une mère fière lancerait à son enfant.

— Ryn, c'est tellement altruiste de ta part. Gabe a dû vraiment apprécier ça.

Je triture mon tablier.

— Je ne le lui ai pas dit. Il ne le sait toujours pas.

— L'altruisme sans la gloire, dit-elle.

— Ça, c'est bien notre sœur, dit Harper avec une fierté évidente.

— Tu sais ce que ça veut dire, n'est-ce pas ? demande Marlowe.

— Que je suis une personne super gentille ? je demande avec un sourire plein d'espoir.

— Ça veut dire que depuis tout ce temps, tu es une adulte, et que tu ne t'en es même jamais rendu compte, dit Marlowe.

— Tu es une adulte, ajoute Harper. Une adulte avec tout ce que ça implique. Tu peux prendre tes propres décisions et tu dois assumer les conséquences de ces décisions.

— Dit comme ça, on dirait que ce n'est pas très amusant, je réponds avec un sourire ironique.

— Alors ? Qu'est-ce que tu vas faire maintenant que tu es une adulte à part entière ? demande Marlowe.

Je ne peux empêcher le sourire de s'étendre sur mon visage.

— Je vais lui dire ce que je ressens.

Leurs sourcils remontent jusqu'à la racine de leurs cheveux.

— C'est vrai ?

— Tu es si courageuse !

J'hésite.

— C'est trop, trop tôt ?

Marlowe prend mes mains dans les siennes.

— Pas du tout. J'ai vu la façon dont vous vous regardiez pendant cette chanson hier soir, et j'ai vu la façon dont il te regarde tout le temps. Il t'aime, Ryn. Je n'ai aucun doute.

— Tante Sheila va piquer une crise, dit Harper.

Je laisse échapper un rire étourdi.

— Je sais bien.

Quelqu'un fait irruption dans mes pensées avec un bruit sourd et écœurant.

Ivy.

— Il y a un problème, et il est de taille, dis-je.

— Qu'est-ce que c'est ? demande Marlowe.

— Ivy. Elle m'a dit qu'elle avait de nouveau des sentiments pour lui et m'a fait lui demander de penser à se remettre avec elle.

Harper laisse échapper un sifflement tandis que Marlowe se mordille la lèvre.

— C'est un coup dur, dit Harper. C'est ton amie et ta colocataire et ils sont sortis ensemble au lycée, c'est ça ?

Je hoche la tête, les lèvres pincées.

— Qu'est-ce qu'il ressent pour elle ? demande Marlowe.

— Allô, ma sœur, il n'est pas intéressé par Ivy. Gabe Hartmann n'a d'yeux que pour une seule personne, et elle est assise ici avec nous.

Mon rythme cardiaque s'accélère à l'idée que Gabe m'aime.

— Mais elle m'a dit qu'elle l'aime bien, je proteste. Je ne peux pas lui faire ça.

— C'est elle qui ne peut pas te faire ça, *à toi*. Si Gabe t'aime et que tu l'aimes en retour, alors c'est elle qui se met en travers du chemin, déclare Marlowe. Ne fais pas ta Harper à faire passer tout le monde avant toi.

— Hé ! proteste Harper.

— Chérie, je t'aime, mais tu sais que tu avais l'habitude de faire ça, répond Marlowe.

— Premier exemple : Dex Ryder. Tu as carrément fait passer ses rêves avant les tiens, j'ajoute.

Harper nous sourit.

— Je sais. J'ai changé. Promis.

— Je vais reformuler, alors. Ne fais pas ce que Harper a fait par le passé et qu'elle ne fait plus. C'est mieux ? demande Marlowe en regardant notre sœur.

— C'est mieux, confirme Harper.

— Alors, vous pensez que je devrais me battre pour ce que je veux ? je demande.

— Pourquoi est-ce que tu ne parlerais pas à Ivy ? Dis-lui ce que tu ressens pour lui. Qui sait ? Elle pourrait comprendre, dit Marlowe.

— Elle pourrait aussi ne pas comprendre.

Je souffle, alors que l'idée effrayante de dire à Ivy ce que je ressens pour Gabe avant même de le lui avouer à lui me serre la poitrine.

Mais à l'idée de dire à Gabe que je l'aime, c'est un véritable nid de serpents qui se réveille dans mon ventre.

Finalement, parler à Ivy en premier n'est peut-être pas si terrible.

— Qui ne tente rien n'a rien, dit Marlowe, avec le ton exact de la sœur aînée parfaite qu'elle est.

Ou plutôt, la sœur aînée parfaite que je la croyais être avant de découvrir qu'elle est tout aussi imparfaite que nous.

C'est étrangement réconfortant.

— Alors ? Qu'est-ce que tu vas faire ? demande-t-elle.

Je ne peux empêcher mon sourire de s'étirer d'une oreille à l'autre, à l'idée de dire à Gabe ce qu'il représente pour moi, un sentiment qui me remplit d'un puissant cocktail d'excitation, de peur et d'amour.

— Oh, je sais exactement ce que je vais faire.

Parce que, oui, je sais exactement ce que je vais faire.

Et maintenant, il ne me reste plus qu'à le faire.

Chapitre 24

Ryn

Vous savez, ce moment où vous avez décidé que vous alliez faire quelque chose et qu'absolument rien ne peut se mettre en travers de votre chemin ? Vous êtes déterminée, entièrement concentrée, et il est super, *super* important que vous le fassiez à ce moment précis. Maintenant. Pas de questions. On ne recule plus. Vous le faites. Point final.

C'est exactement ce que je ressens en ce moment. Rien ne peut m'empêcher d'aller voir Gabe et de lui dire ce que je ressens.

Enfin, rien à part le fait que je dois d'abord parler à Ivy.

Je sais que c'est la bonne chose à faire. Je dois lui dire ce que je ressens pour Gabe… en espérant qu'elle ne le prendra pas trop mal.

Alors, me voilà à la scierie, attendant nerveusement à l'accueil qu'elle apparaisse, espérant et priant de toutes mes forces qu'elle accepte la situation. Parce que si ce n'est pas le cas ? Eh bien, je ne sais pas ce que je ferai.

La porte du bureau s'ouvre et elle sort, vêtue de son chemisier et de sa jupe trapèze.

— Salut, ma belle, dit-elle en venant s'asseoir à côté de moi.

— Salut, ai-je murmuré en réponse, tandis que mes nerfs provoquent une bouffée de chaleur sur ma poitrine.

— Qu'est-ce qui t'amène ? Je te croyais au coffee-shop.

— Je suis en pause et j'ai pensé passer te voir.

Je lui tends l'offrande de paix dont elle ignore encore la nature.

— C'est une part de tarte aux pommes avec un supplément de crème fouettée ?

— Je sais que c'est ta préférée.

Je lui tends la boîte et elle jette un œil à l'intérieur.

— Tu es la meilleure. On va faire un tour ? J'aurais bien besoin de prendre l'air.

— Bien sûr.

Nous sortons et elle me raconte à quel point son patron est agaçant, que la machine à café du bureau est en panne et qu'elle aurait aimé que je lui aie apporté une bonne tasse du Second Chance.

— Je l'aurais fait si j'avais su, lui dis-je. Ivy, on peut parler ?

— Ça a l'air sérieux. Tu as perdu les boucles d'oreilles que tu m'as empruntées la semaine dernière ? Dis-moi que non, parce que ça me briserait le cœur.

Si perdre une paire de boucles d'oreilles lui brise le cœur, alors elle va souffrir le martyre quand je lui dirai la vraie raison de ma présence.

— Je n'ai pas perdu tes boucles d'oreilles. C'est autre chose.

Je croise les mains devant moi et prends une grande inspiration.

— Qu'est-ce que c'est ? demande-t-elle en riant. Ryn, tu me fais flipper.

— Je vais le dire sans détour.

— D'accord ?

— C'est à propos de Gabe.

Elle retient son souffle.

— Il t'a parlé de moi ? Je lui plais aussi ?

Son visage s'illumine d'espoir et j'ai l'impression d'être la méchante de l'histoire, sur le point de noyer un chiot.

— C'est plutôt à propos de moi.

— Je croyais que tu avais dit que c'était à propos de Gabe ?

Je marque une pause pour rassembler mon courage.

— C'est à propos de Gabe et moi, ou plus précisément, de ce que je ressens pour lui, et de ce que je pense qu'il pourrait ressentir pour moi aussi.

Elle bascule en arrière sur ses talons, l'effarement se peignant sur son visage.

— Toi et Gabe ?

Je me mords la lèvre et hoche lentement la tête.

Elle fronce les sourcils.

— Tu as des sentiments pour lui ? Genre, des sentiments amoureux ?

Je hoche de nouveau la tête.

— Je… je suis amoureuse de lui.

Elle recule d'un pas.

— Tu es *amoureuse* de lui ?

— Je sais que ça a l'air horrible que tu sois venue me

parler de tes sentiments pour lui et que maintenant je te dise que j'en ai aussi, mais le truc, c'est que je ne savais pas que j'avais ces sentiments, et je suis désolée. Tu dois me croire. Je suis tellement, tellement désolée, Ivy. Je n'avais pas prévu que ça arrive, et qui sait ? C'est peut-être totalement à sens unique, et quand je vais le lui dire, il pourrait me rejeter et…

— Attends. Tu vas le lui dire ?

— Il le faut.

Elle étudie mon visage pendant un long moment.

— Ouais, je crois bien que tu dois le faire.

— Vraiment ?

— Je ne vais pas te dire que ça me fait plaisir, parce que ce n'est absolutely pas le cas, mais si tu aimes ce type, si tu l'aimes vraiment, alors tu dois le lui dire.

— Mais et toi ? Tu m'as dit que tu avais des sentiments pour lui et tu voulais que je lui parle de relancer quelque chose avec toi, ce que j'ai fait hier soir, et maintenant on est dans ce pétrin.

Elle balaie mes protestations d'un geste de la main.

— Je ne l'aime pas. J'ai juste pensé qu'il était redevenu mignon. Et au cas où tu te poserais la question, l'amour l'emporte sur le charme.

J'ouvre la bouche pour répondre, mais à la place, je serre mon amie dans mes bras alors que les larmes menacent de couler.

— Hé, c'est mon plus beau chemisier, proteste-t-elle.

Je me recule et lui offre un sourire embué de larmes.

— Tu es géniale. Tu le savais ?

Ma voix est étranglée par l'émotion.

— Bien sûr que je le sais. Maintenant, va chercher ton homme avant que je ne change d'avis et que je ne décide que le charme l'emporte finalement sur l'amour.

— Je t'aime, lui dis-je.

— Ouais, ouais. Va plutôt dire ça à Gabe.

L'anxiété me noue le ventre.

— Tu crois qu'il va dire quoi ?

— Tu ne le sauras pas avant d'avoir essayé.

— Tu as raison. Je ne le saurai pas.

Alors que je reste clouée sur place, elle me donne un petit coup de coude et dit :

— Qu'est-ce que tu attends ? Qu'on te déroule le tapis rouge ?

Je n'ai pas de bonne réponse à lui donner. À part que je suis terrifiée, ce qui, en ce moment, me semble être une sacrée bonne raison.

Mais je ne vais pas me dégonfler. Si mon intuition est bonne, il y a de fortes chances qu'il ressente aussi quelque chose pour moi. J'espère seulement que ce quelque chose est de l'amour.

D'un pas à la fois nerveux et plein d'entrain, je dis au revoir à Ivy, je saute dans ma voiture avec une détermination que je n'ai jamais connue de ma vie, et je me rends à l'atelier de soufflage de verre où je sais qu'il travaille.

Quelques minutes plus tard, je suis debout à côté de ma voiture, serrant mes clés dans ma main si fort que ça commence à faire mal, tandis que je fixe l'entrée de l'atelier de soufflage de verre.

Est-ce que j'entre et je lui avoue tout, en lui disant ce que je ressens pour lui ? Est-ce que j'admets mes sentiments et j'attends, en espérant qu'il ressente la même chose ? Ou est-ce que je fais simplement demi-tour, que je monte dans ma voiture et que je retourne au café, sans avoir gravi cette montagne ? Sans avoir tenté ma chance ?

Il pourrait me rembarrer et me dire qu'il ne ressent pas la même chose. Notre amitié sera ruinée, finie, fichue. Nous ne serons plus jamais ce que nous sommes en ce moment. Les choses deviendront bizarres. Il y aura un malaise. Le fait que j'éprouve des sentiments pour lui, une fois que nous le saurons tous les deux, flottera dans l'air entre nous.

Saisir cette chance est la chose la plus audacieuse que j'aie jamais faite.

J'ai mal à la tête et la vie d'avant me manque déjà, celle d'avant que je n'aie trouvé la bande de photos du photomaton et les souches de billets de cinéma. Avant que je n'aie commencé à espérer qu'il ressentait plus que de l'amitié pour moi. Avant que je n'aie réalisé que j'étais amoureuse de lui.

Et je crois qu'il est peut-être amoureux de moi, lui aussi.

Cette pensée fait bondir mon cœur dans ma poitrine.

Je jette un œil à la porte.

Allez, Ryn. Tu peux le faire.

La porte du studio s'ouvre à la volée et je sursaute de peur, le cœur au bord des lèvres. Si c'est Gabe, il va me demander pourquoi je suis là et je devrai lui dire ce que je ressens avant même d'être prête et ça pourrait être tellement, tellement terrible et…

Fausse alerte.

Ce n'est pas Gabe.

C'est Theo.

Je pousse un soupir de soulagement, mon cœur passant du mode « combat ou fuite » à « ce n'est que Theo ».

— Ryn. Qu'est-ce que tu fais là ? me demande-t-il, surpris.

Je dois réfléchir vite. Je ne peux pas lui dire la vraie raison de ma présence.

— Je… j'étais dans le coin, alors j'ai décidé de passer voir Gabe pour lui apporter à déjeuner.

— Tu lui as apporté à déjeuner ? dit-il en regardant mes mains vides.

— C'est dans la voiture. Je ferais mieux d'aller le chercher avant d'entrer, je baratine.

Il me lance un regard interrogateur.

Je fais semblant de prendre quelque chose dans ma voiture, en espérant qu'il parte vite pour que je n'aie pas l'air d'une parfaite idiote quand je me retournerai sans rien dans les mains.

— Hé, Ryn ?

Je me cogne douloureusement la tête contre le plafond de ma voiture.

— Oui ?

J'inspire brusquement et me frotte l'endroit douloureux sur ma tête.

— Ça va ?

— Tout va bien.

— Écoute, je suis désolé d'avoir mis les pieds dans le plat hier soir à propos du stage.

— Le stage ? je demande.

— J'ai accidentellement mentionné que tu l'avais refusé pour Gabe devant son amie. Natalie, je crois qu'elle a dit que c'était son nom ? Bref, je sais que tu voulais garder ça pour toi et je suis désolé d'avoir gaffé.

Un vague souvenir de la conversation me revient à l'esprit.

— Ce n'est pas grave, je pense.

— Tant mieux. Je tiendrai ma langue à partir de maintenant. Promis.

Même si j'aime bien Theo et que j'apprécie ce qu'il dit, j'ai d'autres chats à fouetter en ce moment, comme on dit.

— C'est super. On se voit plus tard ? je lui lance avec un sourire.

Son regard tombe une fois de plus sur mes mains vides, mais il décide clairement de ne pas faire de commentaire.

— À plus tard.

Il monte dans sa voiture et je lui fais un signe de la main tandis qu'il s'éloigne.

Je reporte mon attention sur la porte. Avant d'avoir la chance de me remettre à trop cogiter, je marche d'un pas décidé vers elle, je l'ouvre et j'entre.

La chaleur et l'odeur de gaz mêlée à celle du bois brûlé me frappent tandis que je referme la porte derrière moi. Je vois Gabe penché sur sa dernière création, les sourcils froncés par la concentration, maniant les outils de son métier, sculptant, travaillant et retravaillant la matière.

C'est là que ça me frappe, comme un éclair en plein plexus solaire, dissipant tous les doutes que j'aurais pu avoir. Je sais que je suis amoureuse de mon meilleur ami. Indubitablement, sans équivoque, complètement amoureuse de lui.

Je le sais au plus profond de moi. C'est un amour fort, durable, un amour que j'ai nié pendant tant d'années, que j'ai mis de côté quand je pensais qu'il ne ressentait rien pour moi.

Maintenant que je le regarde, penché sur sa création, je le sais aussi clairement que je connais mon propre nom.

Je l'aime.

Et j'espère qu'il m'aime aussi.

Il s'arrête brusquement quand ses yeux se posent sur moi. Ses lèvres s'étirent en un sourire.

— Ryn-Ryn. Qu'est-ce que tu fais là ?

Debout devant moi, son tee-shirt tendu sur sa large poitrine, ses biceps luisants et son visage empourpré par la chaleur du travail du verre, il ressemble à un dieu nordique, prêt à conquérir le monde.

J'avale ma salive en le regardant dans les yeux, et mes insécurités me frappent en plein visage.

Mais qu'est-ce que je suis en train de faire ?

Il ne ressentira pas la même chose, et je suis une idiote d'avoir pu croire le contraire.

Comme aucun mot ne sort de ma bouche, il fronce les sourcils, inquiet.

— Est-ce que tout va bien ?

Le doute sur ses sentiments envers moi enveloppe ma déclaration d'amour prévue dans un paquet bien ficelé et l'écrase, l'enfouissant au plus profond de moi.

Alors, à la place, j'aborde l'autre sujet qui me taraude.

— J'ai fait quelque chose parce que ta mère était morte et je pensais que ça signifierait plus pour toi que pour moi, alors je te l'ai laissé, et j'ai fait promettre à Theo de ne jamais te le dire, et puis Natalie l'a appris hier soir, et Gabe, je suis telle-ment désolée.

Mes mots jaillissent d'un seul trait, comme l'eau d'une lance à incendie, s'entrechoquant pour former une seule et longue phrase.

— De quoi tu parles ?

— Theo m'a proposé le stage et je l'ai refusé.

Je retiens mon souffle.

Il reste debout à me regarder, immobile.

— On t'a proposé le stage ? demande-t-il, les sourcils froncés en un pli sévère.

Je pince les lèvres et hoche la tête.

— Parce que ma mère est morte ?

— J'aurais dû te le dire à l'époque. Je… je voulais faire ce qui était juste.

Il ne laisse rien paraître. Est-il en colère ? Contrarié ? Sur le point de me jeter toute notre amitié à la figure ?

Rassemblant mon courage, je fais un pas timide vers lui.

— Je sais à quel point l'honnêteté est importante pour toi. Je n'aurais pas dû te cacher ça, mais tu souffrais tellement de la mort de ta mère, et quand tu travaillais le verre, tu semblais oublier cette douleur. Tu te perdais là-dedans. Je ne pouvais pas t'enlever ça.

À ma grande surprise, les larmes me montent aux yeux et une boule se forme dans ma gorge.

— Tu en avais tellement plus besoin que moi.

— Je n'arrive pas à croire que tu aies fait ça, dit-il à voix basse.

J'esquisse un sourire.

— *Je n'arrive pas à croire que tu aies fait ça*, dans le bon sens ou dans le mauvais ? je demande, le cœur battant à tout rompre.

— Dans le bon sens. Bien sûr, dans le bon sens. Ryn, je trouve ça incroyable. Tu as fait ça pour *moi*.

Il fait un geste vers le studio.

— Tu as renoncé à tout ça pour moi.

Je hausse les épaules comme si ce n'était rien, alors qu'en réalité, je désirais tout ça.

Mais je désirais encore plus que Gabe l'ait.

Il franchit la distance qui nous sépare en quelques courtes enjambées. Il me prend par les épaules et me regarde de haut, ses yeux intenses, comme s'ils brûlaient.

Chaque battement de mon cœur martèle la même phrase en boucle : *Je l'aime, je l'aime, je l'aime.*

— J'adore que tu aies fait ça pour moi, dit-il, la voix étranglée par l'émotion.

— Je…

Les mots restent coincés dans ma gorge. Je sais que je suis amoureuse de lui, mais prononcer ces mots après avoir été amis pendant tout ce temps me semble soudain être un labyrinthe impossible à traverser.

J'avale la boule que j'ai dans la gorge.

— J'ai une autre confession à faire et il faut que ça sorte.

Ses mains sont toujours chaudes sur mes épaules et il serait si facile de lever les miennes, de prendre son visage entre mes paumes et de presser mes lèvres contre les siennes.

— Qu'est-ce que c'est ?

Je déglutis.

— Quand je cherchais tes clés, j'ai trouvé quelque chose. Tu as gardé la bande de photos et les talons des billets de cinéma de cette soirée où nous sommes allés voir un film après que tu as rompu avec Ivy. Tu les as gardés alors que tu avais dit que tu les avais jetés.

Ses traits se durcissent, mais il ne le nie pas. Comment le pourrait-il ? J'ai une preuve irréfutable.

— Tu les as trouvés ?

— Je cherchais tes clés.

— Ils étaient dans un livre.

Bon, dit comme ça…

— Je ne fouinais pas. Il faut que tu me croies. Ils sont

tombés de l'enveloppe quand j'ai ouvert le livre et, bon, je suppose que je les ai *bien* regardés.

Les coins de sa bouche se relèvent.

— Tu es une vraie fouineuse, tu sais ça ?

Je me mords la lèvre.

— Pourquoi les as-tu gardés ? S'il te plaît, Gabe. J'ai besoin de savoir.

— Je les ai gardés parce qu'ils me rappelaient..., commence-t-il, avant de s'interrompre au moment crucial.

Est-ce qu'ils lui rappellent notre baiser ?

Oh, pourvu qu'ils lui rappellent notre baiser.

— Tu te souviens de ce qui s'est passé cette nuit-là ? demande-t-il, d'une voix basse.

Aussitôt, mon cœur bondit comme une grenouille sur un nénuphar.

Nous sommes si proches que je peux sentir la chaleur qui émane de son corps et son odeur, ce mélange de travail physique et de *lui*.

Je baisse les yeux pour regarder ses lèvres. Il serait si facile de me glisser contre lui, de l'entourer de mes bras et de le serrer contre moi, nos lèvres se touchant comme cette nuit-là.

Je relève les yeux vers les siens.

— Je m'en souviens, Gabe. Je ne l'ai jamais oublié. Jamais.

Un petit sourire étire ses lèvres.

— Je voulais m'en souvenir, moi aussi. C'est pour ça que je les ai gardés.

Mon souffle se coupe et je réalise soudain que ses mains glissent le long de mes bras pour prendre les miennes.

— Mais tu as dit que tu les avais jetés.

— Je ne voulais pas que tu saches que je les avais.

— Pourquoi ? je demande, mon cœur battant si fort à mes oreilles que ma voix semble venir d'une autre pièce.

— Parce que tu n'avais pas l'air de vouloir être avec moi après cette nuit-là. Tu m'as dit qu'on devrait juste être amis.

Un sourire s'empare de mon visage. Je serre ses mains dans les miennes.

— Mais cette nuit a tellement compté pour moi, et je ne pensais pas qu'elle signifiait quoi que ce soit pour toi.

— Tu plaisantes ? C'est à ce moment-là que j'ai su avec certitude ce que je ressentais pour toi.

Les papillons dans mon ventre s'intensifient.

— Vraiment ? Je pensais que tu m'avais seulement embrassée pour me consoler, et maintenant que je sais que c'est toi qui as rompu avec Ivy, trouver ces souvenirs m'a donné... de l'espoir.

— De l'espoir, répète-t-il.

J'hoche la tête, la bouche sèche.

— Ryn, j'ai été un imbécile de choisir Ivy plutôt que toi à l'époque, et je serais un imbécile de choisir quelqu'un d'autre que toi maintenant. C'était toi, Ryn. Ça a toujours été toi et ça le sera toujours.

Mon corps est envahi par une explosion de joie pure et étourdissante, et je ne pourrais pas empêcher ce grand sourire de s'emparer de mon visage pour tous les posters de Leonardo Finch au monde.

— Vraiment ? Je n'arrive pas à y croire, je glapis.

Son visage s'illumine d'un sourire tout aussi large.

— Personne ne t'arrive à la cheville, Ryn-Ryn. Personne.

— C'est à *toi* que personne n'arrive à la cheville. C'est moi qui ai été bête, à courir après les mauvais garçons.

— Ça, c'est sûr que tu l'as fait.

Je ris.

— Est-ce que ça veut dire… ? Gabe ?

Je n'arrive pas à lui poser la question, à prononcer les mots, mais ça doit vouloir dire ça. Sûrement, ça veut dire qu'il m'aime.

— Ça veut dire que je t'aime, Ryn Cole, plus que tout, et que je t'aime depuis toujours, d'aussi loin que je me souvienne, dit-il, sa voix profonde, rauque, pleine d'amour. Un amour qu'il ressent pour moi.

Toutes mes peurs et mes doutes disparaissent. Il m'aime. Gabe m'aime !

Le souffle court, le cœur battant dans ma gorge, je serre ses mains et le regarde dans les yeux.

— Je t'aime aussi, G, et pas seulement comme un ami, même si tu es le meilleur ami que je puisse avoir. Je suis totalement et complètement amoureuse de toi.

Puis, d'un mouvement fluide, il m'attire contre lui, ses grandes mains chaudes remontant le long de mon dos, envoyant des frissons de désir à travers moi, amplifiés mille fois quand il emmêle ses doigts dans mes cheveux.

— On a perdu tellement de temps, murmure-t-il.

— Eh bien, je dirais qu'on a du retard à rattraper.

Un sourire s'étale sur son visage avant qu'il ne se penche pour presser ses lèvres contre les miennes. C'est à la fois doux et brûlant d'un désir intense.

On pourrait croire qu'il serait bizarre d'être embrassée par quelqu'un de si familier, qui fait tant partie de ma vie. Quelqu'un que j'ai considéré comme un ami pendant si longtemps.

Ce n'est pas le cas.

Oh que non.

C'est comme si l'amour que j'ai ressenti pour cet homme pendant tout ce temps était imprégné d'une nouvelle forme d'amour, plus profonde, chauffée par la passion et le besoin de le faire mien.

Je fais glisser mes mains le long des contours de ses bras musclés, m'agrippant à ses épaules, et je le tire plus près de moi pour que chaque partie de nos corps se touche. Notre baiser s'approfondit, et il s'accroche à moi comme si sa vie en dépendait, comme si ma vie en dépendait aussi.

Et d'une certaine manière, c'est le cas, parce que Gabe est celui que j'attendais, celui que je cherchais. Les hommes que j'ai choisis ne sont rien en comparaison de lui. Je ris presque

257

de ma stupidité, à courir après les garçons originaux et intéressants, ceux dont je savais déjà qu'ils ne me traiteraient pas bien avant même qu'ils ouvrent la bouche.

Des hommes comme Joe et les autres ne pourraient jamais se comparer à ce que nous avons. Ce que Gabe et moi avons, c'est un amour profond et durable, enraciné dans l'amitié la plus proche. Nous nous aimons, nous nous respectons, nous aimons être ensemble. Je peux honnêtement dire que je n'ai jamais eu ça avec personne auparavant, et maintenant que je l'ai trouvé avec Gabe, je ne le laisserai certainement jamais filer.

Chapitre 25

Gabe

Si quelqu'un m'avait dit, ne serait-ce qu'il y a une semaine, que j'avouerais mon amour à ma meilleure amie et qu'elle me le rendrait, je l'aurais traité de fou. Mais c'est exactement ce qui est arrivé, et c'est comme si mon monde avait été chamboulé de la plus merveilleuse des manières.

Nous n'avons pas eu beaucoup de temps ensemble après avoir scellé notre amour par un baiser au studio. Mais bon sang, quel baiser. Le genre qui a changé mon monde, sans blague.

Rowena nous a interrompus en toussant bruyamment, car elle avait besoin de mon aide, alors nous nous sommes séparés à contrecœur et avons convenu de parler après mon service au Black Bear. Et nous avons parlé, oui, en plus de faire d'autres choses qui ont peut-être impliqué des baisers assez spectaculaires, mais je ne suis pas du genre à vendre la mèche. Littéralement.

Ce que je peux dire, c'est qu'embrasser ma meilleure amie est ma nouvelle activité préférée.

Aujourd'hui, je m'apprête à franchir les portes du Second Chance Café pour passer quelques minutes avec la femme que j'aime avant mon premier service de la journée. Pour l'instant, nous avons convenu de garder ça pour nous. Le Comité des Dames de Hunter's Creek ferait probablement une rupture d'anévrisme collective de pur bonheur s'il savait que nous sommes ensemble, et d'ailleurs, bien que nous soyons amis depuis si longtemps et que je l'aime depuis toujours, ce qu'il y a entre nous est nouveau.

Nous voulons en profiter, juste nous deux pour l'instant.

Donc, la stratégie est que chaque fois que nous nous verrons, nous agirons comme si nous n'étions que de bons amis, rien de plus. Ça devrait être assez facile. Après tout, nous sommes meilleurs amis depuis pratiquement toute notre vie.

Je pousse la porte du café et suis immédiatement frappé par l'arôme du café fraîchement préparé et des pâtisseries, avec un soupçon de sucre, de cannelle et d'épices dans l'air. L'eau me vient instantanément à la bouche.

Comme d'habitude à cette heure de la journée, le café est bondé, et j'aperçois Ryn qui sert un client derrière le comptoir.

Est-ce moi, ou est-elle encore plus belle aujourd'hui qu'elle ne l'a jamais été ? Ses longs cheveux blond vénitien tombent en vagues sur ses épaules, ses yeux noisette pétillent tandis qu'elle affiche son magnifique sourire avec ces lèvres pulpeuses que j'ai maintenant revendiquées comme miennes pour la première fois depuis notre enfance.

Cette pensée me tord les entrailles de désir pour elle.

Elle ne m'a pas encore remarqué, alors je la regarde travailler, le cœur rempli d'amour. Elle sert M. Whitlow et Christopher, qui sont là comme souvent, à discuter de droit autour d'un café et d'une collation, assis à l'une des tables près des bibliothèques remplies de livres.

Je pourrais regarder Ryn toute la journée.

Pas comme un harceleur, bien sûr. Mais avec de l'amour dans les yeux et dans le cœur pour cette femme belle, drôle et intelligente qui sait ce qu'elle veut et ne s'en excuse auprès de personne. La femme qui a renoncé à un apprentissage pour moi parce qu'elle savait que j'en avais besoin.

Ma Ryn.

— Elle est vraiment extraordinaire, n'est-ce pas ? dit une voix à côté de moi, me faisant sursauter.

Je me tourne pour voir Alyssa qui me sourit.

— C'est ta fille. Tu sais qu'elle est géniale, lui dis-je avant de me reprendre. Ce que je veux dire, c'est qu'elle est super et que j'ai de la chance de la compter parmi mes amies.

Alyssa ne se laisse pas berner par ma faible tentative de secret. En fait, elle voit clair en moi.

— Vous avez enfin compris ce que vous ressentez l'un pour l'autre, hein ? dit-elle.

Je ne sais pas trop quoi répondre. Est-ce que j'admets que j'aime sa fille alors qu'il y a à peine quelques heures, nous avons convenu de garder ça pour nous ? J'obtiens ma réponse en la regardant dans les yeux. J'ai toujours été du genre à dire la vérité, à faire passer l'honnêteté avant tout. Je sais d'expérience à quel point les mensonges peuvent blesser, et je ne pourrais jamais faire ça à Alyssa Cole.

Et puis il y a l'autre chose, la chose qui m'a retenu de dire à Ryn ce que je ressentais vraiment pour elle toutes ces années. Le risque de ne plus faire partie de la famille Cole.

Mais savoir maintenant que Ryn m'aime en retour a fait disparaître cette inquiétude. Même si les relations échouent tout le temps, je sais au fond de mon cœur que je veux être avec ma meilleure amie pour toujours. Je veux la totale avec elle. Mariage. Bébés. Vieillir ensemble, nous balancer sur le porche.

Je veux tout ça avec elle.

— C'est si évident que ça ? je demande à voix basse, sentant mes joues chauffer.

— Ça l'est quand tu restes planté là à la contempler avec un sourire niais pendant cinq bonnes minutes.

Je suis resté planté là à regarder Ryn pendant cinq bonnes minutes ?

Alyssa attrape ma main et la prend dans la sienne.

— J'espère depuis si longtemps que vous réaliserez tous les deux à quel point vous pourriez être formidables ensemble. Je ne pourrais pas choisir un meilleur homme pour ma fille, Gabe.

— C'est tout nouveau, je marmonne.

En passant mon regard d'Alyssa à Ryn, je la vois me regarder, les joues rouges. J'adresse à Ryn un sourire qui, je l'espère, lui dit que tout va bien, avant de reporter mon attention sur sa mère.

— Ce n'est pas nouveau, Gabe. Ce n'est jamais nouveau quand deux personnes qui sont faites l'une pour l'autre le réalisent enfin.

Elle me serre la main.

— Je suis si heureuse pour vous.

Elle regarde sa fille.

— Pour vous deux.

Je lui souris. Obtenir l'approbation d'Alyssa me donne envie de lever le poing en l'air.

Je me penche, dépose un baiser sur sa joue et dis :

— Merci. Pour tout ce que tu as fait pour moi.

À ma grande surprise et humiliation, des larmes me

piquent les yeux, et je les chasse rapidement en clignant des paupières.

— Oh, mon chéri, murmure Alyssa.

— Ça va. Je vais bien. C'est juste que ça fait beaucoup. Dans le bon sens du terme.

Je regarde de nouveau Ryn. Elle sert une cliente, mais garde un œil attentif sur sa mère et moi.

— De la meilleure des manières.

— Gabe, je suis en retard pour mon rendez-vous chez le coiffeur, me dit-elle. File donc prendre ton café et tout ce que tu es venu chercher ici.

Elle me lance un sourire entendu et approbateur.

— On se voit bientôt pour dîner.

Nous nous disons au revoir et je fais la queue au comptoir pendant que Mme Jacobson fait son choix. Finalement, Ryn est libre, et nous restons là à nous contempler, seulement séparés par le comptoir entre nous, comme deux adolescents aux yeux de biche, amoureux pour la première fois de leur vie.

Ce qui est exactement ce que nous sommes, à part le fait d'être un peu plus âgés, bien sûr.

— Salut, toi, dit-elle, le visage illuminé d'un sourire, la voix douce et haletante.

— Salut, toi, je réponds, tandis que nous nous communiquons un million de choses qui n'ont pas besoin d'être dites.

— Comment vas-tu ? demande-t-elle, comme si nous ne nous étions pas vus depuis un moment.

— Je vais bien. Très bien, en fait.

— Très bien ? Pourquoi ça ? Une raison particulière ? me taquine-t-elle.

L'expression sur son visage fait faire un bond à mon estomac.

— Il fait un temps magnifique dehors. Pas de pluie.

— Tu vas très bien parce qu'il ne pleut pas ? Tu es un homme bien facile à satisfaire.

Je me penche un peu plus près d'elle et je réponds :

— Seulement quand il s'agit de toi.

Je regarde une charmante lueur rose s'emparer de ses joues, et je souhaite que nous soyons seuls pour que je puisse la prendre dans mes bras et lui montrer à quel point elle compte pour moi.

— Oh, salut, Gabe, dit tante Sheila, un plateau rempli de muffins frais pour la vitrine dans les mains. Venu pour ton café à emporter ?

— C'est ça. Le café. Je ne l'avais pas encore commandé, je réponds de la manière la moins subtile possible pour un type qui essaie de garder une nouvelle relation secrète.

Sans perdre une seconde, le regard de tante Sheila fait la navette entre Ryn et moi. Je sais qu'elle a deviné, avant même d'ouvrir la bouche.

— Alors, vous deux. Des nouvelles ?

Je sais que les carottes sont déjà cuites, mais Ryn, non.

— Je fais juste du café et je sers les clients, comme d'habitude, répond-elle d'un ton enjoué.

J'ai entendu une fois un touriste britannique utiliser une expression : « On lui donnerait le bon Dieu sans confession ». On l'utilise pour décrire quelqu'un qui a l'air innocent, alors qu'en fait, cette personne est totalement coupable. En ce moment, Ryn a l'air d'un ange.

Tante Sheila ne se laisse pas berner par son air innocent.

— Vous savez ce que je pense ? Je pense que nous avons le tout nouveau couple de Hunter's Creek juste ici.

Ryn ouvre la bouche pour protester, mais je secoue la tête en sa direction.

— Les carottes sont cuites, Ryn-Ryn. Ta tante a déjà deviné.

— Tu n'as jamais aimé mentir, répond-elle en riant.

Tante Sheila frappe dans ses mains.

— Oh, c'est une nouvelle formidable. Formidable !

— Tante Sheila, on essaie de rester un peu discrets, se plaint Ryn, mais sa tante n'écoute pas.

— Et alors ? Quand est-ce que c'est arrivé ? Et comment vous avez su ?

Elle inspire brusquement.

— C'était la chanson, n'est-ce pas ? C'est la chanson qui a tout fait. Vous vous êtes regardés dans les yeux, vous avez réalisé à quel point vous vous aimez, et nous y voilà.

On dirait un écureuil qui aurait trouvé la dernière noisette de la saison, comme si c'était elle qui avait tout orchestré et que maintenant nous étions amoureux grâce à une chanson de Dolly Parton et Kenny Rogers.

Ryn et moi échangeons un sourire. Elle a en partie raison. Nous avons bien partagé un moment quand nous avons chanté cette chanson ensemble, mais les sentiments étaient là bien avant ça. Pour nous deux, sauf que l'un de nous les avait repoussés et que l'autre avait passé des années à les nier.

— Chrissy ? Joanne ? Venez par ici. On a des nouvelles, crie-t-elle à l'intention de Mme Jacobson et Mme Sommerfeld, assises à leur table près de la fenêtre.

Absolument toutes les personnes dans le café se tournent pour entendre la nouvelle.

J'esquisse un sourire contrit. « Désolé », je murmure à Ryn sans bruit.

Elle hausse les épaules en réponse alors que les autres membres du Comité des Dames de Hunter's Creek se précipitent pour entendre la nouvelle.

Cependant, ce ne sont ni Ryn ni moi qui la partageons. Tout vient de tante Sheila, qui rayonne de fierté en souriant à ses amies.

— Ça a marché. Ça a marché ! leur dit-elle.

— Qu'est-ce qui a marché, Sheila ? demande Mme Jacobson.

— Notre plan a marché ! *Islands in the Stream* ! Ils l'ont chantée, ils ont réalisé ce qu'ils ressentent l'un pour l'autre, et regardez-les maintenant.

Les trois paires d'yeux se tournent avec émerveillement pour nous regarder, Ryn et moi.

— Vous êtes ensemble ? En couple ? demande Mme Jacobson, les yeux aussi ronds que l'assiette de muffins sur le comptoir.

— Oh, mon Dieu. Regardez-moi ça, dit Mme Sommer-feld, les mains sur le cœur. Ils sont amoureux.

— Amoureux ? demande tante Sheila. C'est vrai ?

Ryn et moi n'osons pas nous regarder.

Il commence à faire chaud ici, non ?

— C'est vrai, répond Ryn, et je jure que mon cœur double de volume, rempli d'amour pour cette femme.

—Je croyais qu'on voulait rester discrets, je lui dis.

— Je dirais que c'est raté, répond-elle avec un grand sourire, et je tends la main pour prendre la sienne.

— Oh !

Mme Sommerfeld a l'air si heureuse qu'elle pourrait exploser de joie.

Tante Sheila observe la scène avec fierté.

— Ne sommes-nous pas de vrais génies ?

— Nous le sommes certainement, Sheila. Nous le sommes, répond Mme Jacobson.

Les trois femmes nous regardent avec des sourires fiers, comme si notre amour était uniquement leur œuvre.

— N'êtes-vous pas contents d'avoir pu chanter cette chanson ensemble ? Parce que c'était la chanson, n'est-ce pas ? insiste Mme Jacobson.

— La chanson a clairement joué son rôle, je réponds, et toutes les trois rient et se félicitent comme si elles avaient réussi une mission impossible, à la Tom Cruise.

— Merveilleux. Simplement merveilleux !

Elles discutent toutes les trois de leur succès et Ryn fait un signe en direction de la porte de derrière. Elle dit à tante Sheila qu'elle va prendre une petite pause, qui lui répond qu'elle peut prendre tout le temps qu'elle veut. Nous traversons la cuisine et sortons par la porte arrière ensemble, main dans la main.

— Eh bien, c'était intense. Tant pis pour notre projet de ne rien dire à personne, dit Ryn.

— On vit à Hunter's Creek, tu te souviens ?

Elle me sourit.

— Oh, ça, impossible de l'oublier, avec le Comité des Dames et leurs manigances. Qui aurait cru qu'elles auraient raison depuis le début ?

Nous nous arrêtons et je caresse sa joue du bout des doigts.

— Je le savais.

Elle lève son regard vers le mien.

— J'ai enfoui mes sentiments pour toi il y a longtemps, quand on s'est embrassés cette nuit-là, en pensant que tu ne ressentais pas la même chose que moi. J'ai toujours cru qu'on s'était seulement embrassés parce que tu étais bouleversé à cause d'Ivy.

— Je t'ai embrassée parce que j'avais tous ces sentiments pour toi, des sentiments que je ne m'attendais pas à avoir. Je sortais avec Ivy. J'aurais dû penser à elle et seulement à elle, mais au lieu de ça, je me surprenais à penser à son amie. À *mon* amie. C'est pour ça que j'ai rompu avec elle. C'est pour ça que je t'ai emmenée au cinéma et que je t'ai ramenée pour qu'on s'assoie sur la balancelle du porche. J'avais prévu de te dire ce que je ressentais, mais après notre baiser, tu as changé.

— Je me protégeais. Je pensais que ce n'était qu'un baiser pansement.

— Et tu ne voulais pas que ce soit juste un baiser pansement ?

— Non.

Elle me sourit et je ne peux pas résister à l'envie de me pencher pour déposer un baiser léger sur ses lèvres, parce que maintenant, je peux le faire, et la sensation est incroyable.

— Alors, si je comprends bien, pendant tout ce temps, tu

voulais être avec moi et je voulais être avec toi. On est vraiment deux imbéciles, pas vrai ? demande-t-elle avec un sourire.

— Peter et Petra Pan.

Je tends la main et j'écarte une mèche de cheveux de son visage, effleurant sa peau douce de mes doigts.

— Je suppose qu'on a une seconde chance, et cette fois, je veux qu'on réussisse.

Je me penche et l'embrasse une fois de plus, pour lui montrer à quel point elle compte pour moi.

Elle se hisse sur la pointe des pieds et enroule ses bras autour de mon cou tout en me rendant mon baiser. J'inspire son parfum si unique, celui de Ryn, tandis qu'une décharge électrique me parcourt les veines.

— J'aurais aimé qu'on n'ait pas perdu tout ce temps, murmure-t-elle contre mes lèvres.

Je l'embrasse encore et encore, sachant que je ne me lasserai jamais d'embrasser cette femme dans mes bras.

— Pour moi, ça ne rend les choses que meilleures maintenant.

Elle me sourit d'un air malicieux.

— C'est vrai ?

— Tu sais que oui, parce que je veux tout avec toi. Absolument tout.

— Vraiment ?

— Je t'aime, corps et âme.

— Tu as intérêt, prévient-elle dans un rire.

Je la serre contre moi aussi fort que je le peux et presse mes lèvres contre les siennes une fois de plus.

— Tu peux compter sur moi.

Chapitre 26

Ryn

Gabe et moi arrivons à la mairie avec le reste des habitants, prêts à regarder le dernier épisode de la saison de *Serious Bite*. L'endroit est en pleine effervescence, et pas seulement parce que dans cet épisode, nous allons tous découvrir ce qui arrive à la bande de vampires et la bataille à venir avec les créatures des enfers, mais aussi parce que, maintenant, tout le monde sait que Gabe et moi sommes ensemble.

Et quand je dis *tout le monde*, je le pense. Toute cette fichue ville. Mais bon, ce ne serait pas Hunter's Creek si tout le monde ne se mêlait pas des affaires des autres.

On nous a félicités, on nous a littéralement donné des tapes dans le dos, on nous a dit qu'on formait un couple adorable, et de manière générale, on nous a célébrés comme si nous étions les stars de la série télé que nous sommes venus regarder, et pas juste deux personnes qui ont enfin admis qu'elles s'aiment.

Je ne vais pas dire que ce n'est pas agréable. C'est génial. Enfin, je suis avec le garçon que j'aime depuis toujours, même si je ne l'ai jamais admis, pas même à moi-même. Plus que ça, je sais maintenant qu'il ressent la même chose pour moi.

On ne peut rêver mieux, croyez-moi. En tout cas, pas d'après mon expérience.

— Vous avez enfin compris que vous étiez faits l'un pour l'autre, hein ? dit Christopher avec un large sourire en serrant la main de Gabe et en m'attirant à lui pour une accolade rapide.

— On dirait bien, répond Gabe en passant un bras possessif autour de mes épaules pour me garder près de lui.

— Je suis content pour vous, répond Christopher, bien qu'il me regarde plus que Gabe.

Il m'a dit un jour que je lui rappelais sa sœur, Kelly, ce que j'ai pris comme sa bénédiction. Peut-être qu'il imagine sa sœur heureuse en amour, elle aussi.

Tout ce que je fais, c'est lui sourire de toutes mes dents. Je fais beaucoup ça, ces derniers temps. Rayonner. Arborer un large sourire. Glousser. Rire. Sourire. C'est difficile de s'en empêcher quand on a l'impression d'être sur un petit nuage. Le fait que tout le monde dans cette ville soit ravi pour nous ne fait qu'ajouter à mon bonheur.

Même Ivy, qui a pris tout ça avec une grâce que je ne lui connaissais pas. Je lui en suis tellement reconnaissante. Je suis sûre qu'elle se sent super mal à l'aise avec nous, mais elle ne le laisse pas paraître. Elle quitte simplement la pièce quand nous échangeons des regards.

C'est mieux comme ça, de toute façon.

— Salut, vous deux, dit Harper en nous adressant un sourire en coin.

— Qu'est-ce que tu fais là ? Je pensais que tu évitais de voir ces épisodes comme la peste, dis-je.

Christopher et Harper ne regardent jamais les épisodes avec le reste de la ville. Je comprends. Pourquoi voudraient-ils regarder son ex-petit ami sur grand écran ? Ils ont bien mieux à faire de leur temps.

— Tu connais ta sœur. Elle aidait à l'installation, répond Christopher.

Je lève les yeux au ciel.

— C'est tout Harper.

— Allez, Topher. On y va, lui dit Harper. Amusez-vous bien ce soir, nous lance-t-elle.

— Oh, compte sur nous, répond Gabe alors que nous échangeons un autre de nos sourires complètement niais.

Sérieusement, même moi, je nous trouve parfois écœurants.

J'aperçois Joe dans la foule. Il a le bras passé autour des épaules de Jenny, et elle le dévore des yeux comme s'il était une part de la tarte aux pommes primée de tante Sheila.

Ça ne m'étonne pas.

Bonne chance à eux, c'est tout ce que je dis.

C'est bizarre, parce que je m'attendais à ressentir au moins quelque chose la prochaine fois que je le verrais. Mais non. Rien du tout. Enfin, si ce n'est me demander pourquoi je suis sortie avec ce type, en premier lieu.

Un homme âgé en costume, qui ressemble de façon frappante à l'acteur Jack Nicholson, nous sourit et je donne un coup de coude dans les côtes de Gabe.

— M. Cantor nous sourit, dis-je entre mes dents.

— Qui ? demande Gabe, principalement parce que je dois ressembler à une mauvaise ventriloque.

Je n'ai pas le temps de répondre. M. Cantor s'approche de nous, tout sourire, et dit :

— J'ai entendu dire que vous deux étiez en couple, maintenant. Félicitations.

Je regarde l'homme le plus riche de la ville, bouche bée.

— Merci, monsieur, répond Gabe en lui serrant la main.

— Passez une agréable soirée.

Il s'éloigne pour rejoindre son groupe.

— Je ne pensais même pas qu'il savait qui nous étions, et encore moins que nous étions amis et que maintenant, c'était plus.

Gabe me serre contre lui.

— La partie « plus », elle me plaît beaucoup.

Je lève les yeux vers lui.

— Moi aussi.

Je me hisse sur la pointe des pieds et je l'embrasse, en oubliant que nous sommes entourés de nos amis et de notre famille. En me reculant, je regarde autour de moi et je vois deux membres du Comité des dames de Hunter's Creek nous observer avec fierté, mes parents nous sourire de toutes leurs dents, et l'amie et camarade de classe de Gabe, Natalie, arborer son joli sourire.

— Nat. Salut, dit Gabe. Tu as pu venir.

— Bien sûr. J'avais entendu parler de ces projections, mais je n'étais jamais venue. On dirait que toute la ville est là.

Elle regarde avec émerveillement la foule d'habitants qui remplit la salle.

— On est contents que tu aies pu venir, répond Gabe.

Ça, c'est l'autre chose. J'adore quand Gabe parle de nous en disant « on ».

Nous trouvons une place à côté de mes parents, et je leur présente Natalie. Apparemment, elle les avait déjà rencontrés au festival.

— Vous connaissez Dex Ryder ? nous demande Natalie.

— Bien sûr. Il avait quelques années de plus que nous au lycée, répond Gabe.

— Il est sorti avec ma sœur pendant des années, j'ajoute.

Natalie se met à rire.

— Et dire que tu prétends que tout le monde n'est pas de la même famille dans cette ville.

— Pas tout le monde, je réponds.

Je suis récompensée par un sourire de Gabe qui me donne des papillons dans le ventre.

Elle se penche en avant sur son siège.

— Personne ne doit pouvoir garder de secrets ici. Vous devez connaître les affaires de tout le monde.

— Je suis sûr que les gens ont autant de secrets ici que dans les grandes villes, répond Gabe d'un ton léger.

— Oh, je suis sûre que tu as raison, répond Natalie, son regard glissant brièvement vers le mien.

Les poils de ma nuque se hérissent, m'avertissant d'un danger. Un souvenir de la nuit où j'ai trop bu me revient en mémoire.

Theo lui a parlé de l'apprentissage.

Fausse alerte. C'est un pétard mouillé. J'ai tout dit à Gabe au sujet de l'apprentissage. Si elle veut en parler, ça n'aura pas l'effet qu'elle escompte.

Natalie tourne son attention vers moi.

— Qu'en penses-tu, Ryn ? Les habitants de Hunter's Creek ont-ils des secrets ?

— Je ne sais pas, je réponds en haussant les épaules.

Je ne connais pas bien Natalie. Je ne l'ai rencontrée que cette seule fois. Gabe m'a dit qu'elle l'aidait beaucoup pour leur cours et, avec l'honnêteté qui le caractérise, il m'a aussi avoué qu'elle avait un petit faible pour lui.

— Pas de secrets du tout ? me demande-t-elle.

Gabe vient à ma rescousse.

— Tu parles de l'apprentissage ? Parce que Ryn m'en a parlé.

Il me serre la main, et je pousse un soupir de soulagement.

Sérieusement, que quelqu'un donne un cheval à cet homme — c'est sans aucun doute mon chevalier servant.

Eh oui, d'habitude, cette idée me ferait grincer des dents, mais être amoureuse de Gabe m'a rendue un peu moins cynique.

Le regard de Natalie glisse de Gabe à moi.

— Ah oui ? Eh bien, tant mieux, parce que maintenant que vous sortez ensemble, ce serait terrible d'avoir des secrets entre vous.

— Pas de secrets, dit Gabe.

Je plisse les yeux en la regardant. Elle essaie de se mettre entre nous. Elle a tenté d'utiliser le fait que je n'avais pas parlé à Gabe de ce qui s'était passé avec l'apprentissage pour nous séparer.

Eh bien, ma belle, ça ne risque pas d'arriver.

Je me penche en arrière sur mon siège et Gabe passe son bras autour de mes épaules. Alors que les lumières baissent et que le générique de *Serious Bite* remplit la pièce, je me blottis contre lui, rassurée par son amour et la certitude que rien ne peut nous séparer. Ni Natalie, ni personne d'autre.

Nous regardons l'épisode se dérouler. Il atteint son apogée avec la scène de bataille attendue, laquelle se révèle à la fois épique et excitante, jusqu'au cliffhanger de fin de saison qui nous donne envie de voir la troisième saison le plus vite possible.

Après, je dis à Natalie que ce fut un plaisir de passer la soirée avec elle — ce qui sous-entend que ce sera la seule soirée que je passerai avec elle, après le petit tour qu'elle a essayé de jouer. Nous discutons avec les autres villageois en nous dirigeant vers la sortie.

Nous sortons dans la rue où la pluie tombe en fines gouttelettes. Aucun de nous n'a pensé à prendre de parapluie, mais

Gabe propose d'enlever sa chemise en flanelle pour la tenir au-dessus de nos têtes afin de rejoindre sa voiture.

— Seulement si tu ne portes pas de t-shirt en dessous, je dis en riant.

Il déboutonne sa chemise en flanelle et l'enlève, révélant son t-shirt blanc caractéristique en dessous.

— Désolé de te décevoir.

— Je ne peux pas imaginer que tu me déçoives un jour.

J'enlace sa taille avec mon bras et il passe le sien sur mes épaules.

C'est alors que je le vois, une silhouette sombre se détachant sur le ciel du soir, une silhouette si semblable à celle qui se trouve à mes côtés.

Il se poste devant nous et nous nous arrêtons. C'est à cet instant que je le reconnais, dans un flash qui me coupe le souffle.

Patrick Hartmann.

Chapitre 27

Gabe

Je lance un regard noir à l'homme qui se tient devant moi sur le trottoir, mon incrédulité se transformant en choc puis en colère.

Mon père est là ? À Hunter's Creek ? Mais qu'est-ce qu'il fout ici ?

Pourquoi est-il là ? Ça n'a aucun sens. Il n'habite pas ici. Il habite à Portland, du moins c'est là où il vivait avant. Je ne l'ai pas vu depuis près de dix ans. Non, en fait, ça fait près de dix ans que je n'*ai pas voulu* le voir.

Et pourtant, il est bien là, en chair et en os, debout devant moi, une lueur d'espoir dans les yeux.

Je resserre mon étreinte autour de l'épaule de Ryn, essayant de comprendre ce retour impromptu.

Il ouvre la bouche, et à ma grande surprise, il dit :

— Salut, Gabriel. Ryn.

Je fronce les sourcils. Il connaît le prénom de Ryn ?

— Salut, Monsieur Hartmann, marmonne-t-elle, l'air aussi mal à l'aise que moi.

Attends, *quoi ?!*

Ils se connaissent ? Dans quel genre d'univers parallèle affreux a-t-on atterri sans le vouloir ?

— Tu… tu le connais ? je demande, la voix nouée.

— On a déjà parlé, répond Ryn.

Ses mots me tombent dessus comme un coup de massue, quelque chose de lourd et douloureux qui me percute en plein cœur.

— Vous avez parlé ?

— Ton père est passé au café il y a quelque temps et il m'a demandé de l'aider à te retrouver. Au début, je ne savais pas si je devais accepter, et puis, après t'avoir parlé, je lui ai dit…

— Au *début* ? je l'interromps, parce que sérieusement ? Ryn a rencontré mon père plus d'une fois ? J'ai l'impression que ma tête va exploser.

— Qu'est-ce que tu veux dire par « au début » ? Tu l'as vu plus d'une fois ?

— Deux fois. La deuxième, je lui ai dit que je ne pouvais pas l'aider.

Mon père avance d'un pas vers moi.

— Écoute, Gabriel. Ne t'en prends pas à Ryn. Si tu dois t'en prendre à quelqu'un, c'est à moi.

Oh ça, pour être en colère contre lui, je le suis déjà. Mais en ce moment, je veux comprendre. J'*ai besoin* de comprendre. Ils ont passé du temps ensemble. Sans moi. Sans que je le sache. Pour parler de moi.

Et Ryn ne m'a rien dit.

Un froid glacial m'envahit le cœur. Je laisse retomber mon bras de ses épaules et je recule.

— Gabe, dit-elle, les yeux écarquillés, le visage suppliant. — Je t'ai demandé si tu voulais le revoir, et tu m'as répondu non. Clairement non. C'est pour ça que j'ai dit à Patrick que je n'allais pas l'aider.

— Pourquoi ne m'as-tu pas dit que tu l'avais vu ?

— Ça me paraissait énorme et tu étais tellement catégorique sur le fait que tu ne voulais pas le revoir. Tu me l'as dit. J'allais te le dire. Vraiment, je voulais le faire.

Un sentiment de trahison glaciale rampe sur ma peau, comme un serpent.

— Mais tu ne l'as pas fait, je lâche entre mes dents.

— Non.

Elle baisse la tête.

— Écoute, Gabriel, commence mon père, et je lui lance un regard qui lui ordonne de se taire. Mais il continue quand même.

— Je savais que tu ne voudrais pas me voir, même si je débarquais chez toi. J'ai pensé que la meilleure approche serait de passer par ton amie. J'ai appris qui elle était parce que dans cette ville, les gens aiment bavarder.

Il lâche un rire amer.

— Je suis allé là où elle travaille et on a discuté. Ryn est une fille géniale. Tu as de la chance d'avoir une amie pareille.

Je vais droit au but avec lui.

— Qu'est-ce que tu fais ici ?

— Je voulais te voir. Je voulais arranger les choses entre nous.

— Pourquoi ?

— Parce que tu es mon fils.

Je ricane.

— Je suis ton fils depuis vingt-trois ans et tu n'as jamais

voulu me voir « parce que je suis ton fils ». Pourquoi maintenant ? Qu'est-ce qui a changé ?

— Gabe, plaide Ryn.

— Tu ne peux pas le défendre.

— J'essaie seulement d'expliquer ce qui s'est passé, dit-elle.

Des gens passent près de nous, certains nous saluent,
certains nous félicitent pour notre nouvelle relation, certains
nous jettent des regards intrigués. Je n'y prête aucune attention. Tout ce qui existe, c'est Ryn, mon père et moi, coincés
dans ce drôle de triangle impossible à croire.

— Est-ce qu'on peut aller quelque part pour discuter ?
demande-t-il.

Je croise les bras et le fusille du regard.

— Dis-moi pourquoi tu es ici, je répète, la détermination
aussi dure que l'acier.

— Ce n'est pas l'endroit, répond-il.

— Tu vas me sortir que tu es venu pour voir le spectacle ?

Il passe les doigts sur sa mâchoire et je croise les bras, la
colère bouillonnant en moi comme une marmite de soupe sur
le feu.

Je sens la main de Ryn sur mon bras.

— Je sais que tu as dit que tu ne voulais pas le voir. Je
comprends, et je suis complètement de ton côté. Il m'a juste
dit que tout ce qu'il voulait, c'était se racheter et avoir une
relation avec toi.

Ryn prend la défense de cet homme sans courage qui ose
se faire passer pour mon père ?

Je plante mon regard dans le sien, sentant la brûlure de la
trahison.

— Tu sais que c'est faux.

Je me tourne vers lui.

— Ça ne peut pas être vrai.

Il marque une pause, le visage tordu par l'émotion.

— C'est mon fils, commence-t-il. Elliot. Il est malade. Il

doit se faire opérer le mois prochain et il a un groupe sanguin rare. C'est… c'est le même que le tien.

Et voilà, mes amis, ce qu'on appelle un *mobile*.

— Quoi ? s'exclame Ryn, le visage décomposé.

Apparemment, c'est une surprise pour elle aussi.

— J'ai compris, *Papa*. Tu n'es pas là pour moi. Tu es là parce que tu as besoin de quelque chose de moi pour ton autre famille, celle pour laquelle tu es resté.

— C'est compliqué, proteste-t-il.

— C'est là que tu te trompes, je crache. C'est on ne peut plus simple. Tu es là parce que tu veux quelque chose de moi. Rien de plus.

— G, s'il te plaît, commence Ryn alors que des larmes coulent sur ses joues.

— Je ne peux pas, là, je souffle, la voix basse, en reculant. Je suis désolé, Ryn, mais je ne peux pas. Tu l'as rencontré et… non.

— Tu vas où ? demande-t-elle.

— Je t'appelle plus tard, Ryn.

Je jette un regard à mon père. Sa mâchoire est serrée et il me fixe avec une expression sombre, résignée.

J'adresse à Ryn un dernier regard avant de me retourner et de m'éloigner. Une petite voix dans un coin de ma tête me dit que Ryn se retrouve prise entre mon père et moi. Que tout ça, au fond, ne la concerne même pas.

Mais pour l'instant, je suis complètement sonné par son retour, et il m'est impossible de faire abstraction du fait qu'elle a passé du temps avec lui — sans que je le sache.

Chapitre 28

Ryn

Je me tourne brusquement vers le père de Gabe, le choc et la consternation fusant de moi.

— Vous êtes venu ici pour son *sang* ?

Ma voix tremble, secouée par une foule d'émotions qui font rage dans mon corps, et aucune d'elles n'est positive.

— C'est mon fils, Elliot. Il est très malade. Sans ce sang pour son opération, nous devrons faire appel à un donneur et, eh bien, je veux que ça reste dans la famille.

— Que ça reste dans la famille ?

Je ricane.

— Quelle famille ? Parce qu'aux dernières nouvelles, la mère de Gabe était sa seule famille.

Je sais que c'est cruel. Je sais que je m'emporte, mais cet homme m'a bien eue. Il m'a dit que tout ce qu'il voulait, c'était renouer des liens avec Gabe, et l'idiote que je suis l'a cru. J'ai cru chaque mot qu'il m'a dit : qu'il savait qu'il n'avait pas été un bon père pour son fils, qu'il regrettait ses actes passés, qu'il était ici pour prendre un nouveau départ.

Eh bien, ce nouveau départ s'est envolé avec un coup de vent, révélant sa vraie nature : celle d'un père horrible pour Gabe, quelqu'un prêt à utiliser la relation avec son fils abandonné pour obtenir ce qu'il veut pour un autre enfant, pour qui il est resté assez longtemps pour être un père.

— Pourquoi êtes-vous venu ici ce soir ? je lui demande.

— Je savais qu'il serait là et je devais faire avancer les choses.

— Manipuler sa meilleure amie ne vous suffisait pas ?

— Je ne vous manipulais pas. Je ne vous avais simplement pas dit toute la vérité, c'est tout. C'était entre Gabriel et moi.

Je le foudroie du regard, ma colère atteignant son paroxysme.

— Vous jouez sur les mots, monsieur Hartmann.

— Écoutez, si je vous l'avais dit, m'auriez-vous aidée ?

J'ouvre la bouche pour répondre, mais aucun mot ne sort. L'aurais-je fait ?

Je ne peux pas y penser maintenant. Je suis là, à perdre mon temps à lui parler alors que je pourrais être en train de courir après l'homme que j'aime, l'homme qui a mon cœur. L'homme qui pense que je l'ai trahi.

— L'honnêteté est incroyablement importante pour Gabe après... après ce que vous avez fait, et vous m'avez mise dans cette position impossible où il a l'impression que je lui ai menti alors qu'en réalité, ce n'est pas le cas.

Je suis sûre d'avoir raison. J'ai demandé à Gabe s'il

voudrait revoir son père, et il a répondu par un *non* catégorique. Bien sûr, j'aurais pu lui dire qu'il était passé au café et
que nous avions parlé, mais j'avais l'impression d'ouvrir la
boîte de Pandore, et avec notre déclaration d'amour, je ne
voulais pas que des vers viennent faire des trous dans notre
bulle de bonheur.

Oh, qui est-ce que je cherche à tromper ? J'aurais dû tout
lui dire dès que son père s'est pointé.

Je crois que j'ai tout gâché. Et j'ai blessé mon meilleur ami.

— Ryn, il s'en remettra. Avec vous, du moins. Moi ? Je
n'en suis pas si sûr.

Mes épaules s'affaissent, l'air s'échappe de mes poumons.
Du point de vue de Gabe, le fait que je lui aie caché ça est
une preuve de ma malhonnêteté. Mon omission signifie que
j'ai enfreint la règle d'or de Gabe : l'honnêteté, par-dessus
tout.

— Peut-être que vous pourriez essayer de lui parler pour
moi ? suggère M. Hartmann.

Je le dévisage, incrédule.

— Vous êtes sérieux ?

— Voudriez-vous au moins y réfléchir ?

Je lui jette un regard abasourdi.

J'en suis tout simplement incapable en ce moment.

Je le bouscule en passant et je marche d'un pas décidé dans
la rue. Je me dirige vers l'endroit où Gabe et moi nous étions
garés.

Son pick-up n'est plus là.

J'accélère le pas jusqu'à me mettre à courir, dévalant la rue
principale en direction de chez Gabe. J'arrive devant la
maison, mais elle est plongée dans l'obscurité. Son pick-up
n'est nulle part en vue.

S'il n'est pas rentré chez lui, où est-il ?

Je m'arrête et je lève les yeux vers le ciel nocturne et
nuageux, la pluie fine flottant autour de moi, et j'attends que
l'inspiration me vienne.

Serait-il allé à notre coin pour observer les étoiles, à la lisière de la forêt ?

Non. Il n'irait pas là-bas. Ça lui rappellerait trop de souvenirs de moi et, en ce moment, c'est la dernière chose qu'il voudrait.

Il est peut-être allé à l'atelier de verrerie. Je cours les quatre pâtés de maisons jusqu'à l'atelier, pour le trouver fermé à clé et plongé dans le noir.

M'affaissant contre le mur, haletante, une vague d'impuissance me submerge.

Gabe est quelque part, dehors, pensant du mal de moi, pensant que je l'ai trahi alors que j'essayais de faire ce qui était juste pour lui. Pour le protéger d'un homme qu'il avait clairement dit ne pas vouloir revoir.

Des larmes coulent sur mes joues et je les essuie rageusement avec mes poings.

Est-il en colère contre moi ?

Ai-je tout gâché ?

Sûrement pas. Tout va bien entre nous. Il a dit qu'il m'appellerait. Il a juste besoin d'un peu de temps, d'un peu d'espace pour digérer tout ça.

Je retourne dans la rue jusqu'à la maison de Gabe, espérant à chaque pas qu'il y sera. Son pick-up n'est toujours pas dans l'allée. J'essaie la porte. Verrouillée.

Je m'affale sur la balancelle du porche, j'observe et j'attends, mon cœur aussi lourd qu'un tronc d'arbre à la scierie. Il est encore tôt, peut-être seulement vingt et une heures. Je suis sûre qu'il reviendra bientôt et que nous pourrons en parler. Tout arranger entre nous.

Je prends mon téléphone et je lui écris un message.

Est-ce que ça va ?

Je fixe mon écran, priant pour qu'il réponde. Au bout d'un certain temps, il répond :

— *J'ai besoin de temps pour réfléchir.*

L'angoisse m'étreint la poitrine et me la tord douloureusement. Est-ce que ça veut dire qu'il a besoin de temps pour réfléchir à nous ? Non. Je suis sûre que ce n'est pas le cas. Ça concerne son père, le fait que son frère soit malade et que son père lui ait demandé son sang.

N'est-ce pas ?

Je tape un autre message, juste pour vérifier :

— *Tout va bien entre nous ? Toi et moi ?*

Les points qui indiquent qu'il est en train d'écrire clignotent sur mon écran, puis s'arrêtent. Je reste assise là, et j'attends. Plus de points. Pas de réponse.

— *G ?*

— *Je t'aime,* répond-il.

Le soulagement déferle dans mes veines.

— *Moi aussi, je t'aime, tellement, tellement, et je suis si désolée de lui avoir parlé. Tu ne mérites pas ça.*

Il me répond par message :

— *Laisse-moi un peu de temps, d'accord ?*

— *Bien sûr. Sache juste que je suis là pour toi. xoxo*

Je fixe mon écran, attendant un autre message. Je ne reçois plus rien.

D'accord, donc il a besoin d'un peu de temps. Je comprends. Il a beaucoup de choses à digérer en ce moment. Je peux lui donner du temps. Sans problème.

Même si je comprends qu'il ait aussi besoin de prendre ses distances avec moi, je voudrais de tout mon cœur que ce ne soit pas le cas.

Chapitre 29

Ryn

J'attends en silence pendant que tante Lisa fait frire le bacon sur le gril. Elle sort le panier métallique rempli de galettes de pommes de terre de l'huile bouillante et le dépose sur un crochet pour qu'elles refroidissent.

— Tu veux bien aller chercher un panier pour les galettes, ma chérie ? me demande-t-elle, du ton qu'elle et tante Sheila emploient avec moi depuis la réapparition de Patrick Hartmann hier soir.

La réponse à la question de savoir comment elles sont au

courant de la conversation que Gabe, un inconnu et moi avons eue est simple : nous sommes à Hunter's Creek. Quelqu'un a forcément entendu notre conversation et l'a racontée à quelqu'un d'autre qui en a parlé à un membre du Comité des Dames, et la nouvelle s'est ensuite répandue aux quatre coins du comté.

Les petites villes.

— Bien sûr, tante Lisa.

Je prends l'un des paniers sur l'étagère et le tapisse de papier sulfurisé. J'y verse les galettes de pommes de terre et je les sale généreusement.

— Tiens. Pour la table trois, ma chérie.

Tante Lisa me tend les assiettes et, avec le panier, je transporte les plats en équilibre et me fraie un chemin jusqu'à la salle du café.

Comme d'habitude, l'endroit bourdonne de bavardages et de rires, et tante Sheila papote avec quiconque veut bien l'écouter. Il faut lui reconnaître qu'elle a dit à tous ceux qui lui ont posé la question que ce qui s'est passé hier soir ne regardait que Gabe et moi, et qu'ils feraient bien de ne pas fourrer leur nez là où ça ne les regarde pas.

L'ironie de voir la plus grande commère de la ville faire de telles déclarations sans même avoir obtenu ma version des faits ne m'a pas échappé, mais cela ne fait que renforcer mon affection pour elle.

Je sers les plats à Marlowe et à son petit ami, Mike. Ils sont revenus passer quelques jours ici. Bien sûr, je sais maintenant que Mike est plus que son petit ami, qu'il est aussi son patron, alors je ne peux qu'espérer pour elle que tout s'arrangera sur les deux tableaux.

— Merci, sœurette, dit Marlowe. Comment ça va ?

Je réponds par un haussement d'épaules.

— Oh, tu sais. La routine.

Mike et elle échangent un regard qui me dit qu'ils ont entendu ce que le reste de la ville semble savoir.

Mike s'éclaircit la gorge.

— Votre sœur m'a dit que vous aviez un don pour le dessin.

— Ah oui ?

La situation doit être vraiment désespérée si le petit ami de ma sœur, une personne que je connais à peine, essaie de me vanter pour me remonter le moral.

— Oh oui, elle a vraiment du talent, Mike. N'est-ce pas, Ryn ? Tu es super douée en dessin et en art. J'ai entendu dire que tu pourrais te lancer dans le maquillage artistique, tu serais tellement douée pour ça, dit Marlowe.

Mon regard passe de l'un à l'autre. Ils essaient clairement d'être gentils avec moi et de me faire penser à autre chose qu'à Gabe.

— Bien sûr. Merci, je marmonne.

Je force mes traits en ce que j'espère être un sourire.

— Bon appétit.

— Je suis sûr qu'on va se régaler. Ça a l'air délicieux, dit Mike alors que je me retourne pour partir.

— Ce n'est pas moi qui ai fait la cuisine, je réponds.

— Eh bien, vous... les avez super bien servis, dit-il.

Là, on est vraiment en train de racler les fonds de tiroir.

Je traverse le parquet d'un pas lourd, le cœur encore plus lourd. Gabe me manque. Il me manque vraiment, vraiment beaucoup. Je sais que ça ne fait qu'une nuit, et qu'on s'est envoyé des messages, mais j'ai l'impression que ça fait une semaine ou plus.

Avant qu'on s'avoue notre amour, nous étions amis. Les meilleurs amis du monde. On était toujours là l'un pour l'autre, heureux de parler, de rire ou juste de passer du temps ensemble. Maintenant, il y a un énorme vide en forme de Gabe dans ma vie.

J'arrive au comptoir et je sers d'autres clients, leur apportant leur café et leurs plats. Au bout d'un moment — et après de nombreuses visites et vérifications de la part de tante

Sheila, de tante Lisa et de Marlowe, et même de ma mère, mon père, Harper et Christopher qui sont passés dire bonjour — le café commence à se vider.

Je vérifie mes messages pour la dixième fois aujourd'hui. Le dernier message est toujours de moi. *Sache juste que je suis là pour toi. xoxo*

Je me mords la lèvre, ressassant la pensée qui n'arrête pas de me tarauder l'esprit. Est-ce que le fait de ne pas avoir dit à Gabe que j'ai parlé à son père le protège, ou est-ce plutôt que je lui mens ? Je sais comment il l'a pris hier soir, et je ne peux qu'espérer qu'il voie les choses différemment aujourd'hui.

Tante Sheila sort de la cuisine.

— Est-ce que ça va, ma chérie ?

Je glisse mon téléphone dans la poche de mon tablier et je réponds :

— Ça va.

Elle lit en moi comme dans un livre ouvert.

— Vous êtes amis depuis très, très longtemps, vous deux. Peu importe ce qui s'est passé avec cet inconnu hier soir qui fait parler toute la ville...

Elle fait une pause, me regardant avec attente, espérant que je lui donne les détails. Je ne le fais pas.

— Eh bien, quoi que ce soit, je sais une chose avec certitude : tout le monde mérite une seconde chance. Je suis bien placée pour le savoir.

— Ah oui ?

— Oh, que oui.

— C'est pour ça que tu as appelé cet endroit le Second Chance Café ? je demande, soulagée de parler d'autre chose que de Gabe, de « l'inconnu » et de moi.

— Exactement.

— Je me suis toujours posé la question. Toi et oncle Johnny, vous êtes mariés depuis une éternité. Depuis que vous êtes adolescents, non ?

— Laisse-moi te raconter une histoire. Quand ton oncle et

moi avons commencé à sortir ensemble, je venais de rompre avec un garçon que je pensais épouser.

— Tu avais quoi ? Douze ans ?

— Dix-sept, en fait. Bernie Romano.

— Le boucher ?

— C'est bien lui. On est sortis ensemble pendant environ deux ans et je pensais vraiment que c'était l'homme de ma vie. Puis un jour, il m'a dit qu'il ne m'aimait plus, et ça m'a brisé le cœur. J'avais tout planifié pour notre avenir, tu vois. Il allait reprendre la boucherie de son père, et moi, je devais rester à la maison pour être mère au foyer.

— Ça fait très Hunter's Creek, comme histoire. Qu'est-ce qui s'est passé ensuite ?

— Ton oncle m'a invitée à sortir et, même si j'avais le cœur brisé à cause de Bernie, j'y suis allée parce qu'on était amis depuis un moment et que je l'aimais bien. On est sortis ensemble, mais mon cœur n'y était pas.

— Il était toujours avec le boucher ?

— Exactement. Alors, après être sortie avec ton oncle pendant environ un mois, je l'ai largué.

— Tante Sheila ! Pauvre oncle Johnny.

Elle fait un geste de la main.

— Oh, il s'en est remis. J'avais décidé que je n'avais pas la tête à sortir avec quelqu'un, alors je disais non à tous ceux qui me le demandaient.

— Tu étais populaire, hein ?

— J'ai eu mon heure de gloire, répond-elle en riant, se donnant un air de dame de quatre-vingts ans. Puis, quand j'ai retrouvé mes esprits et que j'avais tourné la page sur Bernie, j'ai réalisé que je n'avais jamais oublié Johnny. Alors, je lui ai proposé un rendez-vous. Il a dit oui, et le reste appartient à l'histoire.

— Tu as donné une deuxième chance à oncle Johnny.

Un sourire se dessine sur son visage.

— Donner une deuxième chance à cet homme a été la meilleure chose que j'aie jamais faite.

— C'est pour ça que tu as appelé cet endroit le Second Chance Café.

— C'était soit ça, soit Chez Johnny, et ton oncle n'en voulait pas. Bon, j'ai besoin que tu fasses quelques courses pour moi, si ça ne te dérange pas. Tu reviens bien ce soir pour le service spécial du dîner, n'est-ce pas ?

Tante Sheila a décidé il y a seulement quelques heures d'ouvrir pour le dîner une fois par semaine. C'est une nouvelle aventure et ce soir, c'est la grande première. J'ai accepté de donner un coup de main. Servir des tables ne va pas vraiment m'aider à acheter un manoir, alors plus je fais d'heures, mieux c'est. Surtout pendant que Gabe prend ses distances.

— Je passe voir maman et papa un moment et je serai de retour à dix-sept heures. Promis.

— Embrasse-les pour moi, dit-elle, comme si elle ne les avait pas déjà vus aujourd'hui, comme presque tous les jours.

Elle me donne une liste de choses à faire, dont plusieurs semblent étrangement personnelles et sans rapport avec le café, comme récupérer son pressing et aller chercher son shampoing et son après-shampoing chez sa coiffeuse, mais je m'exécute.

En arrivant chez mes parents quelques heures plus tard, je demande à maman et papa de me rejoindre dans le salon.

— Qu'est-ce qui se passe, mon petit pois ? demande papa alors que maman et lui s'assoient sur le canapé.

— Pardon. Ma citrouille. Je vais m'y faire.

— En fait, papa, ce n'est pas grave. Tu peux m'appeler « mon petit pois » si tu veux, je réponds.

Son visage s'illumine.

— Tu es sûre ? Parce que je ne veux pas que tu te sentes comme un petit pois alors que tes sœurs sont toutes les deux des citrouilles.

Une image de Harper et Marlowe en grosses citrouilles

avec des têtes, des bras et des jambes me vient à l'esprit. Je souris.

— J'ai été un peu bête à ce sujet. Désolée, papa.

Le regard de papa croise celui de maman.

— C'était important pour toi à l'époque.

Je hausse les épaules.

— Être le seul petit pois, c'est bien. C'est même spécial.

Papa me sourit d'un air radieux.

— C'est comme ça que je le vois aussi. Tu ne vas pas t'asseoir ?

— J'ai quelque chose à vous dire et je préférerais rester debout. Je me mordille la lèvre, debout et mal à l'aise devant la cheminée éteinte.

— C'est à propos de l'étranger que Gabe et toi avez vu hier soir ? demande maman.

— Non. C'est à propos d'autre chose. Quelque chose qui ne concerne que moi. Je me balance d'un pied sur l'autre.

Je n'ai pas besoin de penser à tout ça maintenant.

Maman se penche en arrière sur son siège et me lance un sourire encourageant.

— Nous sommes tout ouïe, ma chérie.

— Absolument, confirme papa, en me souriant avec expectative.

Je m'éclaircis la gorge, nerveuse.

Ce ne sont que mes parents. Ils m'aiment et ils me soutiennent.

— Bon. Voilà. Je voulais vous faire part de mes projets et j'espère que vous me soutiendrez.

— Bien sûr que nous te soutiendrons, dit papa.

— Absolument ! renchérit maman.

— Tant mieux, parce que j'ai pris une décision. J'économise de l'argent pour aller à l'école. Une école d'esthétique, en fait. Vous voyez, j'ai rencontré une maquilleuse nommée Hayley sur le plateau de tournage la fois où je suis allée lui rendre visite, et elle m'a encouragée à apprendre le métier. J'ai toujours eu cette fibre artistique en moi et je ne l'ai jamais exploitée. Je me suis dit qu'être maquilleuse pourrait être un moyen de l'utiliser et d'avoir une carrière aussi. Alors, j'ai commencé à faire des recherches il y a quelque temps et j'ai trouvé qu'il y avait une formation qui commençait très bientôt dans une école d'esthétique à Cotown. Ils vous apprennent à maquiller, mais aussi à faire des soins du visage, des manucures, des massages, tout le toutim. Je, euh, je me suis inscrite hier soir.

Je retiens mon souffle. C'était peut-être une décision impulsive, prise comme ça en rentrant après avoir cherché Gabe hier soir, mais ça m'a semblé juste. Ça me semble toujours juste, et je suis enthousiasmée par les nouvelles possibilités que cela pourrait m'apporter.

— Tu as fait ça ? C'est parce que tu as raté l'apprentissage de souffleur de verre que Gabe a obtenu ?

La main de maman vole à sa bouche.

— Je suis désolée, je n'aurais pas dû mentionner le nom de Gabe. Oups. Et voilà que je recommence. Je suis désolée, ma chérie. Elle a l'air mortifiée.

— Ce n'est pas grave, je mens.

— Ça n'a rien à voir avec l'apprentissage. Gabe adore ça, il s'en sort super bien et je suis contente pour lui. Là, il s'agit de moi. Juste de moi. J'ai vraiment l'impression d'avoir trouvé ce que je veux faire de ma vie et j'espère que vous pourrez être heureux pour moi. Je sais que vous pensez que je suis la petite dernière de la famille et que je ne ferai jamais rien de ma vie, mais je crois que j'essayais juste de trouver ma voie et que je n'ai jamais vraiment su ce que je voulais faire.

— Bravo à toi, dit papa.

— C'est tout simplement merveilleux. N'est-ce pas, chérie ? dit-il à maman.

— Oh, oui ! Mais je ne comprends pas très bien pourquoi tu dis que nous te considérons comme une enfant.

— C'est le cas, je réponds simplement.

— Tout le monde le fait. C'est « Ryn est la petite dernière

293

de la famille, on ne peut pas s'attendre à ce qu'elle prenne des décisions sensées », ou « c'est juste Ryn, la grande enfant ». Et avant que tu ne dises autre chose, je sais que j'ai fait un pacte avec Gabe, qu'on ne grandirait jamais, mais ça ne veut pas dire que je n'ai pas grandi.

Les sourcils de maman remontent jusqu'à la racine de ses cheveux.

— Vous avez fait un pacte ?

— C'était il y a très longtemps et on était stupides. Et de toute façon, il s'est lancé dans ce truc de soufflage de verre et j'en suis arrivée à un point où je pense que je veux plus que simplement travailler au café de ma tante. D'ailleurs, j'essaie vraiment de mieux faire mon travail. Ça fait partie de la nouvelle moi.

— Ma chérie, nous ne te considérons pas comme une enfant. Bien sûr, tu es la benjamine de la famille et tu n'as pas voulu partir faire des études comme tes sœurs aînées, mais nous avons toujours pensé que tu finirais par trouver ce que tu voulais faire de ta vie en temps voulu, dit maman.

— Ta mère a raison. On s'est dit que si tu ne trouvais jamais quelque chose qui te tenait vraiment à cœur, ce n'était pas grave non plus, même si j'espérais que tu tomberais amoureuse du café et que tu voudrais y rester.

Maman lui intime l'ordre de se taire.

— Pas maintenant, chéri.

— Pourquoi ? Qu'est-ce qui se passe au café ? je demande.

— Ça n'a pas d'importance. Ce qui compte, c'est que tu aies trouvé quelque chose que tu aimes, dit maman.

— Je ne suis pas une très bonne serveuse, et être gentille avec les gens et me souvenir de leurs commandes, ce n'est tout simplement pas mon truc.

— Mais tu penses que l'école d'esthétique, ça pourrait l'être ? demande maman.

— Oui. Depuis que Lauren Barrowe a quitté la ville il y a environ un an, il n'y a plus d'esthéticienne ici, à Hunter's

Creek, et un jour, quand je serai complètement formée et prête, j'aimerais monter mon entreprise. Voir si je pourrais devenir la nouvelle esthéticienne et maquilleuse de Hunter's Creek.

— Parce que les habitants de cette ville ont besoin d'une sérieuse remise en beauté, c'est ça que tu veux dire, ma puce ? demande papa avec un petit rire.

Je lui souris.

— Quelque chose comme ça, papa.

— Eh bien, je trouve ça absolument merveilleux et nous te soutiendrons à cent pour cent, dit papa alors que maman et lui se lèvent et m'entraînent dans une étreinte collective.

— Merci, les parents, dis-je, la voix étranglée par l'émotion.

— Je suis vraiment désolée que tu aies eu l'impression qu'on te traitait comme le bébé de la famille, parce que je crois que tu n'as peut-être pas tort. Du moins, un peu. Mais tu es une femme adulte avec ses propres idées, et je t'aime pour ça, dit maman, les larmes aux yeux.

Je marmonne :

— Merci.

En reniflant bruyamment.

Ma relation avec l'homme que j'aime est peut-être sur un terrain fragile, mais j'ai trouvé un nouvel objectif dans ma vie. Un objectif d'adulte, et il est difficile de ne pas s'en réjouir, même si mon cœur me fait mal.

Chapitre 30

Gabe

J'ouvre les yeux, désorienté. Je cligne des yeux en reconnaissant le décor familier de mon salon. Je suis allongé sur mon canapé, avec un torticolis, la couverture que ma mère laissait toujours sur l'accoudoir tirée sur moi.

Alors que je cligne des yeux à la lumière du jour, mes pensées oscillent entre l'apparition soudaine et inattendue de mon père, le fait qu'il veut quelque chose de moi, ce frère que je n'ai rencontré qu'une seule fois qui est malade et a besoin de moi, et Ryn qui a vu mon père et a choisi de ne pas m'en parler.

Ça faisait beaucoup.

Hier soir, j'avais besoin d'espace. J'avais besoin de temps pour tout digérer. Voir mon père m'a coupé l'herbe sous le pied, et ça a fait remonter tellement d'émotions... des émotions que je pensais avoir enterrées depuis longtemps.

Il s'avère que, quand votre père perdu de vue réapparaît dans votre vie, ça vous chamboule sérieusement.

Après être parti, j'ai retrouvé ma camionnette et j'ai roulé directement jusqu'au cimetière.

J'avais besoin d'être avec maman.

Je me suis assis là, près de sa tombe, enveloppé par l'obscurité, et j'ai parlé. Je lui ai parlé de mon père qui a débarqué et qui s'est lié d'amitié avec ma meilleure amie. Je lui ai dit qu'il avait une idée derrière la tête : sauver le fils pour lequel il est resté. Je lui ai raconté comment Ryn lui avait parlé à mon insu. Je lui ai dit à quel point ça m'avait blessé.

J'ai tout déballé, et avec ça, mes larmes.

J'ai pleuré la perte de maman.

J'ai pleuré pour l'homme qu'est mon père.

J'ai pleuré le fait qu'il n'ait jamais été là pour moi.

Finalement, au son du chœur matinal des oiseaux, j'ai déposé un baiser sur la pierre tombale de maman, je lui ai dit que je l'aimais, je suis monté dans ma camionnette et je suis rentré chez moi.

Quand je suis arrivé, épuisé, je me suis roulé en boule sur le canapé et je me suis enfin endormi.

Maintenant, alors que je suis allongé ici, à fixer le plafond pendant que la pluie martèle la fenêtre, j'essaie de déterminer quelle est la bonne chose à faire.

Est-ce que j'ignore la requête de mon père pour me venger de lui, quitte à blesser Elliot, un homme innocent ?

Ou est-ce que je prends sur moi et j'accepte sa demande, même si je le déteste ?

Je pousse un grand soupir. Je trouve impossible de savoir quoi faire.

J'ai besoin de ma meilleure amie. Ryn, elle, saurait quoi faire... et si ce n'était pas le cas, elle serait là pour m'aider à trouver une solution.

Je saisis mon téléphone. Je l'avais laissé tomber sur la table basse en rentrant à la maison. J'envoie un message, puis je lis le dernier que Ryn m'a envoyé.

Sache juste que je suis là pour toi. xoxo

Je souris malgré mon trouble.

Le truc, c'est que Ryn a toujours été là pour moi. Toujours. Et hier soir, je lui ai donné l'impression qu'elle était l'ennemie, qu'elle m'avait trahi pour mon père.

Ça en dit beaucoup plus sur moi que sur elle.

Vous voyez, ma plus grande peur a toujours été de finir comme ma mère. Je ne parle pas d'être une mère célibataire, abandonnée par son compagnon et élevant un enfant du mieux qu'elle pouvait. Elle a fait un travail extraordinaire. Je l'aime, et je serai éternellement reconnaissant pour la personne qu'elle était, et la personne qu'elle a fait de moi. Mais tout ça vient avec son lot de bagages. De peurs. J'ai tellement mis l'accent sur l'honnêteté que j'en ai perdu de vue tout le reste. Ma mère a fait ça, et elle avait de bonnes raisons. Mon père lui a menti. Il avait une autre famille dont elle ne savait rien, et leur mariage n'était pas légal. Apprendre ça a dû être le pire choc de sa vie, et cela l'a amenée à ne plus faire confiance aux gens.

Elle m'a appris que, de toutes les vertus, l'honnêteté devait toujours être la numéro un.

Et je l'ai pris à cœur, en suivant son exemple dans ma vie.

J'ai toujours essayé d'agir avec intégrité, avec honnêteté, et j'ai demandé la même chose en retour aux gens dans ma vie. Alors, hier soir, quand Ryn a montré qu'elle n'avait pas été complètement honnête avec moi, mon premier instinct a été de me sentir trahi. Ryn, la femme que j'aime, qui voit mon père sans me le dire ? C'était comme un coup de poing en plein dans le ventre.

Selon le raisonnement de ma mère, ça faisait d'elle une menteuse.

Un raisonnement manichéen : soit on est honnête, soit on ne l'est pas.

Mais voilà le problème. Dans la vie, les choses sont rarement noires ou blanches. Elles sont rarement une chose ou l'autre. Ryn n'est pas parfaite, mais moi non plus.

Elle a une telle présence dans ma vie, et pas seulement parce que je suis amoureux d'elle depuis toujours. C'est quelqu'un qui illumine une pièce quand elle y entre, son sourire fait chanter mon cœur. Elle est toujours elle-même, authentique, et elle est la meilleure amie que j'aie eue dans ma vie — et que je pourrais jamais espérer avoir.

Hier soir, Ryn s'est retrouvée prise entre deux feux, une participante involontaire au spectacle de Gabe et Patrick. Elle ne m'a pas dit qu'elle l'avait vu parce qu'elle essayait de me protéger. Je le vois maintenant. Elle avait mes meilleurs intérêts à cœur. Elle était dans mon camp.

Maintenant, je dois lui montrer que je suis aussi dans son camp.

Je jette un coup d'œil à l'heure. Je dois être au Black Bear dans moins de vingt minutes. Je prends une douche rapide, j'enfile des vêtements propres et je sors.

Une fois mon service terminé, alors que la pluie ne montre aucun signe d'accalmie, j'envoie un message à tante Sheila, puis je me rends à la papeterie Hunter's Creek. J'ai quelque chose à acheter pour ce soir, et je suis impatient de m'y mettre.

Je file vers ma camionnette et parcours la courte distance jusqu'à Main Street. Je trouve une place de parking juste devant et, au moment où j'ouvre ma portière, un violent coup de tonnerre retentit au-dessus de ma tête et la pluie qui tombe s'intensifie.

On ne peut pas dire que ça n'ajoute pas un peu de drame à mon grand geste.

Non pas que ce que je prépare pour Ryn soit si grandiose. Ce n'est pas comme lorsque Christopher a dit à Harper qu'il voulait l'inviter à sortir devant tout le monde, juste après avoir sauvé la ville.

Non. Pour Ryn et moi, c'est plus intime, plus personnel. C'est plus nous.

Ma fidèle chemise en flanelle me servant de parapluie, je frappe à la porte et, un instant plus tard, tante Sheila l'ouvre, un large sourire aux lèvres.

— Toi alors, ça fait plaisir à voir. J'ai bien reçu ton message. Vite, entre te mettre à l'abri de la pluie.

Une fois à l'intérieur, je secoue mes vêtements trempés.

— Tout est prêt pour toi. L'échelle est à l'arrière, mais je me suis dit que tu étais du genre costaud. Tu peux aller la chercher et faire ce que tu as à faire. Assure-toi juste de tout remettre à sa place une fois que tu auras terminé.

— Merci, tante Sheila.

— Elle pense qu'on ouvre pour le dîner ce soir.

— Elle ne se doute de rien ?

— De rien du tout.

Elle me fait un sourire de conspiratrice.

— Va chercher cette échelle.

Je fais ce qu'elle me dit et je mets l'échelle en place. Je grimpe et j'ouvre la boîte que je viens d'acheter. Soigneusement, je déplie ma carte sur le barreau supérieur et je commence à placer chaque étoile à sa place, y compris la Grande Ourse. Bien sûr. Ça prend un certain temps et, comme je travaille dans le café allumé, je ne peux pas apprécier le plein effet avant d'être redescendu de l'échelle, d'avoir fermé les stores et d'avoir éteint les lumières.

Je me tiens au milieu de la pièce et je contemple mon œuvre. On dirait le plafond de la chambre d'enfant de Ryn.

— C'est formidable, déclare tante Sheila en levant aussi les yeux à côté de moi. C'est tout comme dans l'ancienne chambre de Ryn.

— C'est le but.

— Si jamais on ouvre pour le dîner, les clients aimeront, j'en suis sûre. C'est fantaisiste. Bon, tu es sûr que tu ne veux rien d'autre que des sodas ?

— Les sodas suffiront.

— Dans ce cas, je te laisse. Pense à fermer à clé en partant, dit-elle en se dirigeant vers la porte. Et, Gabe ? Je sais que ce ne sont pas mes oignons, mais Ryn n'a pas le moral aujourd'hui et j'espère vraiment que tu fais ça pour elle pour une autre raison que l'amitié.

Pour toute réponse, je me contente de sourire. En tant que dirigeant émérite et membre fondateur du Comité des Dames de Hunter's Creek, je ne veux pas qu'elle connaisse mes véritables intentions pour ce soir… pas avant Ryn en tout cas.

Tante Sheila partie, je sors mon téléphone et j'envoie un message à Ryn.

J'ai fini de broyer du noir, je commence. *Tu me manques. On peut parler ? Je suis au Second Chance. Bisous.*

Je fixe mon téléphone, dans l'attente de sa réponse. C'est une chose d'organiser un grand geste pour dire à la femme que l'on aime ce que l'on ressent pour elle et qu'on est désolé de la façon dont on s'est comporté la veille. C'en est une autre de devoir attendre, débordant de ces sentiments qui ne demandent qu'à sortir.

Mon téléphone vibre, un message est arrivé.

Je suis chez mes parents en ce moment.

Elle est probablement sur la réserve, blessée par ma disparition de la nuit dernière lorsque je lui ai dit que j'avais besoin de temps pour réfléchir. Même si c'était ce que je devais faire, je la comprends et je ne lui en veux pas.

Je tape ma réponse.

Tu m'as attendue depuis hier soir, alors je vais t'attendre.

Les trois petits points apparaissent sur l'écran, m'indiquant qu'elle est en train de répondre.

Peut-être que je devrais te faire attendre jusqu'à demain ?

Je souris en regardant l'écran. Une réponse bien typique de Ryn.

Je ne t'en voudrais pas si tu le faisais.

J'appuie sur envoyer, puis je tape un second message.

Au fait, est-ce que je t'ai dit récemment que je suis amoureux de toi ?

Sa réponse est rapide.

Oh là là. Tu ne serais pas un peu manipulateur ?

Je laisse échapper un rire.

Pas de manipulation. Promis.

J'arrive dans quelques minutes. Et G ?

Oui, Ryn ?

Moi aussi, je suis amoureuse de toi.

Je souris en installant une couverture de pique-nique sur laquelle je place quelques coussins. Disperser des coussins n'est pas vraiment dans mes cordes, mais je fais de mon mieux.

Après ce qui me semble une éternité, j'entends frapper à la porte d'entrée.

Ryn.

Je me précipite et j'ouvre la porte, mon cœur débordant d'amour pour elle. Elle porte des baskets, un jean et un t-shirt, comme toujours, et elle tient au-dessus de sa tête un parapluie rouge qui donne à ses cheveux un reflet chaud.

Mon plan était de la faire entrer, de l'installer confortablement sur la couverture et, un soda à la main, j'allais éteindre les lumières pour qu'elle puisse admirer les étoiles avant de lui faire mon discours.

Mais vous savez ce qu'on dit des plans les mieux préparés, surtout quand la femme que vous aimez depuis toujours se tient devant vous, d'une beauté à couper le souffle.

—Je suis désolé. Tellement, tellement désolé, je lâche d'un trait en attrapant sa main, mon cœur battant à tout rompre dans ma poitrine. Je suis submergé par l'amour que je ressens pour elle.

— C'est moi qui suis désolée. J'aurais dû te dire que je l'avais vu. Je sais à quel point l'honnêteté est importante pour toi, mais je ne l'ai pas fait parce que tu étais si sûr de ne jamais vouloir le revoir. Alors je lui ai dit que je ne l'aiderais pas, et j'allais t'en parler, et je suis tellement désolée de ne pas l'avoir fait, répond-elle précipitamment.

— Non, Ryn. Je t'ai repoussée alors que tu as toujours été là pour moi. C'était une réaction épidermique, et j'en ai honte. Je sais que ce n'est pas une excuse, mais je me suis mis à tout mélanger dans ma tête, toi, mon père et ma mère, et mes peurs ont pris le dessus. Je me sens terriblement mal de t'avoir laissée en plan.

Elle fait une petite moue.

— Ça ne m'a pas vraiment plu.

— Ma mère ne s'est jamais remise de ce que mon père lui a fait, et elle ne s'est plus jamais autorisé à faire confiance à qui que ce soit. Elle m'a appris qu'on était soit honnête, soit menteur, et je me suis retrouvé coincé dans cette façon de penser avec tout le monde, y compris toi. Ma mère m'a fait promettre que je ne tomberais amoureux que de quelqu'un qui protégerait mon cœur.

À présent, des larmes coulent sur son visage et mon cœur se serre dans ma poitrine pour cette femme, cette femme magnifique, intelligente, splendide, que j'aime plus que je n'aurais jamais pu imaginer aimer quelqu'un.

— Je promets de protéger ton cœur, G. Toujours, murmure-t-elle.

— Je le sais, et tu l'as toujours fait. Apprendre que tu avais vu mon père à mon insu m'a durement touché, mais j'aurais dû te faire confiance.

— Tu peux me faire confiance.

— Je l'ai perdu de vue un moment hier soir, mais je te fais confiance et je t'aime pour ça.

— Moi aussi, je t'aime. Mais Gabe ?

— Oui ?

— Tu crois que je pourrais entrer pour me mettre à l'abri de la pluie ?

Je laisse échapper un petit rire gêné, consterné par mon manque de prévenance.

— Bien sûr. Entre.

Je me recule tandis qu'elle ferme son parapluie et entre.

Je ferme la porte et me retourne vers elle, lui offrant à nouveau ma main.

— J'ai quelque chose à te montrer.

— D'accord.

Elle prend ma main dans la sienne et je la conduis jusqu'à la couverture de pique-nique.

— Tu as mis une couverture par terre dans le café, G ? demande-t-elle en riant. Tu vas devoir enlever ça bientôt. On a des réservations pour le dîner ce soir.

— Non, vous n'en avez pas.

— Nous n'en avons pas ?

— J'ai demandé à ta tante de te dire ça pour être sûr que tu viendrais.

— Espèce de machinateur, me taquine-t-elle avec un sourire heureux.

Je désigne la couverture de pique-nique du menton.

— Assieds-toi. Un soda ?

— Bien sûr.

Elle s'assoit et je lui tends une boisson.

On les ouvre et on en prend chacun une gorgée.

Je me lève pour éteindre la lumière, puis je la rejoins sur la couverture.

— C'est pour créer une ambiance ou quelque chose du genre, G ?

— Tu verras.

Ensemble, on s'appuie sur les coussins, le regard fixé au plafond.

— Des étoiles ? demande-t-elle.

— Pour toi.

— C'est génial. Tu as même mis la Grande Ourse !

— Aucune constellation de plafond à Hunter's Creek ne serait complète sans elle.

Elle se penche et m'embrasse, ses lèvres froides et sucrées par le soda.

— J'adore. Et je *t*'aime.

Je caresse sa joue du bout des doigts.

— Ça tombe bien, parce que sinon, ce que je vais dire pourrait être un peu gênant.

Son magnifique visage s'illumine de ce sourire que j'adore.

— Qu'est-ce que c'est ?

— On se connaît depuis toujours et, même si ce qui se passe entre nous est nouveau, ce n'est pas l'impression que ça me donne.

— Ce n'est pas l'impression que ça me donne non plus. Ça semble naturel. Comme une évidence.

— Exactement. C'est pourquoi, un jour, sous les étoiles, je te demanderai de m'épouser.

— Vraiment ? dit-elle, la voix tremblante, le visage rayonnant.

— Si ça te va ?

Elle prend mon visage en coupe et me donne un long baiser sensuel et chargé d'émotion qui me dit tout ce que j'ai besoin de savoir.

— Ça me va plus que bien, G.

Je lui rends son baiser, et un sentiment de paix, de chaleur et de plénitude m'enveloppe comme une couverture.

Ryn est la première femme que j'aie aimée et, après des années d'amitié, elle m'aime en retour. Je sais qu'elle sera mon unique amour, la femme avec qui je passerai ma vie, ici même, à Hunter's Creek.

Chapitre 31

Ryn

Le générique de fin défile, mais aucun de nous ne bouge. Nous sommes blottis l'un contre l'autre dans l'unique cinéma de Hunter's Creek, ma tête contre l'épaule de Gabe, son bras autour de moi.

— C'était super romantique, j'ai adoré, lui dis-je.

Il fait une grimace qui me laisse deviner que son avis n'est peut-être pas le même que le mien.

— Tu n'as pas aimé, n'est-ce pas ?

— Que veux-tu que je te dise ? C'est une comédie romantique.

— Exactement. Il y a de la romance et de la comédie, deux de mes choses préférées au monde. Comment ne pas aimer ?

Il dépose un baiser sur le sommet de ma tête.

— Tant que ça t'a plu, c'est tout ce qui compte.

— Considère ça comme un succès.

Nous sortons du cinéma pour nous retrouver dans la rue. Quelques semaines se sont écoulées depuis cette terrible soirée avec Patrick Hartmann et le temps a commencé à se rafraîchir. J'enfile ma veste en jean pour me protéger de la brise, et Gabe passe son bras autour de mon épaule. Bien sûr, avec le temps plus frais vient la version de Gabe de l'uniforme de Hunter's Creek : une panoplie de chemises en flanelle à carreaux qu'il associe à un jean et à des bottes de travail. Mais je l'ai déjà dit et je le répète, personne en ville ne porte l'uniforme de Hunter's Creek aussi bien que lui.

Non pas que je sois partiale.

— Une glace ? demande-t-il.

— Bien sûr.

Nous passons devant le Second Chance Café, fermé pour la journée, puis devant l'un des trois bars de la ville qui porte le nom d'un ours, pour nous rendre chez Lombardi's Gelato and Ice Cream, un glacier qui a ouvert au début de l'été.

Avec ses tables en bois et ses banquettes rembourrées, ses murs ornés de publicités vintage pour des glaces et de vieilles photographies de Hunter's Creek, le comptoir en bois massif est un clin d'œil au début du 20ᵉ siècle. L'endroit est bondé de mangeurs de glace, le son des cuillères contre le verre et le brouhaha des conversations flottent dans l'air, et nous saluons Harper et Christopher, qui partagent un banana split et se regardent avec des yeux tout attendris. Nous apercevons Ivy et son cavalier, un gars avec qui nous étions au lycée et qui vit maintenant à Cotown, ainsi que tante Sheila et oncle Johnny, qui sirotent leurs milkshakes en bavardant.

Nous prenons nos desserts — des cornets à deux boules, chocolat et menthe pour moi, noix de coco et framboise pour Gabe — puis Gabe dit :

— Ne restons pas. J'ai une surprise pour toi.

— Une bonne surprise ?

— Pourquoi est-ce que je te ferais une mauvaise surprise alors qu'on est en rendez-vous galant ?

— Tu es du genre à ne pas aimer les comédies romantiques. Je ne prétends pas te comprendre.

Il rit, et ce rire qui gronde à travers moi me fait sourire.

— Eh bien, la *bonne* surprise est juste au coin de la rue.

Il prend une bouchée de sa glace.

— Goûte ça. C'est incroyable.

Il me tend son cornet et je prends une bouchée.

— C'est délicieux, mais pas autant que ça. Goûte.

Il prend une bouchée de ma glace au chocolat bien plus grosse que celle que j'ai prise de sa glace à la noix de coco.

— C'est bon.

— Il m'en reste ? je demande en regardant ma glace bien diminuée.

— Largement, répond-il en riant.

Nous flânons le long de Main Street et bifurquons sur Donnelly Street.

— C'est ici que je t'emmène, me dit Gabe.

— Le centre commercial ? Il est 20 h 30. Les magasins doivent être fermés depuis longtemps.

Les habitants de Hunter's Creek appellent la minuscule galerie couverte de trois boutiques sur Donnelly Street « le centre commercial ». Nous n'allons pas rivaliser de sitôt avec le Mall of America de Bloomington.

— On ne va pas dans les magasins. On va là.

Il désigne une grande boîte noire de la taille d'une

personne avec un rideau rouge, comme s'il était un présenta-
teur de jeu télévisé.

— Un photomaton ? Tu te moques de moi ? J'adore ces
trucs.

— Ta mère a dit qu'il était là l'autre soir au dîner, et je me
suis dit que ce serait marrant de faire quelques photos. Tu veux ?

— Est-ce que le Comité des Dames de Hunter's Creek
aime bavarder et se mêler de la vie des gens ? Bien sûr !
Faisons des photos.

— Tu devrais peut-être t'essuyer là, d'abord.

Il fait un geste vers ma lèvre supérieure.

— Du chocolat ? je demande, et il hoche la tête.

— Enlève-le avec un baiser, le mets-je au défi.

— Avec plaisir, répond-il en faisant exactement ça, m'em-
brassant d'abord la lèvre supérieure, puis mes deux lèvres
jusqu'à ce qu'il n'y ait plus aucune trace de glace.

— Vous êtes prête pour votre gros plan, Mlle Cole.

Je glousse. Gabe Hartmann est de loin le petit ami le plus
incroyable que j'aie jamais eu.

Il met de l'argent dans la machine, tire le rideau pour moi,
et nous nous glissons sur la banquette.

— Quel arrière-plan tu veux ?

— On peut choisir l'arrière-plan ?

— Ça remonte à quand, la dernière fois que tu as fait des
photos dans un photomaton ?

Je lui offre un sourire malicieux.

— Tu sais bien quand.

Il me sourit en retour.

— Oui, je sais. Prête ?

— G, je suis née prête.

Il me lance un regard.

— Je n'arrive pas à croire que tu aies dit ça. Trop cliché.

Clic ! La première photo est prise, nous aveuglant presque.

— Je n'étais pas prête, me plains-je.

—Je croyais que tu étais née prête ?

J'ignore sa pique.

— Vite. Fais quelque chose de mignon.

— Comme ça ?

Il prend mes cheveux dans sa main et les place sur son visage pour former une moustache, comme il l'avait fait pour cette bande de photos quand nous avions dix-sept ans. J'ouvre la bouche pour lui dire de n'en prendre qu'une petite mèche quand *Clic !* la deuxième photo est prise.

— Mince ! Pas encore prête, et n'ose rien dire.

Il lève les mains en signe de reddition.

— Oserais-je ?

— Oui, G, tu oserais.

—Je sais quoi faire cette fois, dit-il, mais il n'attend pas ma réponse.

Il m'entraîne dans un baiser et *Clic !* les troisième et quatrième photos sont prises, mais je les remarque à peine. Que puis-je dire ? Gabe embrasse divinement bien.

— On regarde ce que ça a donné ? demande-t-il.

— Carrément.

Il les affiche sur l'écran et nous éclatons de rire. Les photos ne sont pas ce qu'on pourrait appeler une grande réussite. En fait, sur la première, nous avons l'air surpris et, sur la deuxième, j'ai la bouche ouverte et la moitié du visage de Gabe est couverte par mes cheveux. Mais la troisième et la quatrième ? Celles-là sont parfaites.

— Choisis Hawaï, je lui lance.

— Pardon ?

— Le fond. Choisis une plage à Hawaï, parce que je veux y aller et que je n'ai jamais vraiment quitté le pays.

— Ryn-Ryn, tu sais qu'Hawaï est le 50e État, n'est-ce pas ?

— Bien sûr que je le sais, mais je sais aussi que c'est un archipel d'îles magnifiques au milieu de l'océan Pacifique et que je veux y aller, alors épargne-moi ta leçon de géo.

Il trouve une image de plage et nous imprimons les photos avant de déambuler dans les rues jusqu'à chez Gabe, où il suggère que nous nous asseyions ensemble sur la balancelle du porche.

— Oh, mon Dieu. Je viens de comprendre. Tu es en train de recréer cette soirée du lycée.

Je lui donne un coup de coude.

— Tu es un romantique, Gabriel Hartmann.

— Ta mère m'a parlé du photomaton et le seul film qui passait ce soir était une comédie romantique…

— Et tu as échangé ton service pour qu'on puisse y aller, l'interrompis-je.

Il ancre son regard dans le mien.

— Tu te plains ?

— Non, réponds-je alors que les souvenirs de cette nuit m'envahissent doucement. Tu sais ce qu'on a fait après le cinéma et les photos ?

— Rafraîchis-moi la mémoire.

— On s'est assis juste ici, sur cette balancelle, et on s'est embrassés.

— On n'est pas obligés de refaire cette partie si tu n'en as pas envie.

Je glousse.

— Ouais, tu sais à quel point je déteste t'embrasser.

— Vraiment ? Tu le caches si bien.

Et sur ce, il se penche et m'embrasse, exactement comme il l'a fait cette nuit-là, quand nous étions au lycée. Mais ce soir, c'est différent. Ce soir, aucun de nous n'essaie de cacher quoi que ce soit à l'autre.

Gabe me surprend en se levant d'un bond.

— Où vas-tu ?

— Je reviens tout de suite. Reste assise là et pense à moi.

Je laisse échapper un autre gloussement. Je sais qu'il dit ça pour plaisanter, mais je sais aussi que c'est probablement ce que je vais faire. C'est ça, quand on est amoureux. On pense à l'autre tout le temps. En fait, il est difficile de penser à grand-chose d'autre.

Cela ne veut pas dire que je n'ai pas plein d'autres choses en tête en ce moment. Je travaille toujours pour ma tante Sheila au Second Chance Café, même si ce n'est que lorsque je peux le caser entre mes cours — car je suis maintenant étudiante à l'école d'esthétique de Cotown. J'apprends à maquiller, à faire des soins du visage et toutes ces choses que font les esthéticiennes. Et vous savez quoi ? J'adore ça, exactement comme je le pensais. C'est comme si c'était fait pour moi.

Donc, une bonne chose est ressortie de la venue d'Hollywood en ville, et ça n'a rien à voir avec Joe, mais tout à voir avec moi.

Mes sœurs sont heureuses pour moi, mes parents sont fiers, c'est une sensation incroyable d'avoir trouvé ce que je veux faire de ma vie, et tante Sheila a dû trouver quelqu'un d'autre sur qui concentrer les manigances du Comité des Dames de Hunter's Creek.

Quant à mon petit ami — j'adore dire ça —, il travaille toujours au Black Bear, il est toujours apprenti à l'atelier de verrerie de Theo, mais il a terminé ses cours de gestion de petite entreprise cette semaine et a commencé à chercher ce dont il a besoin pour installer son propre atelier dans le garage de sa maison. Ça va prendre du temps, parce que ces choses ne sont pas données, mais il est déterminé. Je suis avec lui à chaque étape du chemin.

Natalie lui manque, mais étant donné qu'elle a essayé de saboter notre relation pour s'approprier Gabe, je n'en suis pas trop désolée.

Gabe se rassied à côté de moi sur la balancelle, tenant une boîte jaune de la taille de deux boîtes à chaussures, nouée d'un ruban rouge.

—J'ai quelque chose pour toi.

— Qu'est-ce que c'est ?

— Pourquoi me serais-je donné la peine de mettre quelque chose dans une boîte et de l'attacher avec un ruban si c'était pour te le dire tout de suite ?

Je tire sur le ruban et ouvre la boîte, regardant à l'intérieur.

— Pas faux.

Je relève les yeux vers Gabe.

— Le vase.

— Il prenait la poussière à l'atelier et Theo m'a dit que je devais m'en débarrasser, dit-il avec un sourire malicieux.

Je laisse échapper un rire étourdi.

— C'est celui que j'avais vu et que j'avais adoré.

Je sors le vase de la boîte et l'admire. C'est un vase de style milieu du siècle à large bord, dans diverses nuances de bleu et de violet.

Que puis-je dire ? J'ai le meilleur petit ami, qui se trouve être aussi mon meilleur ami et de loin le mec le plus sexy de la ville. J'ai vraiment touché le jackpot.

— Je ne l'ai pas vraiment bien caché.

— Non, mais tu as plutôt bien caché autre chose. Quelque chose d'assez important.

Je lui donne un coup de coude et il lève les yeux au ciel.

Il sait que je fais allusion au fait qu'il est amoureux de moi depuis le lycée et ne m'a jamais rien dit. Il m'a dit que je l'avais mis dans la « friend zone » et qu'il avait appris à l'accepter, et je lui ai répondu que je l'avais seulement mis dans la « friend zone » parce que je ne pensais pas qu'il ressentait quoi que ce soit pour moi.

C'est drôle comme deux meilleurs amis qui se connaissent si bien peuvent se tromper à ce point.

Mais plus rien de tout ça n'a d'importance maintenant, parce que nous nous sommes trouvés et nous ne pourrions pas être plus heureux.

Il s'avère qu'être amoureuse de Gabe, et qu'il m'aime en retour, est la meilleure sensation au monde.

Épilogue

Gabe

Après un long trajet en voiture, nous arrivons à une adresse à Portland. Une boule d'angoisse me serre la poitrine et j'ai les mains moites.

Mais je dois le faire. Impossible de faire marche arrière.

— Tu es prêt ? me demande Ryn doucement depuis le siège passager.

Je lève les yeux vers l'immeuble d'appartements en briques rouges.

—Je n'en suis pas sûr.

— Ce n'est pas grave si tu décides de ne pas le faire aujourd'hui.

— Non. Il le faut. On en a parlé.

En vérité, je suis tellement partagé à l'idée d'être ici que je ne sais plus sur quel pied danser.

Ryn me serre la main.

—Je suis là pour toi.

Je plonge mon regard dans le sien, et l'amour que je lis dans ses yeux me pousse à aller jusqu'au bout.

— Allons-y.

Nous descendons de mon pick-up et j'appuie sur le bouton de l'appartement 5.

Un instant plus tard, la porte s'ouvre dans un bourdonnement et nous montons ensemble les escaliers jusqu'au cinquième étage. En haut des marches, je prends la main de Ryn dans la mienne, reconnaissant de sa présence.

Un homme se tient sur le seuil d'une porte ouverte, un sourire hésitant aux lèvres, tandis que nous approchons. C'est un homme au visage familier, un homme que je n'ai pas revu depuis cette nuit-là, après la projection de *Serious Bite*.

— Gabriel. Ryn. Je suis content que vous soyez venus, dit-il.

Et je hoche la tête, car même si je ne suis pas sûr d'être content, j'ai le sentiment de faire ce qu'il faut.

— Bonjour, monsieur Hartmann, marmonne Ryn.

— Ça en fait des marches à monter, je commente, les nerfs à vif.

— Je vous comprends. Je ne pourrais pas vivre ici. Il me faut absolument un ascenseur, répond-il avec un sourire. Entrez. J'ai quelqu'un à vous présenter.

Je sais de qui il s'agit, alors je réponds simplement :

— D'accord.

Nous le suivons dans l'appartement où un homme nous attend. C'est comme regarder dans un miroir déformant. Il est grand comme moi, bien que plus maigre, ses cheveux sont de quelques tons plus foncés que les miens, ses yeux d'un bleu pâle.

— Gabriel, Ryn, voici Elliot, dit Patrick.

Ryn lève la main pour le saluer et lui dit bonjour, tandis que j'étire mes lèvres en un sourire.

— Salut, Elliot.

— C'est super de te rencontrer pour de vrai, Gabriel, répond-il.

— Mes amis m'appellent Gabe, je réponds.

Je sens une légère pression sur ma main. Je jette un œil à Ryn et je la vois me sourire en retour.

— Gabe, alors, répond Elliot. Je sais qu'on s'est rencontrés il y a des années, mais j'ai l'impression qu'on a beaucoup de choses à se dire.

— J'imagine que oui, dis-je.

J'ai rencontré Elliot et sa sœur aînée, Michelle, quand j'avais quatorze ans. Il avait un an de plus que moi, ne comprenait pas qui j'étais ni ce que je faisais en débarquant dans sa famille, prétendant être moi aussi le fils de son père.

Aujourd'hui, c'est différent. Aujourd'hui, il sait que je suis son frère, et nous sommes ici ensemble avec notre père.

Bon sang, ça fait bizarre de dire ça. *Notre père.*

Ça va prendre du temps.

— Et si j'allais nous préparer du café ? Comment le prenez-vous ? demande Elliot.

— Juste un verre d'eau pour moi, merci, je réponds. Je suis déjà survolté. La dernière chose dont j'ai besoin, c'est d'ajouter de la caféine dans mon organisme.

— Je prendrai un café. Je vais venir t'aider à le faire, répond Ryn. Si ça te va ? m'interroge-t-elle.

— Pas de problème, je lui dis.

— Venez avec moi, Ryn. La cuisine est au fond du couloir.

Elliot ferme les portes coulissantes du salon derrière Ryn et lui, qui me lance un dernier sourire d'encouragement, puis nous ne sommes plus que Patrick et moi.

— Je suis aussi vraiment content que tu sois venu, dit-il. À propos de la semaine dernière, devant la salle ? Je n'aurais jamais dû te parler d'Elliot. Pas là. J'ai tout gâché. Tu avais l'air assez en colère contre Ryn et moi, mais comme je l'ai dit, tout est de ma faute.

Je serre la mâchoire. Je sais que j'ai été injustement en colère contre Ryn ce soir-là, alors que tout venait de lui… de lui et de ma vision rigide de l'honnêteté.

— Je le sais bien.

— Ce soir-là, j'ai senti que je devais te donner une bonne raison de ne pas me fuir. Le fait qu'Elliot ait besoin de sang pour son opération a été la première chose qui m'est venue à l'esprit. J'espère que tu comprends que son besoin n'est qu'une partie de l'histoire.

— Écoutez, même si c'est la seule raison pour laquelle vous m'avez retrouvé, je veux faire ce qu'il faut. Je suis prêt à donner mon sang.

Son visage s'illumine.

— Vraiment ?

Je pince les lèvres, la mâchoire serrée, et hoche la tête. Même si je sais que c'est la bonne décision, je dois combattre le sentiment d'être utilisé par mon père – et qu'il n'attend rien de plus de moi. Mais, comme Ryn et moi en avons convenu, une fois que j'aurai fait ça, la balle sera définitivement dans son camp. Ce sera à lui de voir ce qu'il en fait.

— Merci, Gabriel. Ça représente tellement pour moi. Pour ma famille.

Il marque une pause avant d'ajouter :

— Pour *notre* famille, car j'espère qu'un jour, tu pourras te sentir comme un membre de celle-ci.

Je me balance d'un pied sur l'autre.

— Allons-y étape par étape, vous voulez ?

Il laisse échapper un rire presque euphorique.

— Ça te dérangerait si je te prenais dans mes bras ?

— Je suppose que non, je réponds, avant qu'il n'enroule

ses bras autour de moi dans l'étreinte la plus émotionnelle-
ment inconfortable de ma vie. Je suis serré dans les bras de
l'homme qui m'a engendré et m'a ensuite abandonné.

Tu parles d'un désastre.

Ryn et Elliot reviennent dans le salon, et je lance un
regard à Ryn pour lui faire savoir que je tiens le coup. Nous
passons tous les quatre l'heure suivante à rattraper toute une
vie – ou plutôt trois. Bien sûr, c'est on ne peut plus gênant, et
je ne peux pas dire que ce soit ma façon préférée de passer
mon temps, mais ça semble vraiment être la *bonne* chose à
faire. Je vais me raccrocher à ça aussi longtemps que
nécessaire.

Qui sait ? Peut-être qu'un jour, je me sentirai appartenir à
cette famille. Peut-être pas. Mais je suis là et je fais ce que je
dois faire.

Et surtout, je sais que Ryn, la femme que j'aime, est fière
de moi. Bien sûr, nous avons perdu tellement de temps à
cacher les sentiments que nous éprouvions l'un pour l'autre,
mais ça n'a plus d'importance maintenant. Ce qui compte,
c'est que nous nous soyons retrouvés, et comme je l'ai dit à
Ryn ce soir-là sous les étoiles au Second Chance Café où nous
avons eu notre seconde chance, un jour, je la demanderai en
mariage, et d'ici là, je chérirai chaque instant que je passerai
avec ma meilleure amie.

Guide de l'ennemi juré passionné

Marlowe

Il y a 3 mois

— Bon, si je comprends bien, tu veux que je grimpe de mon plein gré dans ce ballon de plage géant, que je dévale la colline en tentant un slalom comme une boule de flipper, puis que je rebondisse contre ce truc qui ressemble à un mur pour ensuite retomber sur Terre dans une série de rebonds à me retourner l'estomac… et *payer* pour ce privilège ?

Je lève les yeux au ciel en direction de ma petite sœur et de son copain, qui se tiennent là en maillot de bain, les cheveux mouillés, une serviette nouée autour de leur taille.

Ce n'est pas parce qu'ils l'ont fait que je vais m'y mettre.

Ils finiront bien par entendre raison.

— Allez, Marlowe, c'est super marrant et, en plus, tu as apporté ton maillot de bain, répond Ryn, ma cadette, le stéréotype parfait de la petite sœur casse-cou.

Je regarde un Zorb dévaler la pente, avec la pauvre personne piégée à l'intérieur qui hurle à pleins poumons. Si j'avais le moindre doute sur toute cette mascarade, les cris frénétiques prouvent amplement que j'ai raison.

— Pour le côté marrant, j'ai des doutes, Ryn.

Je croise les bras sur ma poitrine, me sentant grande sœur jusqu'au bout des ongles.

— Et de toute façon, je suis sûre que ta notion de l'amusement et la mienne sont aux antipodes l'une de l'autre.

— Le zorbing, c'est génial, annonce Gabe, le copain de Ryn.

Comme si une telle déclaration allait me convaincre de monter dans l'un de ces… *trucs.*

— Et si on allait boire une bonne tasse de café ? Seattle est célèbre pour son café, et je suis sûre que vous deux, vous ne diriez pas non à un peu de chaleur. Vous devez avoir froid.

Sans attendre leur réponse, je fais demi-tour pour quitter le parc.

Ryn m'attrape par la manche.

— Tu es toujours obligée d'avoir un balai coincé là où je pense ?

— Je n'ai aucun balai coincé nulle part, merci beaucoup, répliquai-je d'un ton hautain.

Elle me lance un regard qui me dit qu'elle ne me croit pas.

— Ce n'est pas parce que je ne veux pas risquer ma vie dans une grosse boule en plastique que je suis coincée, tu sais.

Ryn ricane et Gabe lui lance un regard noir.

— Bon, ben, moi je vais le faire. Nous deux, on va le faire. Pas vrai, Gabe ?

Ryn me fusille du regard, l'air de me défier.

— Ouais, mais t'es pas obligée si tu veux pas, Marlowe. C'est pas grave.

Gabe hausse les épaules.

— Si ça te plaît d'être une poule mouillée, ajoute Ryn en se mettant aussitôt à caqueter comme une poule.

— C'est pas ça que je voulais dire, lui siffle Gabe.

Sans l'écouter, Ryn se met à battre des bras et à hocher la tête dans son imitation de poulet, juste au cas où je n'aurais pas saisi l'allusion.

— Tu veux bien arrêter ça ? je me plains.

— Seulement quand tu diras que tu le fais, me répond-elle entre deux caquètements.

Je jette un regard furtif à l'un des Zorbs. La femme qui était prisonnière à l'intérieur en est sortie, trempée, et tape dans la main de ses amis qui hurlent et rient avec elle.

Elle a l'air heureuse et, surtout, vivante.

— Tu vois ? Ils ont aimé, et ils doivent avoir au moins ton âge, me glisse Ryn à l'oreille.

— C'est ça, merci bien.

— Alors ? Qu'est-ce que tu en dis ? demande Gabe.

Je regarde ma sœur, puis son copain. Même si l'idée de me faire secouer comme une poupée de chiffon ne correspond pas vraiment à ma notion de l'amusement, j'ai accepté de venir ici. En fait, à part le Musée du Verre, c'était la seule activité que mes visiteurs du week-end voulaient faire à Seattle.

Il y a aussi une partie de moi qui craint d'être devenue

trop casanière, trop installée dans mes habitudes, comme une vieille dame qui résiste au changement. Je n'ai que 28 ans. Bien sûr, je ne suis plus une gamine, mais peut-être que je devrais être un peu plus aventureuse ? Plus ouverte à de nouvelles expériences ? Autant dire que je n'ai jamais fait de zorbing auparavant — le monde de l'entreprise ne l'exige pas vraiment — et peut-être qu'aujourd'hui, je pourrais sortir de ma zone de confort ?

— Elle hésite, annonce Ryn en m'étudiant.

— Je trouve qu'elle a l'air d'avoir envie de vomir, répond Gabe.

— Nan. C'est sa tête quand elle réfléchit.

— Ah oui ?

— Ouais. Totalement rebutant, non ?

— Totalement.

Ils parlent de moi comme si je n'étais pas juste là, devant eux.

Je souffle et, avant de changer d'avis, je dis :

— D'accord, je le fais.

Je ne veux pas être vieille avant l'heure.

Ryn lève un poing victorieux.

— Yes ! Tu ne vas pas le regretter, ma sœur.

— Le zorbing, c'est génial, déclare Gabe pour la deuxième fois.

Je pince les lèvres.

— C'est ce que tu as dit.

Quinze minutes plus tard, je suis en maillot de bain et je grimpe dans le Zorb avec pas mal de réserves, en remettant très certainement en question ma décision de prendre plus de risques dans la vie. En fait, à bien y réfléchir, je dirais que ma vie me convient très bien comme ça. J'ai un super boulot, un appartement mignon, même s'il est un peu petit. J'ai un patron merveilleux, avec qui, soit dit en passant, je sors depuis dix mois, ce qui, je le sais, n'est pas très malin. Je me suis déjà fait toutes les remarques possibles. Mais je sais que Mike Warner est différent. Notre relation est différente. Nous sommes faits l'un pour l'autre, et le fait que nous nous soyons rencontrés au travail — et qu'il se trouve être mon patron — n'aura finalement aucune importance dans le grand schéma de notre vie quand nous serons un jour assis autour du sapin de Noël avec nos petits-enfants.

— Okay, c'est parti ! Amuse-toi bien ! me dit le type aux allures de surfeur, qui ne doit pas avoir plus de 18 ans, une fois que je suis à l'intérieur.

Avant d'avoir eu la chance de lui dire que je faisais ça sous la contrainte et dans une tentative totalement malavisée d'être plus aventureuse, il lâche le Zorb et je commence à dévaler la piste, l'eau clapotant autour de moi, la balle commençant à rebondir, et moi hurlant à pleins poumons. Il faut quelques rebonds, et que j'avale un peu de cette eau probablement assez dégoûtante, avant que je ne me surprenne à commencer à vraiment apprécier. Bien sûr, ce n'est pas mon premier choix pour une activité du samedi après-midi, et je ne pense pas acheter un abonnement de saison de sitôt, mais je suis contente de le faire.

Alors que la balle et moi rebondissons contre le mur, indiquant la fin de mon baptême de zorbing, je suis presque triste que ce soit terminé. Je sors avec un grand sourire aux lèvres.

Ryn et Gabe sont là pour m'accueillir, leurs sourires aussi larges que le mien. Ma sœur me prend dans ses bras et Gabe me tape dans la main.

— Tu as adoré, n'est-ce pas ? Ça se voit, dit Ryn avec un grand sourire.

— C'était sympa, je suppose, je réponds, mais je n'arrive pas à faire semblant.

C'est peut-être l'adrénaline qui circule dans mon corps ou le fait que je sois maintenant debout sur la terre ferme, mais je ne peux m'empêcher d'être d'accord avec elle.

Elle me donne un petit coup de coude dans le bras.

— Allez. Tu as adoré.

— Ouais, c'est vrai, j'admets, ce qui provoque d'autres cris de joie et un autre câlin de ma sœur.

— Tu veux le refaire ? On pourrait le faire en tandem, suggère-t-elle.

— Hé, je croyais que je devais le faire en tandem avec toi, se plaint Gabe.

Ryn passe son bras autour de la taille de Gabe.

— On a tout l'après-midi. On peut y aller autant de fois qu'on veut.

Je ris de son enthousiasme, savourant ce nouveau sentiment de proximité avec ma petite sœur. J'ai toujours été proche de ma famille, mais je partage beaucoup plus ma vie avec notre sœur cadette, Harper. Elle a été au courant pour Mike dès le début et, bien sûr, elle a essayé de me dissuader de sortir avec mon patron. Harper a la tête sur les épaules et donne toujours les meilleurs conseils, mais quand elle a rencontré Mike, elle a totalement soutenu notre relation, même si je savais qu'elle avait ses propres inquiétudes.

Ryn et moi, en revanche, n'avons vraiment commencé à nous connaître en tant qu'adultes qu'au cours de l'année écoulée. J'ai cinq ans de plus qu'elle, et j'ai quitté la maison pour l'université quand elle n'avait que treize ans. Jusqu'à récemment, je la voyais encore comme une enfant. Maintenant, en passant du temps ensemble et en apprenant à connaître Ryn, la jeune femme de vingt-trois ans, j'ai découvert à quel point elle est gentille et intelligente, et combien elle s'amuse mieux que moi.

D'où le Zorb.

— Qu'en dis-tu, grande sœur ? On se lance ? me demande Ryn, le visage rayonnant.

Je lâche un rire.

— Bien sûr. Ça va être marrant.

— Tu vois ? Je t'avais dit que le Zorb, c'est... commence Gabe.

— Génial ? je termine pour lui.

— C'est ça, répond-il en riant.

Nous commençons à remonter vers le départ du parcours quand j'aperçois un couple du coin de l'œil. Ils ont les bras enroulés l'un autour de l'autre et s'embrassent, ayant tout l'air d'un couple d'amoureux. Il est beaucoup plus grand qu'elle, ce qui est dû au fait que c'est un homme très grand et qu'elle est probablement de taille moyenne. Il y a quelque chose de familier chez lui et je réalise en un éclair que c'est parce qu'il me rappelle mon petit ami.

Je souris en pensant à Mike. Il est grand, deux mètres pour être précise, ce qui non seulement le fait ressortir dans la foule, mais signifie aussi qu'il a joué au basket à l'université avec l'ambition de devenir pro avant qu'une blessure ne mette fin à ce rêve particulier. Je ne me plains pas, puisque tout a bien tourné pour moi, car s'il était devenu basketteur professionnel, je ne l'aurais jamais rencontré.

Il a dîné avec nous hier soir en avance, mais il a dû prendre le vol de nuit pour Chicago pour une conférence. Je comprends qu'il ait besoin de voyager et que ça fasse partie de son travail, mais il me manque toujours quand il part – et je suis la première à lui dire à quel point il me manque – probablement beaucoup trop souvent. Mais quand on sait, on sait, comme on dit, et je sais sans l'ombre d'un doute avec Mike Warner.

Le baiser du couple prend fin et je détourne les yeux. C'est une chose d'être renvoyée à son propre petit ami pendant que des inconnus partagent un moment intime, c'en est une autre de se faire surprendre à les reluquer comme une sorte de cinglée.

Mais quelque chose me fait reporter mon attention sur eux. Le grand homme sourit maintenant à la femme. C'est un sourire familier, sur un visage familier.

Mon estomac se noue et ma bouche devient instantanément sèche.

C'est Mike.

Mon Mike.

L'homme dont je suis amoureuse. Sauf qu'il vient d'embrasser cette autre femme et que maintenant il la tient dans ses bras et la regarde avec de l'amour dans les yeux et... et... Soudain, j'ai la tête qui tourne, mon monde virevolte autour de moi comme si j'étais de retour dans le Zorb. Sauf que c'est tout le contraire d'amusant.

— Ça va, Marlowe ? demande Gabe, sa voix me paraissant lointaine, étouffée par les battements de mon cœur dans mes oreilles.

Boum-boum, boum-boum, boum-boum.

Je ne peux pas me détourner. Je ne peux pas arrêter de les fixer. Mes yeux sont collés à Mike et à l'autre femme, enlacés l'un contre l'autre.

Une vague de nausée me submerge.

Est-ce que Mike... me trompe ?

Ce n'est pas possible. Il ne ferait pas ça. Il est à moi. Nous sommes ensemble. Nous sommes amoureux. Nous nous le sommes dit, nous avons prononcé ces mots. Plusieurs fois. Il m'a donné le collier que je porte en ce moment même. Ma main vole vers mon cou, mes doigts trouvent le pendentif. Il est toujours en place autour de mon cou, mais l'homme qui me l'a offert la semaine dernière est maintenant... avec quelqu'un d'autre.

— Tu te dégonfles ? demande Ryn.

— Non, je...

Je commence, mais ne trouve pas les mots.

Elle suit mon regard et observe la scène.

— Oh, mon Dieu ! C'est Mike ?

— On dirait bien que c'est lui. Je croyais qu'il était à Chicago, répond Gabe.

Il se retourne pour regarder.

— Hein. C'est sa sœur ?

Ryn ricane.

— Moi, en tout cas, je ne regarde pas *mes* sœurs comme

ça. Maintenant, ils se tournent vers nous, ils regardent dans notre direction et...

Elle m'attrape par le bras et entreprend de m'entraîner plus haut sur le parcours, loin de Mike et de l'autre femme. Qui qu'elle soit.

— Ryn, arrête ! j'insiste en me dégageant brusquement. Il faut que je lui parle.

Elle me prend par les épaules et plante son regard dans le mien.

— Marlowe, rien de bon ne peut en sortir. Il te trompe, c'est une évidence.

Mike me trompe ? Je jette un nouveau coup d'œil vers lui et la femme, comme si j'avais besoin d'une preuve supplémentaire. Comme si l'image de leur duo n'était pas gravée à jamais dans mes yeux.

J'avale ma salive, avec une boule de la taille d'un Zorb dans la gorge.

— Et maintenant, ils viennent vers nous, constate Gabe.

— C'est vrai ?

Ma voix semble sortir de la bouche de quelqu'un d'autre.

— Est-ce qu'ils nous ont vus ?

Je jette un coup d'œil furtif dans leur direction et je les vois marcher, son bras passé autour de ses épaules, souriants et riant.

Ils ne m'ont pas vue.

— Marlowe. Regarde-moi, dit Ryn d'une voix autoritaire, et je m'exécute. Est-ce que tu veux confronter ce salaud d'infidèle tout de suite, ou partir ? Quelle que soit ta décision, on te suit.

— On est avec toi, répète Gabe en écho.

—Je...

Que faire ? Je ne suis pas préparée à ça. Je veux dire, quand je me suis levée ce matin et que j'ai envoyé un message à Mike pour lui dire qu'il me manquait déjà et que j'avais hâte de le voir dimanche, la dernière chose à laquelle je m'attendais, c'était de le voir dans les bras d'une autre femme, l'air parfaitement heureux, comme si notre relation n'existait même pas.

Et de toute façon, il est censé être à Chicago, pour assister à une conférence. Pas en train de rouler des pelles à une autre femme dans un parc de Zorbing à Seattle.

La décision est prise pour moi.

Comme au ralenti, je les regarde s'approcher, le visage de Mike passant de joyeux sourires à une expression de choc.

Gabe et Ryn se rapprochent de moi, me protégeant, agissant comme un bouclier.

Ryn croise les bras et fusille Mike du regard.

— Belle journée pour une promenade, *Michael*, dit-elle d'un ton sec.

Ses yeux désormais paniqués passent d'une sœur trempée post-Zorbing à l'autre, puis sur Gabe, et enfin reviennent sur moi. Je peux presque voir les rouages de son cerveau grincer tandis qu'il cherche comment gérer cette situation nouvelle et inattendue.

Il commence par étirer ses lèvres en un sourire.

— Salut, tout le monde. On dirait que vous avez fait du Zorbing. C'était sympa ?

Il est sérieux, là ?

Sa compagne pose la main sur son avant-bras et tout le corps de Mike se raidit.

— Tu ne vas pas me présenter à tes amis, chéri ?

Chéri ?

La moindre once de doute sur le fait que Mike et cette femme puissent être frère et sœur s'évanouit aussitôt.

— Excusez-moi, Cara. Voici Marlowe, qui travaille pour moi, et sa sœur, Ryn et… il regarde le petit ami de Ryn d'un air absent.

— Gabe, dit ce dernier à sa place.

— C'est ça. Comment ai-je pu oublier ? répond Mike. Voici Gabe.

— Ouais, surtout que vous avez utilisé mon nom plusieurs fois lorsque nous avons tous dîné chez Marlowe hier soir, ajoute Gabe d'une voix douce mais tranchante.

J'ai envie de l'embrasser, mais je suis trop abasourdie pour faire quoi que ce soit.

Mike laisse échapper un rire rauque, un son étrange qui n'aurait pas détonné au milieu d'une troupe de singes hurleurs.

Cara resserre sa poigne sur le bras de Mike en lui lançant un regard interrogateur.

— Chéri ?

Ryn me donne un coup de coude et me désigne Cara. Je suis tellement déboussolée qu'il me faut un moment pour comprendre ce qu'elle veut me montrer de précis, au-delà du film d'horreur qui se déroule sous mes yeux. Jusqu'à ce que quelque chose scintille au soleil sur sa main gauche.

Une bague.

Pas une bague ordinaire. C'est une bague de fiançailles, à sa main gauche, qui trône fièrement au-dessus d'une alliance.

Elle est mariée ? Mike a une liaison avec moi et... et il est marié ?

Mike a l'air pétrifié.

Cara se détache de lui et tend la main.

— Je suis Cara Warren. Pour une raison que j'ignore, mon mari a oublié ses bonnes manières.

Ryn est la première à réagir, lui prenant la main et la secouant vigoureusement.

— Vous êtes Cara Warren, dites-vous ? Mariée à… ?

— Eh bien, à Mike, bien sûr, répond-elle avec un rire léger, comme si la question de Ryn sortait de nulle part.

— Vous habitez ici, à Seattle, ou vous êtes simplement de passage ? poursuit-elle.

— J'habite ici.

Ryn fait un geste entre eux.

— Alors, vous vous voyez souvent, tous les deux ?

— Oh oui, répond-elle en riant. Nous habitons dans la même maison. Enfin, quand le pauvre Mike n'est pas obligé de passer la nuit en ville. Je lui ai dit qu'il devait dire à son patron qu'il a aussi besoin de temps pour lui, mais c'est un tel bourreau de travail.

Elle lève un regard amoureux vers Mike.

Mike, le menteur, l'infidèle, le *salaud*.

Lui, de son côté, a l'air d'avoir avalé une assiette de choux de Bruxelles trop cuits.

Ryn fronce les sourcils.

— Je ne comprends pas. Vous êtes divorcés, mais vous vivez dans la même maison ?

Cara laisse échapper un joli rire cristallin en posant sa main sur le torse de Mike.

— Pourquoi penseriez-vous que nous sommes divorcés ? Nous avons été séparés, dit-elle en pinçant les lèvres, mais tout ça, c'est du passé maintenant. N'est-ce pas, chéri ?

— Nous fêterons nos cinq ans de mariage le mois prochain.

Je cligne des yeux en regardant Cara. Ils étaient séparés et maintenant ils sont de nouveau ensemble ?

Non ! Pas question. Elle doit mentir. Mike n'est pas marié. Il est divorcé. Tout le monde le sait. Je suis sa petite amie. Il m'a dit qu'il m'aimait. Je lui ai dit que je l'aimais.

Il m'a offert ce collier.

Je lève les yeux vers Mike, mais il ne me regarde pas − ce qui n'a absolument rien de surprenant. Pourquoi regarderait-il la femme avec qui il a... oh, non. Avec une secousse nauséeuse, je réalise ce que je suis pour lui. L'existence de Cara fait de moi quelque chose que je n'aurais jamais cru être.

Elle fait de moi *l'autre femme*.

— C'est vrai ? Est-ce que c'est vrai ? je demande à Mike, retrouvant enfin ma voix, la boule de la taille d'une balle de Zorb dans ma gorge m'empêchant de respirer alors que les larmes menacent de monter. Mais je refuse de pleurer. Je refuse de laisser mes émotions prendre le dessus. Je dois être forte. Je dois garder la tête haute. Même si je suis désormais l'autre femme sans le savoir, je n'ai aucune honte à avoir.

Son visage est fermé, la bouche pincée.

— Marlowe, je… oui, c'est vrai. Cara et moi, nous nous sommes réconciliés.

— Il y a trois mois, corrige Cara d'un autre rire cristallin. Mon Dieu !

Elle secoue la tête en le regardant avec tendresse, comme si c'était un adorable filou.

C'est toute la réponse dont j'ai besoin.

Les doigts toujours agrippés au pendentif, d'un seul mouvement fluide, je tire sur le collier jusqu'à ce qu'il se rompe. Je le lui tends d'un geste sec. Il le prend dans sa main avant que je me détourne, aveuglée, en ravalant mes larmes, et que je m'éloigne, me concentrant pour mettre un pied devant l'autre alors que mon monde s'écroule autour de moi.

De la même auteure

La série Sœurs et cœurs

Et si votre voisin d'enfance
devenait bien plus que ça ?

GUIDE DU
MEILLEUR
AMI
SECRET

Auteure bestseller du USA Today
KATE O'KEEFFE

Petite ville, grandes disputes...
et plus grandes passions.

GUIDE DE
L'ENNEMI
JURÉ
PASSIONNÉ

Auteure bestseller du USA Today
KATE O'KEEFFE

De la même auteure en anglais

Royal Romcoms:

The Backup Princess

Royally Matched

The Royal Runaway

Royally Off-Limits

Hockey Romcoms:

Mistletoe Face Off

The Rebound Play

Offside and Off-Limits

Small Town Romcoms:

Faking It With the Grump

Faking It With My Best Friend

Faking It With the Guy Next Door

Romcoms Set in Britain:

Dating Mr. Darcy

Marrying Mr. Darcy

Falling for Another Darcy

Falling for Mr. Bingley (spin-off novella)

Never Fall for Your Back-Up Guy

Never Fall for Your Enemy

Never Fall for Your Fake Fiancé

Never Fall for Your One that Got Away

Romcoms Set in New Zealand:

One Last First Date

Two Last First Dates

Three Last First Dates

Four Last First Dates

No More Bad Dates

No More Terrible Dates

No More Horrible Dates

Co-Authored with Melissa Baldwin:

One Way Ticket

Lacey Sinclair spicy romances:

Manhattan Cinderella

The Right Guy

Playing with Fire

Stolen Kisses

À propos de l'auteur

Kate O'Keeffe est une auteure multi-récompensée et bestseller du *USA Today*, reconnue pour ses comédies romantiques amusantes et feel-good, débordantes d'humour, d'émotion et de fins heureuses. Originaire de Nouvelle-Zélande, Kate a créé de nombreuses séries populaires, s'attirant un lectorat international dévoué.

Avec un talent pour les dialogues spirituels et des héroïnes irrésistibles naviguant dans les hauts et les bas des rencontres modernes, les romans de Kate mettent en scène des amitiés solides, des situations comiques et bien sûr la route parfois cahoteuse mais toujours pleine d'espoir vers l'amour.

Quand elle n'écrit pas, on peut souvent trouver Kate en train de lire des comédies romantiques, de regarder ses séries préférées en binge-watching, ou de passer du temps avec ses amis et sa famille dans la magnifique région de Hawke's Bay en Nouvelle-Zélande.

www.ingramcontent.com/pod-product-compliance
Lightning Source LLC
Chambersburg PA
CBHW021216260626
47172CB00002B/461